Perfis
o mundo dos outros
22 personagens e 1 ensaio

Sergio Vilas-Boas

Perfis
o mundo dos outros
22 personagens e 1 ensaio

3ª Edição
revista e ampliada

Manole

Copyright©2014 Editora Manole Ltda., por meio de contrato com o autor.
Editor gestor: Walter Luiz Coutinho
Editora: Karin Gutz Inglez
Produção Editorial: Juliana Morais, Cristiana Gonzaga S. Corrêa e Lia Fugita
Capa e projeto gráfico: André E. Stefanini
Diagramação: André E. Stefanini

Dados Internacionais de Catalogação na Publicação (CIP)
(Câmara Brasileira do Livro, SP, Brasil)

Vilas-Boas, Sergio
Perfis: o mundo dos outros 22 personagens e 1 ensaio /
Sergio Vilas-Boas. – 3. ed. – Barueri, SP: Manole, 2014.

    Bibliografia.
    ISBN 978-85-204-3930-2

1. Biografias 2. Ensaios 3. Repórteres e reportagens I. Título.

14-06707   CDD-920.5

Índices para catálogo sistemático:
1. Reportagens biográficas: Biografia   920.5

Todos os direitos reservados.
Nenhuma parte deste livro poderá ser reproduzida, por qualquer processo,
sem a permissão expressa dos editores.
É proibida a reprodução por xerox.

A Editora Manole é filiada à ABDR – Associação Brasileira de Direitos Reprográficos.

3ª edição – 2014

Editora Manole Ltda.
Avenida Ceci, 672 – Tamboré | 06460-120 – Barueri – SP – Brasil
Tel.: (11) 4196-6000 – Fax: (11) 4196-6021 | www.manole.com.br | info@manole.com.br

Impresso no Brasil | *Printed in Brazil*

Este livro contempla as regras do Acordo Ortográfico da Língua Portuguesa
de 1990, que entrou em vigor no Brasil em 2009.

São de responsabilidade do autor as informações contidas nesta obra.

Sumário

A cartilha do outro *[prefácio]*,
por *Elisa Andrade Buzzo*   9

PERFIS

Senhora cozinha: *Mara Salles*   19

O embaixador: *Jayme Sirotsky*   29

Domador de veredas: *Francisco Dantas*   47

Médico no campo dos sonhos: *Tostão*   59

Ubaldos brasilis: *João Ubaldo Ribeiro*   75

Solista da história gaúcha: *Assis Brasil*   89

Fugindo da repetição: *Fernando Bonassi*   99

A missão: *Luiz Garcia*   111

Mr. Invisível do Brooklyn: *Paul Auster*   129

De moinhos e homens: *Isac Valério*   145

Alma de relojoeiro: *Cristovão Tezza*   151

Os ossos de Ribamar: **Ferreira Gullar**   163

Velhinho das portas: **José Moreira**   173

Ciberavó no ancoradouro: **Lya Luft**   181

Arquiteto de microscopias: **Manoel de Barros**   191

Aquele que viaja: **Maurício Kubrusly**   201

A incerteza em crise: **Sérgio Sant'Anna**   209

Para gostar de sonhar: **Antônio Barreto**   219

Em nome dos pássaros: **Johan Dalgas Frisch**   235

Artesão do consolo: **Gilvan Lemos**   241

A comandante: **Jaqueline Ortolan**   251

Caverna em Cartagena: **Gabriel García Márquez**   259

ENSAIO

A arte do perfil   271

Outras leituras   287

A cartilha do outro

ELISA ANDRADE BUZZO

A IDEIA QUE fazemos do outro é algo sutil, muitas vezes ilusório. Escrever sobre o outro, esse ilustre estranho, com base em conceitos, entrevistas, admirações ou não, requer certo estilo e habilidade em lidar com a vida em fragmento no gênero jornalístico perfil. Pequenas grandes aventuras do outro estão reunidas nesta 3ª edição revista e ampliada de *Perfis* do jornalista Sergio Vilas-Boas – todos já publicados em versões menores, em periódicos. Nesta edição foram incluídos dez perfis, assim como um novo ensaio de fechamento, "A arte do Perfil", espécie de cartilha do outro, na qual Sergio generosamente compartilha dicas e conhecimentos com aqueles que se aventurarem a criar perfis com substância.

Nesta série de textos, em que circulam faces diversas como a de um magnata da comunicação, um jogador de futebol e, em sua maior parte, gente do mundo das letras, sejam jornalistas, romancistas, poetas ou tradutores, também podemos vislumbrar uma outra faceta – longe dela estar no limite da invisibilidade –, sem a qual esses perfis não teriam o feitio de latente mosaico de aprofundamento no humano: a do próprio autor-jornalista.

Isso porque ele, munido não só de suas perguntas e curiosidade, como também de sua presença constante e seu envolvimento vigiado, encontra cenários, cria narrativas (e nelas se insere), tem momentos de reflexão decisivos para um melhor entendimento da personagem em questão ("Fico pensando onde se escondem as demais pessoas modestas, singelas e generosas como Gilvan. Ele existe mesmo? Putz, me esqueci de descrevê-lo fisicamente. Ai de mim", em "Artesão do consolo"; ou em "Domador de veredas", no trecho "É como se eu já tivesse conhecido aquele homem há séculos"). Ainda, o autor-jornalista dá sugestões e lança pontos de vista vários aos personagens centrais, testando a abordagem mais propícia para cada circunstância, diversificando a angulação. (Como lemos no ensaio aqui presente, "Condição *sine qua non* em um perfil é a interação autor-personagem, seja quem for" e "Todo perfil é biográfico e autobiográfico porque também diz algo a seu respeito, autor".)

Assim, o jornalista não se obscurece por detrás de um narrador oculto e irreal, mas participa do texto a ser narrado como elemento ativo, por vezes sentimental, o que não é inédito no jornalismo brasileiro de hoje, mas é um procedimento que muitas vezes carece de técnica e sensibilidade. Quem conhece o Sergio pessoalmente sabe de sua personalidade arguta, seu olhar cristalino e inquieto e sua capacidade de tirar de seus entrevistados matéria de interesse para o leitor, de alicerçar as bases sobre as quais expor coisa tão íntima e dificultosa: o espaço temporal, o caráter, os desejos, as aflições, o modo de viver e ser. Mas não é só isso: tanto em entrevistas de profundidade como em textos de imersão, deve-se entender o momento da fala e o do silêncio, o instante do titubeio e o jorro loquaz.

O apuro sensível é, por si só, pressuposto indispensável para um bom perfil, gênero jornalístico tão em carência no Brasil hoje – no sentido de um texto não só com elegância na escrita e pesquisa séria, como também em relação à escolha criteriosa dos personagens principais, indo além das figuras de sempre. De fato, há uma falta de bons perfis que contemplem personagens fora do circuito artístico ator-cantor-compositor-celebridade-político.

O que mais se vê nas revistas, por exemplo, é um encontro com celebridades ou subcelebridades no qual o jornalista tenta depreender o máximo de informação para gerar algum conteúdo, quem dirá conseguir alguma revelação inaudita. Tudo bem, pois, de todo modo, o jornalismo, massivo ou mais inclinado à literariedade, deve ter uma capacidade própria de se reinventar, rediscutir temas. Os perfis deste livro se diferenciam, sobrelevam-se em favor de uma certa "demora" em sua produção, de um amadurecimento de ideias, por sua capacidade de reflexão e de tempo distendido que lhes foram conferidos.

O sabor levemente datado de alguns textos não prejudica em nada sua relevância e fluidez; eles conseguem manter seu espaço na atualidade. Aliás, como diz o próprio autor, "na tradição clássica do Jornalismo Literário, o texto-perfil é relevante por sua durabilidade e narratividade. Mesmo que meses ou anos depois da publicação o protagonista tenha mudado suas opiniões, conceitos, atitudes e estilo de vida, o texto pode continuar despertando interesses".

O autor-jornalista é como um regente que escolhe o encaminhamento dessa espécie de sinfonieta que é o recorte biográfico apresentado no perfil. Quando leio os perfis reunidos neste livro, sinto que há uma relativa influência do modo de ser do personagem no estabelecimento da história final, no tom do texto. Seja fragmentário, como o de Fernando Bonassi ("Fugindo da repetição"), divertido e tagarela, como o do jornalista Maurício Kubrusly ("Aquele que viaja"), minuciosamente descritivo, cerebral, como o de Assis Brasil ("Solista da história gaúcha"), a "cronométrica Curitiba" que vemos em "Alma de relojoeiro: Cristovão Tezza", conturbado, em pingue-pongue ("Ubaldos brasilis: João Ubaldo Ribeiro"), extremamente dinâmico e com muitas falas, como o de Jayme Sirotsky ("O embaixador"), com uma dureza germânica misturada a traços de delicadeza ("Ciberavó no ancoradouro: Lya Luft") ou o perfil que é quase uma narrativa de viagem, como o de Manoel de Barros ("Arquiteto de microscopias"), o conteúdo mormente vai ao encontro da forma, ou seja, a trajetória de cada personagem recebe, a partir da visão de longo alcance do jornalista, a sua melhor configuração.

Finalmente, o desafio é lidar com as nuances do ser humano e, por que não, com as contradições ("Contemplativa, mas antenada; preguiçosa, mas cumpridora. De um modo meio germânico, talvez", lemos no perfil de Lya Luft; "Empenhou-se em conhecer as maiores pequenezas do mundo", no do poeta Manoel de Barros), para, a partir daí, desvelar um elemento universal, uma redescoberta, um processo de superação. Adentrar no âmago da existência é sempre uma tentativa infundada, e o formato perfil aí está numa missão perversa e permanentemente impossível, ainda que sendo a oferta de uma brecha a fim de sondá-lo, circundá-lo. Diz o autor, no ensaio a esse respeito: "Os perfis elucidam, indagam, apreciam a vida num dado instante, e são mais atraentes quando atiçam reflexões sobre aspectos universais da existência, como vitória, derrota, expectativa, frustração, amizade, solidariedade, coragem, separação, etc.".

Acredito que o aspecto universalizante, reflexivo e que se debruça sobre a natureza humana, os valores em colapso de nosso tempo e a face do fracasso e da vitória que atravessam este livro são sua marca mais fecunda. Lemos, em "Domador de veredas", perfil do ficcionista sergipano Francisco J. C. Dantas: "Difícil hoje em dia atingir leitores dispostos a tocar a solidão de um autor. Nós, contemporâneos, parecemos desejar e consumir para suprimento de necessidades concretas. Psicológicas ou afetivas. Somos predominantemente urbanos, e não mais nos curvamos a obras interioranas-rurais, que não falam a nossa língua. Dantas acredita mesmo nisso que acabei de escrever". Já em "Médico no campo dos sonhos", escreve Sergio: "Também neste ponto, Tostão é uma exceção à regra. Compreendeu que passamos a maior parte da vida nas entrelinhas das grandes e pequenas áreas, em grandes e pequenos sonhos". E até em passagens à primeira vista mais informativas e objetivas, como "Gilvan é um escritor nordestino e obscuro, como ele próprio se define" (em "Artesão do consolo"), podemos, a partir da síntese de um personagem, pensar sobre a fragilidade de nossa própria condição.

Vale dizer que estes perfis, assim como a franqueza, os ensinamentos e as percepções do autor, que já tive como professor, foram essenciais em minha breve incursão no gênero. Da mesma forma, as técnicas e observações aqui colocadas podem ser úteis na arte de escrever outros tipos de textos que mesclem jornalismo e literatura. Referência nacional indispensável, espero que estes textos, em nova roupagem, possam divertir, emocionar e animar jornalistas e estudantes a se aventurarem nas águas turvas de si e dos outros.

ELISA ANDRADE BUZZO nasceu em São Paulo, em 1981. É formada em jornalismo pela Universidade de São Paulo. Estreou na literatura com *Se lá no sol* (7Letras, 2005), sendo seu último livro de poesias, *Vário som* (Patuá, 2012), finalista do Prêmio Jabuti 2013 na categoria poesia. Foi coeditora da revista de literatura e artes visuais *Mininas*. Publicou a antologia de crônicas *Reforma na Paulista e um coração pisado* (Oitava Rima, 2013) e desde 2006 mantém uma coluna dedicada à crônica no Digestivo Cultural.

*Resta a questão do que fazer
com o episódio, como encaixá-lo
na história que contam a si mesmos*

J.M.COETZEE

PERFIS

Senhora cozinha

COZINHA DE RESTAURANTE profissional é uma zona perturbadora para intrusos desajeitados. Há calores variáveis, objetos cortantes e uma confusão de ruídos (exaustores, coifas, frituras, cozimentos, grelhas, lavações...). Os aromas se misturam em ondas, como sons na música. As pressões de tempo e espaço são inevitáveis e o silêncio é valioso.

"Concentração é tudo. Gritaria e caos em cozinha é coisa de cinema e TV. A gente tem de se entender pela sintonia um com o outro, como os músicos de uma orquestra", diz Mara Salles, uma *chef* que, trinta anos atrás, nem sabia cozinhar direito e hoje é uma das principais embaixadoras da gastronomia brasileira, pesquisando concepções e repaginando tradições.

Ao longo de três horas de nossa fragmentária conversa em pleno *rush*, os membros de sua equipe não disseram mais que umas dez palavras cada um, se tanto. Alguns simplesmente não vocalizaram nada que me fosse audível. Pareciam ter perdido a conexão com o mundo exterior. "Cozinha é marcha, andamento, constância."

As cozinhas se dividem em praças, que, classicamente, levam nomes franceses, como *rotisserie* (assados e grelhados) e *garde manger* (comidas frias, principalmente saladas). No momento em que entrei naquele centro de emanações, o Gabriel preparava saladas de folhas miúdas com gomos de laranja-baia e molho de taperebá.

Essa parte da cozinha, onde os pratos são finalizados, foi uma construção calculada nos mínimos detalhes (em maio, o Tordesilhas se mudou da rua Bela Cintra para cá, na Alameda Tietê). Embora haja pouco espaço vago, os cozinheiros não batiam os cotovelos uns nos outros naquela noite de sexta-feira: "Domingo é que é puxado. Atendemos três vezes mais pedidos que a média semanal".

Ao alcance de suas mãos, sob o passa-pratos, havia quatro farofas. Duas "farofas d'água", ambas feitas de uma farinha grumosa, rústica e ácida, muito apreciada na região amazônica. Elas são adicionadas ao pato ao tucupi ou às casquinhas de siri. A "farofa de alho" é para os pratos com carnes do sertão (jabá e carne de sol), e a "farofa de dendê", para o bobó.

As panelas e cumbucas vêm de Goiabeiras, um bairro de Vitória (ES). Essas panelas de barro, ideais para moquecas (porque conservam a temperatura), são produzidas há séculos. No *Dossiê das Paneleiras de Goiabeiras*, do Iphan, o naturalista Saint-Hilaire descreveu-as assim: "caldeira de terracota, de orla muito baixa e fundo muito raso".

Com seu aguçado senso de detalhe, Mara elevou a comida brasileira a um patamar superior. De tempos em tempos, ela vai aos brasis profundos para conhecer os saberes e fazeres intrínsecos das nossas gentes. "Fico sonhando em fazer comida brasileira como o Tom Jobim fazia música. Quá!", ela escreveu em seu livro *Ambiências – Histórias e Receitas do Brasil* (editora DBA, 2011).

Não estava usando aquele chapéu típico de *chef* aquele dia, e sim uma espécie de lenço artesanal, tecido à mão, comprado em uma de suas passagens por Goiás; e relógio, e brincos de argola, e óculos de lentes retangulares, e umas botas tão delicadas quanto macias. Garante que, hoje em dia, nada em seu restaurante depende exclusivamente dela.

"Numa cozinha, a hierarquia é uma questão de motivação, não de poder. Construí uma equipe ótima. Isso é a conquista das conquistas. Muitos restaurantes recebem altos investimentos, têm equipamentos de última geração, decoração refinadíssima, mas naufragam por falta de harmonia das equipes em todas as etapas de produção."

Joga em todas as posições: escritório, preparo, finalização, passa-pratos, eventos externos, palestras, aulas... Um restaurante não vive somente de sua boa reputação, muito menos numa cidade como São Paulo, com tantas opções. Na era das celebridades (com ou sem uma obra relevante), até os restaurantes precisam de um rosto humano.

"Então, você tem que aparecer sem se desgastar. Até porque não sou marqueteira (aliás, nem gosto dessa palavra). Se eu tivesse total liberdade de escolha, só ficaria dentro da minha cozinha e, de vez em quando, criaria alguns almoços ou jantares em eventos específicos, fora daqui, desde que a experiência pudesse me ensinar algo novo também."

Dias antes do nosso primeiro encontro, ela havia participado do Savour Stratford Perth County Culinary Festival, em Stratford, perto de Toronto; e depois esticou até Chicago para conhecer mercados e restaurantes, como o Avec. "Gosto de achar objetos e utensílios que, por incrível que pareça, você não encontra facilmente no Brasil, como essa minicolher – não é uma beleza? –, perfeita para pingar molho de pimenta."

A atividade de *chef* é contemplativa: "A transformação do açúcar em uma calda, por exemplo, é fascinante. Um espetáculo". Falando em espetáculo, ela não tem queda por apresentar programas de TV sobre comida. "Além de perigoso (te expõe demais), é chato, toma tempo e não te permite ser o que você é...", diz, examinando minuciosamente uma cocada com calda de tamarindo.

Bobó, barreado, pirarucu, torresmos, queijo coalho, tacacá, espaguete de abobrinha, creme de pequi, suspiros de jatobá... O Tordesilhas tem várias amostras do Brasil. *En-*

quanto o tempo não trouxer teu abacate, amanhecerá tomate e anoitecerá mamão, como já disse Gilberto Gil. Mara não acredita que "uma pessoa nasce pra cozinha", mas reverencia seu passado rural.

"Na fazenda, nunca me senti obrigada a cozinhar. Cozinhava porque a minha mãe cozinhava. Na cultura rural daquela época, filhos e filhas eram assistentes gerais. Com cinco, seis anos, eu já negociava com a minha mãe a hora de brincar. Havia muito, muito trabalho em casa, e a gente tinha que ajudar não apenas na cozinha, mas em quase tudo."

Nasceu em Penápolis (SP), a 500 quilômetros da capital. Sua mãe, Encarnação Simon Salles, 83 anos, conhecida como Dona Dega, deu à luz nove vezes (Mara é a segunda). Glaucia, uma das irmãs, é advogada, "mas cozinha divinamente", segundo Mara. "Meu pai [Adriano Salles] era muito exigente com comida. Foi assim até seus últimos dias de vida. E tinha uma cultura impressionante."

A fazenda de 170 alqueires onde viveu a menina Mara ficava entre Penápolis e Promissão. "Tínhamos gado de leite e o porco era a principal carne (conservada na gordura!). Plantávamos café, arroz, feijão, hortaliças, amendoim e frutas, inclusive frutas silvestres. O feijão que comíamos era claro, denso, colhido ali mesmo, e secado no terreirão."

Na época das colheitas, sr. Adriano contratava três ou quatro famílias de colonos, que ocupavam casas de tábuas dentro da propriedade, já reservadas para eles. "Casas de arquitetura cabocla clássica." Quando os colonos voltavam para suas origens, Mara e a criançada ocupavam uma daquelas casas e nelas brincavam de "casinha de verdade".

"Tudo funcionava como na casa da gente e esse fazer de conta de verdade fazia toda a diferença", ela escreveu em seu livro. "Era tanta criança que, em 1960, apenas as que estavam em idade de iniciação escolar somavam catorze. Meu pai, caboclo aguerrido, articulou, com muito esforço, a fundação de uma escolinha municipal exclusivamente pros filhos, sobrinhos e filhos de colonos."

A carne de porco não era apenas uma tradição clássica na cozinha rural brasileira. Do porco, aproveitava-se quase tudo: "Sabe que até hoje eu não sei fazer frango caipira sem usar banha? Na fazenda da infância, orelhas e pés eram salgados e engrossavam o feijão. Em curto espaço de tempo, a carne de porco quase desapareceu dos cardápios e de boa parte das casas brasileiras", lamenta.

Dona Dega, que está com Mara no negócio desde o início (1986), trabalha no Tordesilhas durante o dia, nos preparos. "Volto ao aconchego de minha mãe pra dizer que foi com ela que aprendi as sutilezas no trato com ingredientes simples como o almeirão, o maxixe, a cambuquira, a galinha e outras coisas da roça; sutilezas que venho aplicando amiúde em minha cozinha ao longo dos anos, onde passei a dividir, com ela, as bocas do fogão."

Naquela época, na fazenda, os caldos resultantes do cozimento de legumes, carnes e aves eram reservados e, com eles, Dona Dega orquestrava várias receitas. "Se, ao fritar a bistequinha, ela ficasse seca, lá ia um tiquinho do caldo de legumes pra deixá-la brilhante; ou pra dar umidade ao mexidinho. A água em que o milho verde era cozido, nunca se jogava fora."

"Dona Dega", Mara escreveu, "nunca soube o que é *mirepoix*, nunca ouviu falar em fundos nem em sabor umami; e, se sua abobrinha fosse cortada em *julienne*, o sabor seria anos-luz inferior àquela batidinha com uma faca tosca e sem uniformidade de corte". Quanto ao sr. Adriano, ele foi lavrador, dono de terra, administrador de fazenda e comerciante de café e de produtos agrícolas.

A quebra da Bolsa de Nova York, em 1929, gerou um efeito dominó na economia mundial. Mara estava com 18 anos quando o pai faliu. Na época, ele não era mais fazendeiro. Morava já com a família em Penápolis e negociava café em grão. "Migramos pra a capital com uma mão na frente e a outra atrás. Mas adorei. Eu desejava muito morar em uma cidade grande."

Na capital, sr. Adriano foi trabalhar no comércio, e Dona Dega preparava marmitas para engordar o orçamento da família. Mara, por sua vez, estudava turismo no hoje chamado Centro Universitário Ibero-Americano (Unibero). No final dos anos 1980, ela e a mãe abriram o Roça Nova, um restaurante de comida caseira na rua Iperoig, no bairro das Perdizes.

Mara havida saído do emprego de secretária-executiva no Banco Itaú. "Confesso que montei o Roça Nova confiando na experiência da minha mãe. Daí fui aprendendo com ela. Eu não teria conseguido bolar os cardápios atuais se eu não tivesse começado com a cozinha brasileira básica, na fazenda do meu pai, conhecendo desde os ciclos das plantações até as técnicas mais básicas."

Sempre nutriu um desejo antigo de ganhar chão e ir em busca dos brasis que ela ouviu dizer nas primeiras aulas de história e geografia no primário. "Todo o saber concebido dentro daquela escola rústica ganhava uma dimensão fabulosa: a escuridão do Rio Negro, o assovio do minuano, as histórias de Lampião, as tropas e os tapuias, as chalanas, as senzalas..."

E, ao longo do tempo, suas viagens pelas profundezas do país resultaram em descobertas tão variadas quanto surpreendentes, como cocos e coquinhos de polpas amanteigadas, tucumã, pupunha, licuri, farinhas (secas, pubadas, gomadas, grumosas, finíssimas), pimentas frescas de todos os cheiros e matizes e frutos como o cajuzinho do cerrado, a jurubeba e a guariroba.

A gente se encontrou no Tordesilhas noutra sexta, à luz do dia, logo depois que ela retornou de Goiânia, onde ajudara a organizar um festival de comidas regionais. Quando cheguei, ela fazia o que mais gosta: cortar/porcionar jabá. Mergulhada em sua própria (e espessa) gordura, essa carne rústica, "mas deliciosa", remete aos tempos imemoriais do Brasil Colônia.

E, por falar em carnes e sertões, ela se recorda de uma de suas andanças. Ela e o marido Ivo Ribeiro, seu sócio no Tordesilhas, foram até Belo Jardim (PE) buscar conhecimentos sobre o plantio e o uso do milho na culinária festiva local. "Eles plantam o milho no São José [19/3] e colhem na véspera do São João, para a festa", conta. "Os homens vão cedinho colher e as mulheres preparam. Esses intercâmbios sempre resultam, direta ou indiretamente, em alguma inspiração."

"Nessas viagens, a Mara vai atrás das cozinheiras saber como um ingrediente ou tempero foi utilizado. Conversa de igual pra igual, seja com quem for. Não é de botar banca. E tem uma deferência toda especial pra deixar o outro à vontade pra revelar o que faz e como faz. Admiro sua disposição e simplicidade", diz o mineiro Luiz Magalhães, professor de filosofia e amigo do casal.

Todo restaurante reputado se preocupa com os ciclo dos alimentos que emprega. Ciente disso, Mara criou o projeto Tem Mas Tá Acabando, que resgata e contextualiza ingredientes raros, de comercialização difícil, mas valiosos do ponto de vista gastronômico. "O mangarito, por exemplo, tem mas tá acabando. Então, numa das edições desse nosso festival, montei um cardápio usando esse insumo."

E passamos a falar sobre o Programa Ação Família, da Fundação Tide Setúbal, em São Miguel Paulista, zona leste de São Paulo, do qual ela é voluntária. "O que faço lá é ensinar (na verdade, ajudar as pessoas a serem criativas dentro do que elas pretendem). A gente precisa ser generoso: devolver à sociedade um pouco do conhecimento que conquistamos."

Participou também de ações para a atual gestão da Prefeitura de São Paulo, em parceria com a Fundação Nestlé.

Além de cinco *workshops* presenciais em escolas de regiões diversas da capital, ela protagonizou o primeiro de uma série de vídeos sobre merenda escolar. O "Comida de Escola" integra o Programa Nestlé Nutrir Crianças Saudáveis.

"A merenda do município é muito rica do ponto de vista dos insumos e do preparo. As merendeiras e nutricionistas das escolas sabem o que fazem, mas, de modo geral, elas não veem a alimentação como uma forma de educação. Então, uma das minhas preocupações foi tornar o refeitório um espaço de convívio, de entendimento da comida, que deve ser servida de maneira carinhosa, afetiva."

Mara, que já foi professora durante mais de uma década nos cursos de gastronomia da Universidade Anhembi Morumbi, ainda encontra tempo para dar aulas algumas vezes por ano na tradicional ("e elitizada") Escola Wilma Kövesi de Cozinha. "Quando entrei na Anhembi Morumbi [2000], eu era a única com formação e conhecimento em cozinha brasileira. E a cozinha brasileira ainda era considerada 'menor'."

No nosso segundo encontro, a Dona Dega, que tinha acabado de renovar os arranjos de flores naturais do salão do Tordesilhas, apareceu na cozinha. O caldinho de feijão (cerca de 15 litros por semana) e a feijoada dos sábados são de responsabilidade dessa vovó vigorosa e delicada. Apesar da boa saúde, o papel dela vem sendo reduzido. "Ela não é mais uma moça. E o trabalho em cozinha é pesado", Mara comenta, protetora.

A maioria dos funcionários do Tordesilhas tem mais de dez anos de casa. O Preto (Wilson Francisco da Cruz), por exemplo, está com Mara desde o Roça Nova. No salão, todos se envolvem com degustações (de vinhos, de cachaças, etc.). "Legal ver a ascensão da Mara – de uma coisa caseira para uma outra linguagem. Eu tinha 17 anos quando comecei. Minha vida particular se mistura com a do restaurante", diz Preto.

E tem o Zé Lima, conhecedor de pimentas como poucos neste mundo. "Nenhum restaurante no Brasil tem um mestre pimenteiro", Mara se orgulha, na presença dele. As pimentas do Zé Lima se harmonizam com o cardápio do Tordesilhas. Dependendo do prato que o cliente escolher, ele recomenda um tipo de pimenta (ou umas das combinações com pimentas que ele cria).

"Se fama é medida pelo reconhecimento das pessoas, sou famosa, sim. Agora, não sou celebridade. Nem pretendo ser. Nem tenho vocação para isso. Ser igual é bem legal. Mas não pense que não sou vaidosa. Sou, sim. Minha vaidade aparece quando eu vejo que meu trabalho está sendo reconhecido à altura do que estou fazendo. Acho que todo *chef* adora receber elogios. Eu adoro."

Na última semana de outubro, Mara partiu para Iquitos, Peru, a convite do *chef* Dom Pedrito, divulgador da gastronomia peruana. Os dois bolariam um jantar para convidados da Embaixada do Brasil. "Será um encontro de duas amazônias, a brasileira e a peruana, que têm algumas características diferentes uma da outra. Vamos tentar um bem bolado a quatro mãos", brinca.

2013

O embaixador

O BOLSO ESQUERDO da camisa tem um bordado com as iniciais de seu nome. As calças estão folgadas; o par de mocassins, macio e lustroso; a gravata, em casa. Tem pouco cabelo, mas o que tem pode ser repartido e, devido às emoções, uma franjinha desgrenhada surgiu. A turma estava à espera. Quando ele entrou, foi um Big Bang de alegria, uma festa cenográfica: balões, bandeirinhas, línguas de sogra, música ao vivo.

Os funcionários – funcionárias, melhor dizendo (as agitadas moças eram maioria absoluta) – haviam formado um extenso corredor de tietagem. Rodrigo, supervisor de vendas, pega o violão e, do fundo do peito, puxa as vozes para a canção "Toda forma de amor", do Lulu Santos: *E a gente vive junto/ E a gente se dá bem/ Não desejamos mal a quase ninguém/ E a gente vai à luta/ E conhece a dor/ Consideramos justa toda forma de amor.*

O homenageado está à vontade. Leve e afável. Como se fosse a primeira vez. "Ah, a gente tem que vir aqui de vez em quando captar essa energia incrível", ele me diz. "Esse pessoal é maravilhoso." As moças literalmente o agarram, como se quisessem levar um pedaço dele para casa, para sempre, mas tudo o que conseguem são abraços, beijos e a dedicação total do homem para uma infinidade de fotografias. Pouco?

Elenice Franco, coordenadora do *call center*, adianta: "Vai ter que subir no queijinho pro discurso". O queijinho é uma pequena mesa redonda e rasteira, sobre a qual estenderam uma toalha amarela. JS escala-a, meio sem jeito.

Flashes espocam. O *call center* fica dentro de um *shopping* no centro de Porto Alegre. Nele trabalham, ao todo, mais de 600 pessoas divididas em dois turnos, atendendo a seis dos oito jornais do Grupo: *Zero Hora*, *Diário de Santa Maria*, *Diário Catarinense*, *A Notícia*, *Jornal de Santa Catarina* e *Pioneiro*.

"Vocês sabem que eu entro aqui e me sinto em casa", ele começa com um tom apenas 30 centímetros acima do chão. Agora são os olhos e os silêncios que o assediam. "Não podia terminar o ano sem vir aqui receber esse calor de vocês, que é revigorante, principalmente para um velhinho como eu. *Zero Hora*, por exemplo, está encerrando o ano com uma circulação recorde. Isso reflete a vontade do leitor de estar perto de nós. Beijo carinhoso a todos."

Mas isso não é o fim de nada. A turma do *call center* continua disposta a devorar JS, o presidente emérito, gentil senhor de 77 anos (completados em outubro de 2011). Seu falecido amigo Lauro Schirmer produziu, em 2004, um livrinho intitulado *Diplomata da comunicação*, em comemoração aos 70 anos de JS. "O título é um exagero. Mas foi coisa dele, não minha." A etiqueta de embaixador, no entanto, talvez grude melhor em Jayme Sirotsky hoje em dia, pois ele representa tanto quanto simboliza o Grupo RBS. Sua presença amplia os eventos sociais.

"Cá pra nós, se tu viras 'presidente emérito' é porque estás pendurando as chuteiras." Faz alguns anos que começou a reduzir gradualmente a carga de trabalho. Ultimamente, tem ido à RBS somente à tarde e passa, em média, quatro meses por ano em sua casa em Boca Raton, na Gold Coast da Flórida. A Gold Coast, que, além de Boca Raton, abrange as cidades de Miami e Fort Lauderdale, é animada. No verão há espetáculos da Broadway, óperas e concertos.

"Bermudas o tempo todo, descontração e atividades culturais. Lá, vou mais ao cinema do que aqui em Porto Alegre; e as universidades de Boca Raton têm uma oferta interessantíssima de palestras e cursos. Costumo escolher alguns. Não muitos, porque adoro o meu *dolce far niente*." Por outro lado, a casa de Boca Raton foi cenário de um acontecimento tristemente marcante. Marlene, esposa por mais de 50 anos, faleceu nela, em 2009, após uma parada cardíaca. O neto Serginho, filho do Sergio, estava com o avô.

"Ela era diabética. Nos últimos seis anos da vida, ela já não me acompanhava nas minhas viagens pelo mundo. Eu ia sozinho ou com alguns filhos e netos. Foi um período muito difícil, que só o tempo me ajudou a superar." Hoje, sente-se bem consigo mesmo e, às vezes, acha bom ficar sozinho. "Mas não em caráter permanente." O sobrinho Nelson Sirotsky, presidente da RBS, e seu amigo Oscar Bernardes se encontraram recentemente em Nova York e decidiram: "Precisamos arrumar uma namorada para o Jayme".

Deixamos o *call center* pela Rua da Praia, por onde caminhamos. A Feira do Livro de Porto Alegre se estende até aqui. Jayme terá de comparecer à Feira amanhã à noite, feriado de 15 de novembro, para a entrega da 9ª edição do Fato Literário, prêmio criado pela RBS para coroar uma personalidade de destaque e projetos de incentivo à leitura. "Esse prêmio tem um caráter educacional que me interessa muito. Acho que os *publishers* têm que se envolver mais efetivamente com problemas como o da qualidade na educação."

O caladão motorista particular João Carlos, torcedor do Inter, encosta o Citröen C6 preto na esquina da Rua da Praia com a Caldas Júnior para apanhar o gentil patrão gremista, que, como um vovô obediente, segura a almofada vermelha em formato de coração que a turma do *call center* lhe dera de lembrança. "Porto Alegre é a combinação perfeita entre o que há de bom em uma metrópole e o que pode haver de bom numa cidade pacata. Nunca tive nem carro blindado, nem segurança aqui. Mas reconheço que sou confiante demais, e fatalista, até."

De volta ao escritório, Jayme amassa uma bolinha azul celeste da Theraputty® (*hand exercise material*), seu brinquedo. Foi quando o assunto educação ressurgiu com força. Ele convoca Marcelo Rech, diretor de conteúdo da RBS, para uma teleconferência sobre a recém-criada editoria de educação do *Zero Hora* e sobre as diretrizes gerais dos oito jornais do Grupo em relação ao tema. A ideia é que os alunos estejam no centro das reportagens. As matérias sobre educação, portanto, têm sido realizadas com ênfase nos jovens e em seus processos de aprendizado.

A voz de Marcelo soa presencial: "O país e a sociedade devem explicações aos alunos. Nós também devemos", filosofa. "Dos anos 1980 para cá, a mídia brasileira cobriu educação como simples disputa salarial entre professores e governos, negando o fundamento da educação, que é o aprendizado, e caindo na falácia de que tudo se resume em mais verbas. Não desconsideramos as questões salariais e orçamentárias, mas o eixo central da nossa cobertura é a qualificação do estudante e o envolvimento dos pais. Tudo o mais se subordina a isso."

Em 1957, Maurício Sirotsky Sobrinho adquiriu, juntamente com três sócios, a Rádio Gaúcha de Porto Alegre, *célula mater* da futura RBS. Maurício convidou o irmão caçula Jayme para acompanhá-lo no empreendimento, mas Jayme, pressionado pela então namorada Marlene, não aceitou. "Marlene achava que uma rádio era um antro de mulheres muito liberadas e não admitiu que o futuro marido a elas se expusesse", escreve Lauro Schirmer em *Diplomata da comunicação*.

Jayme só se integraria efetivamente aos negócios do irmão em 1962, já trabalhando na criação da TV Gaúcha, canal 12. Naquele ano, tornou-se diretor de comercialização. Televisão ainda era um negócio do tipo caixa preta, mas "Jayme conseguiu a façanha de começar a faturar antes da inauguração". "Durante o período de transmissões experimentais do novo canal, a imagem do canal 12 passou a aparecer juntamente com *slides* de patrocínio da Springer Admiral", escreve Lauro Schirmer.

Na visão de Lauro, Maurício e Jayme compunham "uma simbiose perfeita": "a segurança dos pés no chão de Jayme dando sustento aos altos voos de criação de Maurício". Em 1964, apareceu uma proposta de compra das emissoras pelo Grupo Simonsen, dono das TVs Excelsior do Rio e de São Paulo. Maurício e Jayme não queriam, mas os outros sócios que detinham a maioria das ações não resistiram à oferta tentadora. Os Sirotsky foram mantidos como diretores contratados (Maurício passou um período no Rio, dirigindo a TV Excelsior).

Em 1967, os dois decidiram recomprar o canal 12. Na época, já eram sócios do *Zero Hora* (assumiriam o controle do jornal em 1970). Com o falecimento de Maurício, em 1986, Jayme substituiu o irmão e, no momento certo, preparou e encaminhou Nelson Sirotsky, primogênito de Maurício, para a sucessão. Em 1991, Nelson assumiu o Grupo RBS e Jayme se tornou presidente do Conselho de Administração.

∾

Feriado de 15 de novembro de 2011, 10h. João Carlos e Jayme chegam pontualmente ao Hotel Intercity, na avenida Borges de Medeiros, perto do Shopping Praia de Belas. Jayme está de *short* azul-marinho, tênis branco e preto, camiseta azul-celeste (sem qualquer referência direta ao Grêmio) e óculos. O nariz – "meu perfil, na verdade, é um nariz", ele brincara no dia anterior – se destaca acima do plano geral. Caminhamos em direção às margens do Guaíba, adentrando um parque cujo nome oficial, não por acaso, é Maurício Sirotsky.

Desde os anos 1970, Jayme se habituou a caminhar e correr na avenida principal do bairro Ipanema, onde mora.

A corrida entrou em sua vida primeiramente como atitude de combate ao sobrepeso. Quarenta anos atrás, ele pesava mais de 100 quilos, em parte por apreciar muito a fundo os prazeres da boa mesa (sem bebidas alcoólicas), em parte porque era sedentário. Perdeu para sempre uns 35 quilos e se empenhou em manter os exercícios matinais mesmo nas viagens de trabalho mundo afora.

Em Nova York, suas pistas eram as do Central Park; em Londres, as do Hyde Park; em Paris, preferia as margens do Rio Sena ao Bois de Boulogne. Um dos cenários que ele mais curtia na Europa, no entanto, era o do imenso zoológico central de Berlim. Hoje, devido a "um problema no joelho", não corre nem caminha pelas ruas do seu bairro. "Mas faço esteira em casa todos os dias." Cruzamos com a atual secretária dele, Célia Dalmolin, ela também caminhando.

Próximo à Usina do Gasômetro, Jayme me oferece um monólogo sucinto sobre o seu envelhecimento: "Tem sido absolutamente natural. Tudo dentro dos fatos biológicos da idade. Sem paúras nem angústias. Mas é claro que às vezes me dá vontade de fazer coisas que não posso mais fazer. Correr é uma delas". Pergunto se ele já foi *workaholic*. "Ah, sim, para erguer a RBS fiz sacrifícios que até me distanciaram do convívio com a família. Não tinha tempo para nada."

❧

Família é importante para ele. É o quinto filho dos imigrantes judeus José Sirotsky e Rebecca (Rita) Birmann Sirotsky, que foram se instalar em uma colônia perto de Erebango. A imigração judaica para o Rio Grande do Sul começara em Philippson, um assentamento perto de Santa Maria. A família Sirotsky, da Bessarábia (atual Moldávia), desembarcou no Rio de Janeiro em 31 de maio de 1913. Tanto os Sirotsky quanto os Birmann empreenderam uma longa viagem de trem do Rio de Janeiro até Erechim, e dali foram transportados em carretas para Erebango.

A família de José Sirotsky, bem instalada em Erebango, só se mudaria para Passo Fundo em 1933, a fim de proporcionar melhores oportunidades de estudo aos filhos. Nessa época, eram quatro: Henrique, Isaac, Maurício e Semi, pela ordem. José e Rita se empenharam em ter uma menina. Tinham até escolhido o nome: Suzana. Mas nasceu o temporão Jayme, sete anos mais moço que o mais moço, Semi, e o único nascido em Passo Fundo (1934).

"A diferença de idade é grande. Maurício, por exemplo, era dez anos mais velho do que eu. Mas sempre fomos muito próximos. Ele nunca me tratou como um moleque pentelho. Me respeitava muito. Era uma relação de igual para igual." Para evitar uma futura convocação para o serviço militar, no Exército ou no CPOR, Jayme tirou o brevê de piloto civil no aeroclube de Passo Fundo e convenceu o pai a deixá-lo ir para Porto Alegre estudar para o vestibular de medicina.

"Pilotei algumas centenas de horas. Somente aviões monomotores. Na época, o curso equivalia ao serviço militar na Aeronáutica. Voei bastante no interior, principalmente no norte do estado. Nos fins de semana, eu ia com os aviõezinhos aos bailes daquela região." Todos os Sirotsky, apesar de não serem religiosos e tampouco ortodoxos, foram circuncidados e celebraram o Bar Mitzvá. "Os judeus são muito solidários entre si, em suas próprias famílias, mas também com as comunidades onde vivem."

∾

Em 1991, quando transmitiu a presidência do Grupo RBS ao seu sobrinho Nelson, Jayme estava bastante envolvido com entidades de classe, principalmente a Associação Nacional de Jornais (ANJ). Durante sua gestão, a ANJ deixou de reunir apenas grandes veículos, incorporando dezenas de novos jornais graças à intensa campanha liderada por Jayme.

"O Jayme é, antes de tudo, um *gentleman* e um político nato. Sabe conciliar e aproximar. Conseguiu estabelecer uma profícua convergência da ANJ com a FENAJ, em esferas onde era possível obter a conjugação dos respectivos interesses. Isso hoje parece óbvio, mas não era, na época. Muitos preferiam explorar as dificuldades. Ele simplesmente retirou o teor ideológico de certas questões e, com salutar pragmatismo, contornou as divergências", lembra o jornalista Alberto Dines.

Na visão de Dines, as características marcantes da personalidade de Jayme são "lhaneza, elegância moral, transparência e pragmatismo". O apresentador do programa Observatório da Imprensa faz apenas uma restrição ao desempenho de Jayme na ANJ: "Foi ingênuo ao permitir o assalto de uma empresa de consultoria de Miami que posteriormente se revelou como testa de ferro da Universidade de Navarra. Não se deu conta de que entregava a principal entidade empresarial da mídia brasileira aos desígnios funestos da Opus Dei".

"Há aí uma posição radical, quase dogmática, do Alberto", Jayme rebate. "Nós dois temos visões discrepantes sobre a empresa de consultoria a que ele se refere, a Innovation. Sempre soube de suas relações com a Opus Dei e com a Universidade de Navarra. Nunca, em mais de trinta anos, me propuseram qualquer ação que tivesse fundo religioso ou ideológico. Mais importante: nunca entreguei a eles qualquer tipo de orientação dentro da ANJ. Os serviços da Innovation são utilizados por meios de comunicação de todo espectro ideológico, no mundo inteiro."

∽

Viajante inveterado, Jayme aplica aos seus deslocamentos (sozinho ou acompanhado) sua característica pessoal mais evidente: o bom humor – que, aliás, se harmoniza perfeitamente com seu hábito de se corresponder com familiares e amigos íntimos para transmitir-lhes impressões sobre os lugares que visita. Ciente disso, seu filho Marcelo concebeu e coordenou a edição de *Indiana Jayme*, livro que coroou o aniversário de 77 anos do pai em outubro de 2011. Ricamente ilustrado com caricaturas assinadas por Gilmar Fraga, da equipe do *Zero Hora*, o livro é pura diversão.

Em 2006, por exemplo, Jayme foi a Moscou para o Congresso da World Association of Newspapers (WAN), entidade que ele também presidiu. No texto "Almoço com Medvedev", está escrito: "Mais palestras, mais debates e mais sono. Cabeceei muito no auditório. Não sei se cheguei a roncar. Até que um cara me disse: paroff de roncovsky idiotovsky. Pensovsky que aquizovsky eh teu hotelotr? Aí achei que tinha de me arrancar". Aproveitou essa viagem à Rússia para dar uma esticada até a Moldávia (antiga Bessarábia), a fim de pesquisar a origem dos Sirotsky, mas o texto "Diário da Moldávia" não entrou em *Indiana Jayme*.

"Elegante e diplomático, [meu pai] sempre faz questão de valorizar os interlocutores. Ele sempre tem um assunto específico para abordar com cada um. Não raro, recebo um *feedback* de alguém que esteve com ele e ficou impressionado com a sua gentileza e capacidade de aproximar-se. Ele tem o dom da empatia", afirma Marcelo (além dele, Jayme e Marlene tiveram Sergio e Milene). "Todo esse manancial de leituras e troca de opiniões com pessoas inteligentes é ordenado e processado, transformando-se na base de suas sensatas opiniões."

O escritor Luiz Antonio de Assis Brasil (*leia seu perfil à pág. 89*), secretário de cultura do Estado do Rio Grande do Sul, concorda: "Ele tem uma virtude que deixou de existir: sabe escutar. A opinião alheia, ele a ouve como se só existisse aquela pessoa no mundo. Pede opinião sobre arte, cultura, ciência, filosofia e... Ah, respeita as opiniões ouvidas! Nada do que se diz a ele cai no vazio; e tem uma memória prodigiosa, que o faz se lembrar de pessoas e circunstâncias há muito apagadas da memória dos seres humanos".

A criatividade do pai de Marcelo não tem limites. "Aliás, quando eu rio, por causa do olho meio fechado, eles pensam que eu sou japonês! Aí eu falo, e é aquela merda: takakara suja, mijaro nomuro. Ninguém mais fala japonês clássico por aqui!" (trecho de "Jayme Tokyo Shimbum", 2005). "Mas que dureza para entender eles falando com seu 'sutaque' e com o barulho das marchas passando. Acho que nem com meu aparelho de surdez eu tinha resolvido meu problema" (trecho de "A Grande Marcha de Lisboa", 2007).

∾

Na ANJ, Jayme imprimiu um estilo vivaz de administrar, valorizando os comitês, os congressos e os intercâmbios culturais, empenhando-se em trazer ao Brasil palestrantes internacionais e, às vezes, antecipando assuntos até hoje muito debatidos, como a autorregulamentação da mídia. Ajudou a trazer um dos especialistas nesse assunto: Claude--Jean Bertrand (1934-2007), autor de *Deontologia das mídias*. "Eu o conheci na Universidade de Paris (Sorbonne). Ele passou boa parte da vida estudando a autorregulamentação. Catalogou inúmeros métodos de autorregulamentação, aos quais denominou 'MAS' (Media Accountability Systems)."

Jayme usou sua bonomia até mesmo em relação ao Conselho de Comunicação Social, órgão auxiliar do Congresso, previsto na Constituição. Instalado somente em 1991, funcionou apenas de 2006 a 2009, sendo desativado pelo senador José Sarney. No final de novembro de 2011, a senadora Marinor Brito (PSOL-PA) cobrou, em Plenário, a reinstalação desse Conselho com a atribuição de fazer o controle social de temas ligados à comunicação. "Em princípio, sou contra esses conselhos de comunicação social porque, de uma ou de outra forma, podem representar algum desejo de controle da comunicação no país."

Desde os anos 1970, Jayme se envolveu com entidades de classe, tanto nacional quanto internacionalmente. Em

1996, foi o primeiro latino-americano a assumir a presidência da Associação Mundial de Jornais (WAN), que, em sua gestão, deixou de se chamar FIEJ (Fédération Internationale des Editeurs de Journaux). Na época, a FIEJ só contava com afiliados da Europa e das Américas. A posse lhe foi dada durante o 49° Encontro Mundial de Jornais, em Washington, no salão de conferências do Omni Hotel, onde Jayme anunciou dez metas, entre as quais "promover o futuro dos jornais", "aumentar a publicidade" e "oferecer mais e melhores programas de treinamento para editores".

No livro *Diplomata da comunicação*, de Lauro Schirmer, há um depoimento de Timothy Balding, então diretor geral da WAN, entidade que em 2009 se fundiria à IFRA (organização de serviços e pesquisas para o desenvolvimento do setor jornal): "Um mistério a respeito do Jayme que eu nunca consegui resolver: é impossível apresentá-lo a alguém que ele já não conheça! Jayme tem essa habilidade absolutamente excepcional de dar a todos a impressão instantânea de que eles já o conhecem de longa data e que ele é amigo deles. Um comunicador de categoria. Assim o defino".

Em 1998, em um de seus últimos discursos como presidente da WAN, Jayme disse: "Qual é a missão do jornalista nesse cenário de tanta confusão? Atrevo-me a resumir: creio que a missão do jornalista, neste cenário de contrastes, é informar com ética e responsabilidade. Temos que continuar lutando pela liberdade de expressão, pois nem a democracia plena que felizmente grassa em nosso hemisfério, com raríssimas exceções, garante o pleno direito de informar e ser informado".

∾

Em maio de 2006, quando foi à Moldávia pesquisar as origens da família Sirotsky, Jayme se sentiu como o personagem Jonathan do filme *Uma vida iluminada*. Jonathan, interpretado por Elijah Wood, é um jovem judeu americano que vai até a Ucrânia em busca da mulher que salvou a vida de seu avô na Segunda Guerra. Ele é auxiliado, nessa viagem, por um precário tradutor e por um motorista rabugento sempre acompanhado de seu fedido e desobediente cachorro batizado de Sammy Davis Jr. Durante a jornada, o inusitado quarteto descobre segredos sobre a ocupação nazista.

Com uma lupa, uma pinça e sacos plásticos, Jonathan recolhe e guarda pedrinhas, asas de borboletas, jornais velhos, fios de cabelo, gafanhotos, enfim, tudo o que encontra pelo caminho de sua jornada pessoal até a Ucrânia. Age como um laboratorista caprichoso, realçado por seu terno senhoril e seus óculos desproporcionais. Jonathan é um menino à moda antiga, caladão, certinho. Retentor compulsivo, parece querer congelar a história de seus ancestrais por meio de objetos palpáveis.

Jayme não é um retentor compulsivo, mas sabe se alimentar do passado. A Moldávia não é exatamente a Ucrânia do filme, mas lembra: "A estrada, que começou razoável, foi piorando, piorando, até avistarmos o rio Dniester, já em Soroca. Em Soroca, fomos direto para a velha e malcuidada sinagoga. A única que restou para atender aos 280 judeus que sobraram. Um velhinho com dentes de ouro e falando russo nos mostrou o livro com os judeus que moraram lá. Não havia nenhum Sirotsky. 'Há uma senhora de idade que talvez saiba de alguma coisa. Ela mora aqui perto', disse o velhinho".

Atravessando regiões de ciganos, com casas rebuscadas, sem placas nem informações claras, o motorista, Jayme e Ania (a senhora idosa indicada pelo velhinho) se embrenharam por trilhas inóspitas. "Pessoas simples, mas muito queridas, iam nos indicando o caminho. À medida que íamos nos aproximando de Dobrevein, era como se voltássemos no tempo. E Ania nos contando que eram poucas as famílias de 'goim' por lá, e que todos falavam ídiche."

O sobrenome grafado no navio que trouxe seus pais ao Brasil é Sorotsky, na verdade. Ania, "com seus dentinhos de ouro", mostrou onde era a sua antiga casa. Do outro lado da rua, segundo ela, fica a casa que era dos Sorotskys. "Que loucura! Desci, caminhei, cheirei, fotografei e também... chorei." Havia 250 mil judeus na Moldávia antes do nazismo. Duzentos mil foram mortos no campo de concentração de Balda, na Ucrânia. Hoje, não passam de 30 mil.

∾

Ética sempre foi uma preocupação de Jayme. Não por acaso, coube a ele dirigir as discussões sobre o tema em uma mesa de debates da qual participaram o escritor mexicano Octavio Paz, Prêmio Nobel de Literatura, e outras personalidades. Dessas discussões nasceu um dos dez princípios da Declaração Hemisférica sobre Liberdade de Expressão, documento aprovado em 1994, conhecido também como Declaração de Chapultepec pelo fato de a reunião de aprovação ter sido realizada no Castelo de Chapultepec, na Cidade do México. Eis o Princípio IX:

> A credibilidade da imprensa está ligada ao compromisso com a verdade, à busca de precisão, imparcialidade e eqüidade e à clara diferenciação entre as mensagens jornalísticas e as comerciais. A conquista desses fins e a observância desses valores éticos e profissionais não devem ser impostas. São responsabilidades exclusivas dos jornalistas e dos meios de comunicação. Em uma sociedade livre, a opinião pública premia ou castiga.

Entre as tantas viagens que fez nos dois anos à frente da WAN, período em que participou de reuniões em 22 países, uma foi mais que especial: a China. Depois de anos e anos sem responder às cartas de protesto contra as prisões de jornalistas na China, uma delegação de seis *publishers* da WAN fez a primeira visita oficial ao gigante comunista em março de 1997. O então presidente da WAN, Jayme Sirotsky, surpreendeu o vice-primeiro-ministro chinês, Qian Qichen.

Jayme disse a Qichen que estava ali especialmente para endossar os apelos de governos e entidades mundiais pela libertação da repórter chinesa Gao Yu, presa quatro anos antes sob a acusação de revelar "segredos de estado" em reportagens publicadas pela revista *Mirror Monthly*, de Hong Kong. "Nosso objetivo aqui é discutir com o governo chinês a situação dos jornalistas presos no exercício da profissão e a questão da liberdade de imprensa", Jayme falou. Contrariado, Qichen se limitou a dizer que os casos de prisioneiros eram um problema do poder judiciário do país.

"Tive momentos de gratificação quando companheiros nossos, jornalistas coagidos, expulsos, presos, impedidos de atuar, tiveram algum alento por ações que nós desenvolvemos na WAN. Também tive a satisfação de ver países que estão em transição para a democracia pedirem à WAN que lhes ajudassem a treinar cidadãos para o exercício adequado da atividade de profissionais da comunicação social", recorda-se.

∾

Antes de irmos para a cerimônia da 9ª edição do prêmio Fato Literário, na Feira do Livro, João Carlos conduziu um Audi Q7 prata até o bairro Menino Deus, onde apanhou Luiza Silla Maisonnave e sua "prima-irmã", a escritora Ana Mariano, autora do romance histórico *Atado de ervas*. Na Feira do Livro, próximo à tenda dos autógrafos, Jayme é abordado por três sujeitos.

Um queria tirar uma foto com a "celebridade" local; outro, segurando o próprio *business card*, dispara: "Sr. Jayme, quero muito trabalhar no Instituto Jama [entidade Pró-educação, iniciativa pessoal do empresário]". E um terceiro, tão ousado quanto trêmulo, dizendo-se fotógrafo, gruda em Jayme com o intuito (único) de marcar um horário para mostrar seu portfólio ao "dono" da RBS. Jayme age educada e tolerantemente. "Ligue no telefone geral e marque com minha secretária. Obrigado, com licença."

Os vencedores do Fato Literário foram Ivo Bender, dramaturgo e escritor, na categoria Personalidade do Ano; o projeto Amigos da Leitura, na categoria Projeto Literário; e o projeto literário Sport Club Literatura, de Francisco Marshall e Luciana Thomé, que venceu na categoria júri popular. O embaixador Jayme fez discurso, comeu vários salgadinhos, trocou cumprimentos gentis, envolveu-se, mas logo se mandou. Insistiu para que eu fosse com ele e Luíza ao restaurante Press.

Durante o jantar, Luiza me conta que Nelson Sirotsky e sua irmã Suzana a colocaram em contato com Jayme. Saíram para jantar e, depois dessa primeira noite, começaram a trocar e-mails e torpedos freneticamente durante quatro semanas. Nesse período, Luiza esteve em Israel. Enquanto isso, Jayme, com seu humor incontornável, descrevia para ela lugares onde ele não estava e situações que ele não estava vivendo. Enfim, passaram um fim de semana em Buenos Aires.

"Ele telefonou do apartamento dele para o meu falando o melhor espanhol, com sotaque portenho mesmo. Disse que queria falar com 'el Señor Silla Maisonnave'. Não tinha como não acreditar!", ela conta. Jayme é mestre na arte de passar trotes. Décadas antes, na mesma Buenos Aires, ele arrancou gargalhadas dos clientes e vendedores de uma loja na *Calle Florida*, onde rapidamente se fez passar por balconista para enganar o publicitário brasileiro Hélcio de Souza, que acabara de entrar. "*Pero, señor, usted en Brasil no es conocido como el popular* Boca de Sapo?", Jayme por fim se revelou. "Fiz questão de inserir o bom humor no conjunto de valores da RBS."

∾

No carro, a caminho de Viamão, na região metropolitana de Porto Alegre, JS me diz: "Temos conseguido manter e renovar leitores. Nosso percentual de leitores entre 20 e 40 anos é elevado". E, mais à frente, emenda: "O problema de todos os jornais é o ingresso de jovens, o ingresso de novos leitores. Por isso, criamos, nos nossos jornais, a seção "Para Seu Filho Ler" que busca uma interação entre pais e filhos durante a leitura do jornal, diariamente. O público-alvo são meninos e meninas de dez anos de idade, mais ou menos".

Em Viamão, uma vicinal de terra batida nos leva à Quinta da Estância Grande, fazenda de educação complementar com áreas de lazer. Aqui, a missão do embaixador é celebrar a primeira experiência do *Zero Hora* com seu Conselho Mirim, um grupo de 12 meninas e meninos de oito a 12 anos incumbidos de conhecer, interagir e questionar o jornal. Essas crianças visitaram mensalmente a redação durante um ano e concluíram o curso com uma Noite do Pijama nos alojamentos da Estância, onde passaram 16 horas juntas.

Antes da entrega dos certificados, a conselheira mirim Martina, 9 anos, pediu para ler aos colegas, pais e convidados o texto que ela preparou:

Ser conselheira mirim de ZH é imaginarmos que somos livres e temos a oportunidade de sermos abertos para a imaginação, que nem ser uma árvore, que dá frutos a todas as crianças do mundo. Somos crianças que podem mudar o mundo. Conselheiros, sejam fortes pois chegou a hora de dizer adeus, mas não desanimem. Haverá outras oportunidades!

Emocionado, Jayme agradeceu ao grupo e valorizou a crítica, pedindo que as crianças continuem sendo leitores de jornais, de internet e tudo o mais, e que prestem atenção às críticas para melhorar sempre, como o *Zero Hora* tem feito. Uma das críticas dos conselheiros mirins, aliás, foi à se-

44

ção "Para Seu Filho Ler": "Os jornalistas devem se esforçar mais na escolha dos assuntos, pois, muitas vezes, o tema não interessa às crianças".

Zero Hora tem 22 Conselhos de Leitores: um Conselhão, que avalia todo o conteúdo do jornal, e 21 conselhos específicos, por cadernos ou por áreas, muitas vezes recrutados em meio a leitores que têm o hábito de encontrar descompassos nas publicações do Grupo. De volta ao carro, Jayme diz: "Não há crítica mais autêntica do que a infantil". Minutos depois, seu BlackBerry vibra: um SMS informa que dois jornais da RBS estão entre os vencedores do Prêmio Esso 2011.

Um deles é exatamente na categoria Educação: a reportagem "Mestres com carinho", publicado no *Jornal de Santa Catarina*. "Sabe, a gente tem que ser movido, sempre, a sonhos e projetos. Os sonhos podem ser as utopias, mas os projetos são a cenoura no focinho do cavalo. E ele continua andando atrás dela." O embaixador mantém uma *holding* pessoal, a Jaymar (iniciais de Jayme e Marlene), que engloba o Instituto Jama Pró-educação.

"O Jama distribui bolsas de estudos para escolas ou para indivíduos e desenvolve projetos para melhoria da gestão da escola pública. Os recursos são exclusivamente meus ou da minha família. Sempre achei que o melhor caminho para a solução duradoura dos problemas brasileiros é a educação. O Jama tem estrutura pequena. Apenas um executivo. Mas conto com meus filhos, uma de minhas noras e dois dos meus seis netos. Sim, é importante a família estar envolvida." As histórias que ficam são as que se contam.

2012

Domador de veredas

ENQUANTO CONVERSÁVAMOS NO escritório atulhado de papéis e mobílias, Maria Lúcia, Maria Célia e a cozinheira, Vânia, movimentavam-se rapidamente lá dentro. De vez em quando, uma ou outra aparecia para saber se estava tudo bem, se estávamos bem servidos, etc., e pediam desculpas pela interrupção.

Voltavam para a cozinha e eu imaginava as três lá dentro, torcendo para que o "evento do encontro" transcorresse perfeitamente, como se fosse a cerimônia de posse do Presidente da República. Minutos depois, as três me surpreenderiam com um banquete ao ar livre com direito a pato assado.

Naquele momento, a conversa com Dantas estava meio truncada. Não avançava, não fluía. Mas eu acreditava (não sei de onde a gente tira essas esperanças) que ele entraria em sintonia comigo – e eu com ele. É questão de tempo, sempre.

Depois do almoço, cada um ocupou uma rede para a sesta. Dormi profundamente. Por volta das 16h, acordei com um cutucão. Quem era? Ele.

– Vamos tomar um banho de bica? – perguntou.

– Claro – respondi, pulando da rede como se ela estivesse eletrocutada. Ainda zonzo, parei para pensar e a ficha caiu: – Ih, eu não trouxe *short*.

– Tem problema, não. Te empresto um.

Paciência é tudo. E lá fomos nós, agora conversando abertamente, como duas crianças metidas a adultos. É questão de tempo, sempre. Mas o tempo não é dado. É uma conquista.

– Seu primeiro livro – *Coivara da memória* – foi publicado quando tinha 50 anos. Por que demorou tanto? – eu quis saber.

– Sou um pouco lento no andar, no decidir, e, às vezes, quando estou muito à vontade, no falar. As ideias custam a me acudir.

Estrilador, arredio, espinhento, cabeçudo. Autodefinições dele. Não sem certo rigor literário. Em sua convicção mais profunda, acredita que o ofício de escrever é inútil como qualquer outro. Não salva ninguém do desespero, apenas ajuda a arrastar a carga. Muito antes da nossa curta convivência, no entanto, revelou-se gentil, tolerante e espirituoso.

Para conhecer Dantas, é preciso – ou melhor, é absolutamente necessário – aceitar que seus textos têm raízes profundas e um vigor indomável. As palavras dele batiam, rebatiam e resvalavam em minha memória, formavam ideias e iam-se orquestrando, articuladas, meio à força da natureza que as cerca.

Dentro ou fora das páginas de *Coivara da memória* (1991), *Os desvalidos* (1993) e *Cartilha do silêncio* (1997), impera um universo poético-visual marcante até para testemunhas não metropolitanas. A sua fazenda Lajes Velha é centro de resistência às seduções fáceis, fonte, santuário, prova de dignidade de um sujeito capaz de implodir os pejorativos do ser provinciano.

– Literatura é mistério também, num sabe?

– Sei. Então, como é que o senhor...

– Senhor, não.

– Então, como é que você lida com...

– Não lido.

Escreve a pospelo (ih, impregnei-me) das tendências atuais e não transige no que concerne à expressão. Dane-se o politicamente incorreto, a escatologia, os detetives sabichões, o sexo apimentado, o tráfico de drogas nas periferias faveladas, o *roquinrrol*, a ação descartável... Para o inferno, a fusão entre o verossímil e o inverossímil...

— E outros recursos em voga, arrivistas.

Contenta-se com arroubos de crítica espontânea à sua obra. Para ele, é o que compensa a feitura de um livro, não a evidência da moda ou o amador mercado editorial brasileiro.

— É gratificante a boa crítica. Mais do que ver o livro vendido como sanduíche.

Pensamos em voz alta se os temas escolhem um autor ou se é o contrário.

— De que modo a memória te acode? — pergunto.

— É um atraca-atraca dos diabos. Os temas negaceiam, me provocam de estucada e vão tirando o corpo fora que nem galo de rinha que briga de retirada.

Impossível evitar a contaminação pelas especiosas palavras que ele escreve aos montes e pronuncia aos poucos. É cabra caladão. Chicoteia o próprio lombo, se necessário, exigente que é, mas jamais esporeia o silêncio. Não consegue se acomodar no desconforto de conversas afobadas. Os verbos parecem se despregar de sua língua a trotes.

Sua escrita pode envolver o leitor atento a galopes, contrariando os temperamentos, ou mesmo gerar um mal-estar danado no iniciante e, talvez, nas novas gerações, que têm dificuldade de lidar com "movimentos do tipo parado".

Destoados da massa da produção brasileira dos anos 1990, os três livros de Dantas foram aclamados pelos críticos do centro. José Paulo Paes foi a Aracaju especialmente para conhecê-lo. Alfredo Bosi — que o incluiu na 32ª edição da *História concisa da literatura brasileira* — e Benedito Nunes correram a avaliá-lo pela via das orelhas, quartas-capas e ouvidos. Outros chegaram a compará-lo a João Guimarães Rosa e Graciliano Ramos.

– O que achou dessas honrarias todas?

– Muito disso era por conta do exagero momentâneo, do alegre sabor da novidade. Nem Guimarães Rosa nem Graciliano gostariam de ser tão mal comparados.

Semelhanças, há, afora as exaltadas e muitas vezes inúteis disputas por fama fácil e fardões. Guimarães Rosa revigorou a linguagem e deu uma banana aos modismos. Dantas, por seu turno, cerca as palavras de todos os cuidados, lapida todas as suas faces.

Graciliano travou com a escrita uma batalha férrea para atingir o estritamente essencial. Nesses termos, Dantas se equipara ao mestre somente na batalha férrea, pois não se deixa escravizar pelo foco estrito. Diferenças também há entre os três, passíveis de discussão porque paradoxais. Rosa era encantado com o mundo e suas veredas. Dantas, um cético, quem sabe um anônimo domador de veredas.

– Sou um homem sem ilusões.

Seus personagens, como os do econômico Graciliano, são pobres-diabos nordestinos presos a ambientes hostis, vitimados pela falta de saída em uma região do Brasil que não consegue aumentar seu contingente de classe média.

Nos três romances, os enredos decorrem do declínio financeiro: a desagregação dos clãs com o agravo do tempo, a erosão do patriarcalismo, o esfacelamento da pequena burguesia local, a intrusão da chantagem e do suborno como métodos de ascensão, as astúcias da boa e da má sorte, a desgraça da inveja. Sergipe é a esfera que afeiçoa os conteúdos, mas poderia ser qualquer outro lugar do mundo onde haja fome, miséria, injustiça e violência, subprodutos da decadência econômica e moral.

À noite, depois de muito vinho, poemas e um espetáculo de gotículas de chuva extemporânea visto da varanda, minha curiosidade continuava intensa. Eu me perguntava se era possível entender de onde vinha a inspiração daquele homem então às vésperas de completar 60 anos.

Desde que eu havia aparecido ali, na fazenda Lajes Velha, em Itabaianinha (SE), prestei atenção no coaxar tresloucado dos sapos no açude; nos galos que saudaram o amanhecer; no berro abafado das dóceis cabras Saanen; nos olhos silenciosos dos bois Tabapuã-Chianina; nos trinados dos grilos ouriçados com as lâmpadas da varanda; nos bufos da burra Medalha.

Medalha é a queridinha do escritor. Usando chapéu de palha, manga de camisa e botas, ele até se deixou fotografar montado nela. O chapéu de palha escondia as frinchas da testa para os estados desconfiado-relaxado; a camisa de colarinho quebrava a ancestral nostalgia dos vaqueiros do sertão; as botas de couro fino lustradas não tinham vestígios de adubo; as estaturas nordestinas, sua e de Medalha, proporcionaram-se no enquadramento; e o que realmente se sobressaiu no fosco do papel-filme foi o bigode grisalho e a imponência do fazendeiro tardio.

Mesmo com as fronteiras estéticas em extinção, poucos críticos escaparam da armadilha genérica de incluir/retirar Dantas do índex dos autores regionalistas. "Os reis da cocada preta, ou melhor, os americanos, colariam esse rótulo em John Steinbeck ou William Faulkner?" (O semblante de Dantas, aliás, tem um quê de Faulkner, não?)

– Sei não.

O termo regionalista surgiu no Brasil com nordestinos publicados a partir dos anos 1930, como Graciliano Ramos, Raquel de Queiroz, José Lins do Rego, Jorge de Lima e outros. Tem sido aplicado a obras ambientadas em cenários periféricos ou conforme o alcance da temática, supondo-o mais restrito.

– Quem tem mais alcance, Graciliano Ramos, com seus sertanejos, ou João Antônio, com seus malandros cariocas? – indago, e é quando ele começa a soltar a língua.

– São questões irrespondíveis, como essas em torno do que chamam "espírito da obra". Alguém já presenciou o encarnar do espírito de uma obra literária? Todas as explicações sobre essa matéria são feitas pelos extremos, nunca pelos intermédios. Na prática, porém, prevalece a geografia.

Até São Paulo tem regionalismo, ou tinha. Monteiro Lobato, por exemplo, com histórias que se passam no interior paulista. Mas o Estado de São Paulo deixou de ser regionalista para se tornar centro a partir de 1922, com a Semana de Arte Moderna. Acharam-se no direito, então, de afirmar que tudo o que veio antes era pré-moderno. Pré-moderno? Que diabo é isso?

– Para quem está no Rio ou em São Paulo, é cômodo falar em regionalismo. É um modo de olhar os outros por cima. No Nordeste, ocorre uma aceitação passiva de tudo isso, o que é uma desgraça. Por outro lado, existem, por aqui, claques radicais dispostas a aplaudir qualquer ataque maciço ao Eixo. Em geral, são pessoas financiadas por secretarias municipais e/ou estaduais, sem nenhum conhecimento de causa.

Para quem ainda não sabe, a literatura comporta bastante bem qualquer visão de mundo. Os tais supostos modos arredios de Dantas parecem um mecanismo de defesa do professor aposentado da Universidade Federal de Sergipe contra a inescrupulosidade.

Dantas não pertence a igrejinhas, clubes, partidos ou agremiações; não faz coquetéis de lançamentos ou dá palestras sobre os próprios livros; como professor, evitava participar de bancas de defesa de teses; rechaça veementemente burocracias e *lobbies*. Tem o dom do encasulamento, o que pode esconder tanto quanto revelar.

Não se trata de pirraça. É coisa do homem Dantas.

– Ele é um casmurro – alertara-me a amiga e ex-aluna Maria Célia Santos, que viajou comigo num táxi de

Aracaju a Itabaianinha. [Um anjo passou por Aracaju no final de 2001. Achou que devia levar consigo a simpática Maria Célia; e ela topou.] — Esse homem aí nunca chegava atrasado nem faltava às aulas, quando ainda era professor — ela diria mais tarde, na frente dele, abastecendo-nos de macaxeira frita.

— Sou daqueles que conhece uma pessoa pelo caráter, com pouca conversa. E, se o percebo como bom, fico logo íntimo.

A julgar pelo desatado de suas falas nas últimas horas, talvez eu já possa me considerar "uma pessoa de bom caráter".

Além de professor, Dantas foi também tabelião em Itabaianinha. Detestava. Suportou um pouco melhor a diretoria de escola, e bem melhor a cavalaria de pastos, a folearia de formigas pelas madrugadas, a caça aos viventes diurnos e noturnos, o autodidatismo em fotografia.

Submeter-se à devassa pública, remetendo originais ou publicando um livro, ah, isso foi uma dureza de outra ordem. Nunca se dedicou efetivamente a expor-se à avaliação das editoras. Mesmo assim, enfrentou a indiferença, de viva voz ou por escrito.

Antes de *Coivara da memória*, era "um aspirante nordestino sem prefácios, com um romance ambientado no interior de Sergipe e, ainda por cima, morando em Aracaju". Enquanto aguardou respostas que não vinham ou evasivas, ficou imaginando caras entortadas de ironia, reticências e respostas formais de gente que pensa ter o rei na barriga e que se esconde no argumento da falta de tempo até para namorar o próprio umbigo.

— Guardo algumas escritas que comprovam isso.

Coivara não teria sido publicado sem a teimosia da atual esposa, a poetisa e acadêmica Maria Lúcia Dal Farra, paulista de Botucatu.

– Em compensação, o terceiro livro, *Cartilha do silêncio*, ele nem me deixou ler no original. Mandou direto – conta Maria Lúcia, tentando desmontar o personagem que, a todo momento, recorre à mulher para tentar clarear a memória.

– E é, Maria Lúcia?

Dantas temia pelo destino de sua primeira cria. Quando ela partiu de seus braços, sua casa virou um buraco.

– Fiquei atarantado. Suspirava, penando pelos cantos, imaginando mil acolhidas e desacolhidas. Foi como se um filho tivesse se aventurado a ir cavar o futuro num país desconhecido. Como eu era ingênuo...

Difícil, hoje em dia, atingir leitores dispostos a tocar a solidão de um autor. Nós, contemporâneos, parecemos desejar e consumir para suprimento de necessidades concretas. Psicológicas ou afetivas. Somos predominantemente urbanos e não mais nos curvamos a obras interioranas-rurais, que não falam a nossa língua. Dantas acredita mesmo nisso que acabei de escrever.

Além de tudo, crítica e vendas são searas difíceis de esquadrinhar, embora os meios de comunicação insistam em operar com casuísmos pseudocientíficos. *Coivara* e *Os desvalidos* tiveram segunda edição. Dos três mil exemplares de *Cartilha do silêncio*, ainda restam algumas dezenas. Em Sergipe, Dantas diz ser conhecido pelo mérito exterior de seus livros. Para ser celebrado no próprio estado, é preciso repercutir antes no ex-Sul Maravilha.

– Receptividade é um tiro no escuro, disparado na cabeça de um alfinete.

Arrastado para a escrita como um cego sem remissão que perscruta o silêncio, a infância teve poder de mando na vida deste homem nascido na pátria rural de Riachão do Dantas. Meninos vendendo pirulitos, o grito do louco na cadeia, a mocinha de saia plissada, o Talho de Carne

Verde com Dorico enlambuzado de sangue perseguem o cidadão Francisco o tempo todo.

Com essas e milhares de outras lembranças, agora tenta entreter as próprias angústias. Vinha revelando a memória de sua gente em filme 35 milímetros copiado em papel dentro de seu laboratório próprio e improvisado, valendo-se, mais uma vez, do autodidatismo para resgatar o passado em preto-e-branco. Não mais. A literatura parece ter substituído, em firmes tons de eternidade, seu modo de "esmiuçar os desvãos do passado".

— A escrita se adapta bem ao retiro aqui, nos cafundós.

Em seu refúgio, a dignidade de cavalheiro aparece nas experimentações gastronômicas universais, na biblioteca fornida e nos computadores de seu escritório. Mas continua homem de raiz plantada em sua terra, de onde só saiu para completar a formação básica e superior. Nem cogita de morar em outras províncias distantes. A estada fora para mestrar-se e doutorar-se — sobre Osman Lins e Eça de Queiroz, respectivamente — só surtiu os efeitos que podiam surtir.

— Continuo podendo me arranjar sem os encantos das metrópoles.

— Nunca pensou em sair?

— Pra fazer o quê? Pra que me violentar? Escrever já é um enfrentamento e tanto.

Locupleta-se, então, com seus bichos e plantas e no convívio com personagens que, não fossem reais, pareceriam inverossímeis. Cumpádi Nelson, por exemplo, o velho caboclo vizinho que não trata a hérnia na virilha porque não se permite despir para o médico; ou a mulher de Nelson, que faleceu de câncer no útero por nem considerar a hipótese de se exibir para um ginecologista. Cumpádi Nelson está para Francisco Dantas como Bernardo para o poeta Manoel de Barros. São criaturas imaginárias, de tão reais.

– Os personagens é que peitam meus enredos, não o contrário.

Eles e elas falam por si e através de si, com todas as palavras, como neste trecho de *Coivara*: "Nessa volubilidade de querer chegar até onde me embargam os passos, empenhado em buscar tanta coisa além desta sombra que sobrou, aqui e acolá vacilando a meio estirão andado – só esta mania de tudo reviver continua a me devorar, na crua obstinação de me manter abismado diante de um passado que tortura o presente e anuvia o futuro: repuxão descontínuo que hesita e reata, mas nunca deixa de avançar, insaciável nas solertes investidas".

Progresso é o atingimento da simplicidade, na ficção ou na ilusão da vida real. Na região da fazenda Lajes Velha, os agricultores estão em penúria.

– Ninguém mais vive de agricultura por aqui. Só de subsistência. Meus vizinhos estão quebrados.

Dantas começou uma criação de cabras Saanen e plantou 500 pés de coqueiros irrigados, que, como retorno, deverão, dentro de um ano, devolver águas para que alguém as engarrafe. Mas é um empreendedor de aparências. Não vislumbra ganhos que possam ir muito além da manutenção da casa sesquicentenária, feita de taipa, avarandada, o cume do telhado de duas águas suspenso a uns cinco metros do chão, talvez o único ponto que as dezenas de gatos de Maria Lucia Dal Farra não alcançam.

– Se esta fazenda se pagar, já estou satisfeito. Como marginal que sou, na literatura e na vida, nada do que boto a mão vira dinheiro. Nesse campo, sou nulo.

Na verdade, procura alimentar-se de víveres próprios; cavouca, com as mãos, hortas que não dispensam manjericão, coentro e salsas. Gosta mesmo é de admirar as surpresas dos roseirais; às vezes, toma banho de bica (especialmente quando conhece alguém de bom caráter) e aprecia uma carninha de jacaré. Outro dia, liguei para ele de São Paulo e ele me disse:

– Olhe, Sergio, estendemos a varanda da sede mais alguns metros rumo ao açude. Você precisa ver – foi logo dizendo.

É um sujeito austero, mas impontual; sonhador, porque ensimesmado; fecundo, mas tímido; autônomo e, ao mesmo tempo, dependente: de companhias inteligentes, de CDs de jazz, de gastronomias elaboradas, de viagens aos paraísos perdidos da Terra.

– Os mais ingênuos costumes dessa região foram atropelados, viu? – prossegue. – Nas feiras daqui não se encontram mais os rolós [*calçado rústico para montar cavalo*]. As novas gerações nem sabem o nome. Foi uma aculturação galopante.

Ele mesmo não resistiu. Comprou, em Barcelona, um par de botinas de números diferentes, calhados ao seu pé direito maior que o esquerdo.

Está bem, está bem. Pois, se não são ideais que movem o mundo, o que o move, então? Em *Os desvalidos*, história a ser filmada pelo cineasta Francisco Ramalho, uma insinuação: "É a sina que iguala todos nós, conforme o quilate de cada um. (...) Mas quem tira e bota é o zinabre do dinheiro. (...) nas regras havidas por estas bandas, o suplicante, mesmo apenas pra sobreviver a farinha e rapadura, tem de entrar na lei de se acoloiar com algum grandola mandão". Que país é esse?

Entro no avião em uma tarde de sol a pino e um calor desumano, as mãos carregadas de pacotes de goma de tapioca e a barriga avolumada por uma saborosa moqueca de arraia. Um jornal local informa que os urubus ao redor do aeroporto de Aracaju estão pondo em risco as turbinas dos jatos. A cabeça fervilha trocadilhos e paródias. É como se eu já tivesse conhecido aquele homem há séculos.

2000

Médico no campo dos sonhos

JOGAR FUTEBOL SEM a bola. O quê? Equivale a realizar uma cirurgia sem usar as mãos? Psicanalisar sem ouvir? Opinar sobre um jogo ao qual não assistiu? Em campos de várzea, onde intelectualidade e esporte raramente se misturam, a molecada costuma esfolar os dedões com esferas imperfeitas, e não se fazem perguntas idiotas. Para todos os efeitos, o treco é uma bola, e quem se desloca sem ela nos pés também está jogando. Ponto.

Tostão, por exemplo, posicionava-se tão bem entre os zagueiros adversários, deslocava-se tão rápido, que sua função, na Copa de 1970, principalmente, era confundir, fustigar, perturbar o sentido dos defensores adversários. Assim, Pelé, Rivelino e Jairzinho podiam penetrar livremente pelos vazios deixados por aquela movimentação incansável.

O jogo sem bola seria uma reação à noção clássica do atacante fixo entre os zagueiros. O craque tricampeão do mundo nunca foi, no Cruzeiro ou na seleção, nem um centroavante, nem um armador tradicionais. Na Copa de 1970, Tostão atuou como um pivô, alternando com Pelé. Se um ia, o outro ficava. Sim, aquela era uma seleção sem centroavante, e este era o desejo do controverso João Saldanha (morto em 1990), admirador incondicional do craque mineiro. Saldanha havia sido categórico com seu pupilo: "Na minha seleção, você joga de qualquer jeito, não importa em que circunstâncias".

— Acho que o fascínio que eu despertava em Saldanha decorria, pelo menos em parte, de afinidades políticas. Éramos favoráveis à reforma agrária e contrários ao regime militar, por exemplo.

Tostão ficou conhecido mundialmente por jogar sem a bola, ou seja, usando, às vezes, apenas a inteligência. Claro que isso é apenas retórica de boleiros. Tostão jogava extraordinariamente bem com a bola nos pés. Era ilustre, cabeça erguida, rápido, driblava para o lado de fora, chutava forte com ambas as pernas, cabeceava de olhos abertos e, talvez o mais importante, tinha um equilíbrio e uma formação educacional incomum. Raramente caía, e nunca foi expulso.

Nos anos 1960, estiveram mal das pernas os times que não tinham tostões. O time do Cruzeiro, que possuiu um Tostão entre 1963 e 1972, encheu os cofres. Tostão dava passes precisos em toques de primeira; driblava curto e logo se apresentava na área para fazer gols (foram 143 só no Mineirão, um a menos que Reinaldo, ídolo do rival Atlético). Sua maior qualidade era antever as jogadas, mapear o campo e fazer prospecções sobre o que poderia acontecer com ou sem um toque seu na bola.

O épico time do Cruzeiro tinha Raul, Natal, Piazza, Dirceu Lopes, Zé Carlos, Hilton, Evaldo e outros, que se locupletavam. Era uma formação do destino, talvez como a da Holanda de 1974 — conhecida como Laranja Mecânica — e muitas outras equipes encantadoras da história do futebol brasileiro. Um dado interessante é que aquele grande time do Cruzeiro também não teve, como a seleção de 1970, um centroavante fixo. Evaldo, o camisa 9, era um jogador altamente técnico e nada fominha. Por isso, tanto Tostão quanto Dirceu Lopes e os demais atacantes faziam muitos gols. Tostão comandava, na verdade, uma equipe solidária.

De 1973, quando pendurou as chuteiras, até 1994, quando voltou ao cenário esportivo como comentarista na Band — e, depois, no canal pago ESPN-Brasil —, foi vítima de assédios e injustiças por parte da imprensa, que espalhou a cântaros que ele se tornara deprimido, desiludido e renegado; que passara a evitar até o próprio apelido, que vem de moleque e significa pequenino, baixinho, moedinha, troco.

— Começou com um programa Globo Repórter sobre craques do passado. Eu me recusei a dar entrevista, apesar da insistência. E espalharam que eu não gostava mais de futebol, que joguei meus troféus fora, que não admitia mais que me chamassem de Tostão. Uma bobagem. Me retirei porque preferi me dedicar à medicina. Como médico e professor universitário, tinha de me preservar, pois me viam como um animal raro. Alunos de outros cursos iam assistir às minhas aulas só porque eu era o Tostão, ou pra ver o Tostão. Certa vez, um cinegrafista entrou na sala pra me flagrar. Eu precisava cortar esse vínculo. Me incomodava a ideia de não poder me aproximar das pessoas sem que elas me vissem com essa curiosidade toda.

Agora tem uma coluna de vértebras sociopsicofutebolísticas às quartas e aos domingos, publicada simultaneamente em vários jornais brasileiros. Sua memória está em forma. Em sua casa, no condomínio Estância Serrana, Nova Lima, região metropolitana de Belo Horizonte, o craque das palavras arredondou suas lembranças. (Ele completou 56 anos em janeiro de 2003.) Trocou o apartamento de luxo no charmoso bairro de Lourdes, em Belo Horizonte, para ir viver perto da natureza, com sua cadela de raça Weimaraner, a Lambreca, e micos, esquilos, passarinhos, gambás, jacus e outros animais que rondam sua casa. Em uma crônica de Natal (25/12/2002), escreveu:

Cada dia que passa, eu, meus filhos e as pessoas que frequentam a casa gostam mais da Lambreca. Entendo-me com ela pelo olhar e gestos, como Diego e Robinho nos gramados. A comunicação analógica é muito menos exata, mas é muito mais rica do que a digital, por palavras. A Lambreca já conhece bem os meus pensamentos. Quando abro a porta, ela sabe se vou sair de carro, dar uma caminhada ou apenas pegar os jornais. Desconfio que ela tem muito mais circuitos de neurônios do que os humanos. A única diferença é que ela não pensa, analisa e reflete sobre a vida. Vive. Isso tem suas vantagens. A Lambreca não tem raiva, ódio, rancor, angústia, outros sentimentos comuns nas pessoas e ainda não sabe que vai morrer.

O espocar dos *flashes* das câmeras e as luzes dos refletores direcionadas para seu rosto hoje rechonchudo não o incomodam mais. Está bastante acima do peso ideal de 70 quilos dos tempos em que jogava. Desde que parou de jogar, aos 26 anos, não brincou nem numa pelada. Seu senso de humor mineiro, contudo, está aguçado como o radar que o orientava nas tabelinhas com Pelé. Por falar nelas, nas tabelinhas, elas não tinham nada de mágico, segundo Armando Nogueira...

(...) A verdade em torno dessas jogadas de Pelé e Tostão é que, enquanto os demais jogadores entram em campo equipados apenas com chuteiras, meias, ataduras, sungas, calções, camisas, os nossos dois amigos, além do uniforme, levam também ponto eletrônico enfiado nos ouvidos, para trocar informações – e aqui está a chave de tudo –, dois radares e um par de computadores eletrônicos portáteis fabricados especialmente para eles dois pelo Instituto Tecnológico de Massachusetts. O radar acusa a presença de obstáculos móveis na trajetória da bola, e o computador eletrônico completa as informações, corrige o centro de gravidade dos dois na corrida, previne as situações de impedimento, calcula o ponto de reencontro do binômio jogador-bola em função do fator espaço-tempo etc., etc.

Sua trajetória como jogador, médico (clínico-geral), professor universitário e comentarista esportivo é incomum em diversos aspectos. Primeiro, por saber que "a vida não tem significado, tem existência", como escreveu o poeta Fernando Pessoa na pele de seu heterônimo Alberto Caeiro. Segundo, que é a partir do corpo (dentro ou fora de campo) que ocorre o primeiro contato com os sentimentos. Clarice Lispector, por exemplo, disse que o corpo é a sombra da alma.

Eis o ponto. Ele é (sempre foi, desde garoto) leitor de literatura, filosofia, psicologia. Gosta de Clarice e Pessoa. Frequentemente, recorre a Rubem Braga e Carlos Drummond de Andrade para inspirar sua escrita, e esteve às voltas com *Momentos decisivos da humanidade*, de Stefan Zweig. Alimenta-se também de cinema. Os dramas introspectivos – franceses, de preferência – e as comédias *a la* Woody Allen estão entre os seus gêneros preferidos.

Desde garoto, é reflexivo e ensimesmado, estado de espírito que batizou, com excessivo rigor, de melancolia intermitente. Seu senso de reclusão é deliberado, prazeroso. Além do mais, o craque acredita em cultura, alma, emoção e psique, componentes adicionais de músculos, cartilagens e ossos. Lidou com essas subjetividades na prática, como clínico-geral e curioso da medicina psicossomática.

Quando garoto, sonhou primeiro com a engenharia, e chegou a prestar vestibular para ciências econômicas duas vezes quando já brilhava nos gramados. Mas foi a medicina que o captou durante duas décadas. Hoje em dia, seu sétimo sentido o orientou a combinar perfeitamente o modo de ser com o modo de viver. A escrita de colunista de âmbito nacional se encaixou como uma luva na vida do médico esquecido. Escrever para jornal duas vezes por semana passou a ser o seu maior lance.

– Não curto solidão. Sou apenas quieto.

Quieto porque independente. No período em que foi comentarista da Band, a partir da Copa de 1994, fez críticas ao balcão de negócios em que se haviam transformado as transmissões esportivas do canal. Anunciava-se de tudo, de restaurantes a remédios, e jogadores e técnicos eram enaltecidos, com vantagens para os membros da equipe de esportes.

– Certa vez, o departamento comercial pediu que eu falasse bem de um remédio durante o jogo, porque sou médico e minha opinião teria peso. Além de antijornalística, aquela atitude era antieconômica.

O desequilíbrio entre razão e paixão sempre foi a tônica do futebol brasileiro. O jovem jogador era um crítico desse e de outros problemas. Amigos, colegas e familiares às vezes lhe pediam para não criticar publicamente os defeitos estruturais do futebol brasileiro ou as injustiças da época (as mesmas de hoje, diga-se). Desancou algumas excursões ridículas da seleção brasileira, e dirigentes da época disseram que ele estava misturando "sentimentos de inferioridade regional" (por ser um dos raros jogadores do escrete que atuava fora do previsível e carcomido esquema de bajulações do eixo Rio-São Paulo) com o "caráter nacional da seleção".

Hoje, homens de negócios estão administrando as finanças e deixando parte das decisões do futebol para os dirigentes dos clubes, tradicionalmente amadores em ambas as funções. Os investidores – fundos, bancos, grupos industriais, multinacionais de marketing esportivo – têm criado torneios visando à promoção e à arrecadação de lucros imediatos. Mas muitas competições nem sempre atraem torcedores. Neste caso, o arcaísmo pode adequar-se à modernidade e vice-versa.

Para começo de conversa, foi defensor do campeonato brasileiro de pontos corridos[1]. Se dependesse dele, também, os campeonatos estaduais, comprovadamente desinteressantes, acabariam.

---

1   O campeonato brasileiro de pontos corridos estreou em 2003. O Cruzeiro foi o campeão.

– Servem só pra atender a interesses políticos locais. O fim desse modelo paternalista levaria os clubes pequenos e médios a se fundirem para aumentar as chances de competir tanto nacional quanto regionalmente.

O futebol, seus clichês e superstições: orações sem fé, entrada em campo com o pé direito, Nome do Pai, beijo na medalhinha, macumbas, bolas que procuram artilheiros, pênaltis lotéricos, importância de competir, caixinhas de surpresas, corridas atrás de prejuízos, resultados ruins, mas positivos, finalizações incertas, concentrações aprisionadoras, orientações contrárias ao sexo no dia anterior aos jogos...

– O excesso de crença continua retardando o aperfeiçoamento do futebol brasileiro.

Após muitas transições e fluxos interrompidos, o destino deu outra piscadela marota para Tostão, que reencontrou o futebol em 1994, mesmo ano em que a seleção ergueu o caneco pela quarta vez. O comentarista ajudou a depurar o colunista, que, por sua vez, fomentou a introspecção do médico.

Especulou-se muito que seu sumiço por 11 anos – de 1973 a 1984, quando ele deu uma entrevista inesperada ao repórter Otávio "Pena Branca" Ribeiro para a revista *Placar* – havia sido por causa da fatalidade no jogo Cruzeiro e Corinthians, no Pacaembu, numa noite chuvosa de 1º de outubro de 1969, pelo torneio nacional Roberto Gomes Pedrosa, conhecido como Robertão.

O defensor alvinegro Ditão, 1,90 m de altura, rechaçara selvagemente a bola que velejava aos solavancos sobre o gramado encharcado. Na verdade, era uma bola perdida para ambos, defensor e atacante. Ditão tinha pouca afinidade com as belas artes do futebol. Apagado na tal partida, Tostão estava caído no momento do chutão, a cabeça a 30 cm da bola molhada, que só não foi parar na avenida Pacaembu porque o olho esquerdo do meia-atacante bloqueou-a.

Naquela tarde, torcidas e colegas fizeram um silêncio aterrador no Pacaembu. À noite, no hotel, acordou enxergando pontos escuros. Em Belo Horizonte, no dia seguinte, o diagnóstico não podia ser mais cruel: descolamento da retina. Faltavam exatamente seis meses para a convocação definitiva dos jogadores que seriam tricampeões do mundo em Guadalajara (1970), e Tostão tivera uma atuação estupenda nas eliminatórias, tanto que produziram e lançaram um documentário laudatório sobre ele naquele período: *Tostão, a fera de ouro* (1969), fita que se tornou relíquia para os fanáticos por futebol. Psicologicamente, teve de prosseguir com o temor constante de que o problema voltasse e o impedisse de ser convocado.

Claro, se Ditão fosse um craque, daria um toque para o lado, sairia com a bola facilmente. O acaso tem lá seus constructos. Mesmo assim, é difícil entender essas rajadas banais que tiram do rumo e parecem retardar a nossa chegada a algum porto seguro. Aquele acidente só não foi perversamente destruidor porque tanto Tostão quanto Eduardo Gonçalves de Andrade tiveram, desde sempre, uma bússola apontada para um horizonte mais amplo.

– No futebol ou na vida, o acaso é tão importante quanto o esperado – ele diz, levantando-se do sofá. – Vou fazer um café pra nós.

O menino bom de bola que morava no conjunto habitacional dos industriários, conhecido como Iapi, em Belo Horizonte, costumava jogar entre os grandalhões. Daí o apelido. Um dia, o time de meninos do bairro foi jogar com o infantil do Atlético, campeão mineiro, em campo adversário. Tostão ficou na reserva, com as chuteiras debaixo do braço. Um jogador faltara e lhe deram a camisa, que cabia quase toda para dentro do calção, de tão desproporcional em relação àquele que seria o herói do domingo.

Os garotos riram da descompostura, as faixas horizontais da camisa sumiram dentro do calção. Tostão não se importou, fez o gol da vitória (2 x 1) com um toque sutil, encobrindo o goleiro. A carreira de jogador só começaria oficialmente, segundo os registros da família, no juvenil do América, time do coração de seu Osvaldo, o pai (falecido). Seu Osvaldo foi quem negociou, de coração partido, a transferência de Tostão do América para o Cruzeiro com Felício Brandi, então presidente da equipe celeste.

Com ou sem gols, Tostão seguiu estudando. É um dos raros jogadores profissionais brasileiros a ter completado o curso científico – e aos 18 anos! Chegou a tentar o vestibular em economia duas vezes. O jovem craque procurava o saber. No dia a dia dos treinos, no América e no Cruzeiro, era um estranho no ninho. A maioria de seus colegas, de baixa escolaridade, mal sabia, por exemplo, o que era uma ditadura militar.

– Não queria ser igual, também não me achava melhor que ninguém. Apenas diferente. E não me escondia. Nunca fui intelectual nem tive a pretensão de ser. Assumia o que gostava, sem receio de ser eu mesmo. Os colegas entendiam. Não me isolavam.

Sua origem, para os padrões da maioria das famílias dos garotos que sonha(va)m com fama e fortuna nos gramados, é outra aberração no mundo do futebol, marcado por carências de todo tipo. Tostão é filho de seu Osvaldo, bancário, e de dona Osvaldina, funcionária dos Correios. Os irmãos Carlos Alberto, Célio (falecido) e José Osvaldo também tinham boa cultura média.

Primeiro na TV, depois na ponta da pena, ele pôde restituir ao futebol sua raridade – a do futebol e a dele próprio, Tostão. Mesmo com o olho ferido, continuou observando a selva, os fatos e seus efeitos, as transições e as sutilezas. A fábula do herói arrancado prematuramente do campo de batalha se perdeu. Tostão reencontrou-se com a natureza e consigo mesmo.

O diagnóstico médico do descolamento da retina marcou o início de um calvário que ele procurou vencer com serenidade, dádiva divina que hoje o ajuda a pontuar suas crônicas de psicologias e sociologias. Para se recuperar da cirurgia feita pelo oftalmologista Roberto Abdala Moura no Methodist Hospital, em Houston, Texas, em outubro de 1969, Tostão não podia contar com aforismos.

Se a recuperação ocorresse como o previsto, talvez pudesse disputar a Copa. Era o que ele queria ouvir. Apesar do suspense criado durante meses pelos jornais brasileiros, houve um alívio nacional quando os médicos deram o ok. Para quem tem bússola – e até radar eletrônico, como disse o Armando Nogueira –, um choque súbito e uma convalescença não eram o fim do mundo. O problema era a angústia.

Quinze dias antes da Copa, outro susto. Seus olhos estavam vermelhos. A comissão técnica ficou muito preocupada. Dr. Abdala foi chamado mais uma vez. Normalmente, seu olho esquerdo era bastante vermelho em razão de pequenas hemorragias na conjuntiva, parte externa do olho. Mas isso não explicava coisa alguma, não dava pistas claras sobre o que estava ocorrendo com o craque.

Na seleção, começou carreira na Copa de 1966, na Inglaterra, aos 19 anos. Conheceu Djalma Santos, Belini, Gilmar, Garrincha, heróis das copas de 1958 e 1962. Das grandes lendas da época, apenas Pelé não era um veterano. Era um time envelhecido, com muitos jogadores em fim de carreira. Ganharam apenas uma das três partidas e foram eliminados nas oitavas-de-final.

Na derrota de 3 x 1 para a Hungria, jogo em que o Brasil levou um baile, Tostão marcou o gol de honra. Três anos depois da Copa da Inglaterra, um cronista inglês perguntaria como era possível um jogador baixinho, de pernas grossas e lento jogar tão bem. Nas eliminatórias de 1969, ano em que descolou a retina, foi artilheiro com 10 dos 23 gols da equipe. Identificou cedo suas próprias barreiras. Em geral, não espera que lhe critiquem. É rigoroso consigo, mais do que com treinadores, jogadores e cartolas.

– Fundamental, em qualquer atividade, é ter autocrítica. Eu conhecia as minhas limitações no início da carreira: só chutava bem com a perna esquerda; cabeceava mal, com os olhos fechados; tinha pouca velocidade nos médios e longos espaços e chute fraco de fora da área. Pensava rápido, mas não conseguia realizar o que desejava. Minha técnica não acompanhava meu raciocínio.

Com o apoio velado dos colegas na seleção, Tusta teve de vencer também a teimosia de Zagalo, *round* subsequente ao duro período de recuperação do olho esquerdo. Zagalo, que substituíra João Saldanha por motivos políticos ainda não devidamente explicados, assumiu dizendo que Tostão seria o reserva de Pelé.

Além de tudo, aquela seleção tinha excesso de contingente no meio-campo. Tanto que o treinador teve que mandar Piazza para a zaga e Rivelino para a ponta esquerda. Zé Carlos e Dirceu Lopes foram cortados para a entrada dos centroavantes Dario (Atlético) e Roberto Miranda (Botafogo), dois rompedores.

– Ser reserva de Pelé... Pode haver algo pior para um jogador? Significava ser reserva do maior jogador de todos os tempos. Mas reserva – pondera. Coloca a cafeteira italiana sobre a mesa. – Espero que o café tenha ficado bom.

As xícaras esmaltadas azuis combinam com a casa estilo colonial, que lembra uma fazenda antiga – aldrabas, portais de madeira, venezianas, lajotas e tijolo rústico nos vários ambientes. Do lado de fora, um reconfortante marulhar de água por entre as encostas da mata densa que cobre a região serrana faz coro com a chuva que caiu forte ao longo da nossa entrevista.

A compra dessa casa alterou um pouco a rotina. Tostão sempre morou em Lourdes, bairro nobre da capital mineira, perto de tudo. Mas o retiro combina perfeitamente com sua incrível capacidade de recusar convites. Às vezes, prefere estar só, em sintonia com o silêncio. Já faz tempo que se separou de Vânia, engenheira química, com quem teve Mariana e André.

– Não encarno o tipo energético. Penso, reflito muito, mas ajo pouco. Para os outros, porém, pareço extremamente ativo.

Entre orquestrações de pássaros e exalações de eucaliptos montanheses, o comentarista dorme tarde (por volta de uma da manhã) e acorda entre 8h e 9h. Lê as diversas seções de vários jornais e revistas e acompanha todas as movimentações esportivas por miniparabólicas e uma TV de 33 polegadas.

Vê prazer no ato de lembrar, mas sem se importar com a retenção do passado. Não ostenta nenhuma galeria de troféus, medalhas ou outras honrarias inutilmente inventadas para tornar o tempo onipresente ou para eternizar a ilusão de permanência, como diz Woody Allen a respeito das tradições judaicas.

– O certo seria eu pelo menos saber onde estão os objetos de minhas memórias como jogador. Mas sou muito desorganizado.

Carreira de jogador é curta mesmo, não tem jeito. Logo que parou de jogar, em 1973, aos 26 anos, notou que havia perdido ideias interessantes, como o velho sonho de estudar medicina, adiado por causa do futebol. Intimamente, estava faminto de entendimento. Para um sujeito preocupado com distorções de toda espécie, imagine-o enfrentando os sistemas de educação e saúde brasileiros. Não deu pra salvar o mundo, como previra. Prolongou vidas, o que já não é pouco.

– Nunca tive consultório próprio. Nunca quis. Preferi ser professor da Faculdade de Ciências Médicas de Belo Horizonte. Lá eu atendia e lecionava.

Existem várias definições para craque. Há quem diga que craque é quem executa bem todos os fundamentos de sua posição: passe, desarme, drible, lançamento, velocidade. Tostão considera craque aquele que antevê a jogada, pensa antes dos outros e surpreende.

– O grande jogador tende a ser o que toca menos na bola, mas faz mais jogadas decisivas, como Romário na Copa de 1994. Ele estava na chamada fase da sabedoria.

Em campo, um time se parece com uma colmeia sem gênero. Há os operários, os rainhas e os zangões. Fora do campo, os indivíduos estão virando marca.

– Muitos acham que o discurso, a roupa, o estilo os tornam melhores. Mas, com o tempo, as pessoas notam os discursos fabricados. Em futebol, conta a conjugação do maior número possível de fatores campo e extracampo. Ninguém precisa ser pirotécnico. Qualquer mestre diria que o talento é a arte de tornar simples o que é complexo. No futebol, o talento invariavelmente leva à fama. Daí para a despersonalização é um chute.

A estrutura emocional é que manda. Desacatos, prepotências, deselegâncias e "travestimentos" são sintomas de falta de personalidade.

– Maradona, por exemplo. Na verdade, ele nunca teve identidade, e por isso ficou totalmente desfigurado pela fama. Essa condição dele ao menos ajuda-o a dizer, o que muita gente gostaria de dizer, mas não tem coragem. E só.

Nem Tostão escapou da ambivalência da fama. Ao mesmo tempo em que ficava enamorado com um elogio, sonhava com uma casa em uma praia deserta e uma vida comum. Talvez por isso admirasse tanto Pelé, na época áurea dos dois.

– Ele demonstrava muita alegria e respeito com as pessoas. O cidadão Edson parecia se identificar com o Rei Pelé. Ele nunca me pareceu um sujeito angustiado com a fama.

Ronaldo é outro que merece umas palmadas. Antes e durante a Copa da França (1998), transformaram-no em semideus, uma máquina humana feita para vencer, golear, encantar. Ele era, então, o melhor atacante do mundo. Não precisava mais que isso. Mas lhe deram uma dimensão absurda e ele não teve estrutura emocional e, em parte, competência.

– Ronaldo precisa se aprimorar numa série de habilidades: não cabeceia bem e sua jogada de arranque está manjada, além de exigir dele um esforço físico absurdo e expô-lo ao erro constante, como um garoto afoito. Seus passes são imprecisos, além de tudo. Recebeu má – ou não recebeu – orientação técnica, psicológica e mesmo médica adequadas. Precisa se olhar de longe, pelo lado de fora do campo. Mas ele vai amadurecer. [E o Fenômeno foi arrasador na campanha do Penta.]

Por essas e outras desestruturas, Tostão defende a presença de psicólogos nos clubes. Ele próprio estudou psicanálise durante três anos, interessado que é nas abstrações da tal de natureza humana. Chegou a frequentar o divã por outros três anos, mas nunca clinicou, embora tenha mesmo pensado em ser psicanalista. Hoje, usa a psicologia em suas colunas.

– Como terapêutica, não acho que a psicanálise funcione no dia a dia. Há uma grande distância entre o que o paciente espera dela e o que ela pode dar.

Mesmo antes de os cabelos ficarem grisalhos, Eduardo sempre foi preguiçoso para escrever. Durante seis anos de medicina, usou praticamente o mesmo caderno. Mas aperfeiçoou-se de tal maneira na escrita que agora já pode dispensar a ajuda de revisores e secretárias. Seu critério para escolha dos temas para as colunas é único: assuntos de repercussão nacional.

72

– Os leitores cobram muito, e tento evitar bairrismos. Tento ser um comentarista de âmbito nacional. Leitores às vezes perguntam por que não comento sobre times de fora do eixo Rio-SP. Quando comento, paulistas e cariocas reclamam e me chamam de bairrista. Nem notam que suas reclamações nada mais são do que uma prova de bairrismo.

Dos dez anos em que jogou futebol, apenas durante cinco, ganhou um salário de grande jogador, diz ele. Em 1970, auge da carreira de jogador, chegou a ganhar o equivalente, hoje, a uns R$ 30 mil, mais ou menos (cálculos dele próprio). Pouco para os padrões atuais; muito se comparado com os ganhos como médico do sistema público ou professor universitário. O importante é que, além da compra de imóveis e comércios, os ganhos como jogador lhe permitiram ficar nove anos sem trabalhar.

Nesse período, fez pré-vestibular, estudou medicina e cumpriu residência médica. Os jogadores hoje se dizem mais profissionais, talvez para justificar o muito que ganham. Só que não agem assim.

– A maioria é mimada, sem referência de cidadãos. Não conseguem separar a pessoa do ídolo e, na condição de ex-atletas, viram reféns do passado por falta de um norte.

Também nesse ponto, Tostão é uma exceção à regra. Compreendeu que passamos a maior parte da vida nas entrelinhas das grandes e pequenas áreas, em grandes e pequenos sonhos.

2002

Ubaldos brasilis

— QUINHENTOS ANOS? Você veio aqui pra falar dos 500 anos? Essa não!

— Bem, poderia ser um dos assuntos, afinal, a Carta de Pero Vaz de Caminha ainda é a certidão de nascimento do Brasil...

— Primeiramente, não temos 500 anos.

— Menos ou mais?

— Olhe, meu amigo, preciso trabalhar; estou cada vez mais sem saco para entrevistas.

— Por que deixou a gente [eu e o fotógrafo carioca Antônio Batalha] chegar até aqui, então?

— Você insistiu muito...

— O que mais te incomoda em entrevistas?

— Os caras fazerem as mesmas perguntas de sempre, e o modo como me folclorizam.

— Pode nos mandar embora daqui, se quiser.

— Mas sou um sujeito que não sabe dizer não. Vamos, vamos começar. Diga o que pretende.

No escritório de seu apartamento no Leblon, Rio, entre incontáveis ações tabagísticas, João Ubaldo estava nitidamente entediado. Sua paciência andava por um fio. O assédio de aspirantes a escritores, formandos do curso de letras, embaixadores culturais, entrevistadores, e as profusões de e-mails de leitores, não leitores e intercambiadores de abobrinhas têm-lhe aborrecido como nunca.

A tudo isso soma-se, agora, outro assunto em voga, diante do qual o autor se arrepia todo: as comemorações dos 500 anos do Brasil e as especulações em torno da identidade nacional. João Ubaldo costuma ser enfático quanto a isso. Certa vez, durante seminário na Alemanha, surgiu o (falso) problema da identidade brasileira.

– E aquela conversa fiada não acabava. Quando chegou minha vez, eu disse: "No Brasil, não temos esse problema".

Os interlocutores – alemães, em sua maioria – devem ter ficado intrigados.

– Nós temos isso aqui, eu disse, mostrando meu RG. Acabou o debate.

Mas as discussões acadêmicas, jornalísticas, especulativas, botequinescas em torno de seu livro maior, *Viva o povo brasileiro* (1984), não acabam. Parece unânime que nesse romance João Ubaldo tenha tentado compreender a formação do Brasil.

Viva o povo brasileiro é uma espécie de distintivo ficcional desse processo formador. Valendo-se do recurso fantástico de uma alma que reencarna em habitantes de Itaparica, Bahia – do tempo da colonização da ilha pelos holandeses (1647) até a ditadura militar, já por volta do final do governo Geisel (1977) –, João Ubaldo desfia, em estilo barroco, vários momentos decisivos da História do Brasil – Independência, Guerra do Paraguai, Proclamação da República, Estado Novo, etc.

– Claro que não planejei tudo isso. Se pensasse nessas coisas enquanto escrevo, ficaria ainda mais louco.

Os antropólogos Gilberto Freyre e Darcy Ribeiro escreveram que, no Brasil, plasmaram-se historicamente diversos modos rústicos de brasileiros identificáveis: sertanejos do Nordeste, caboclos da Amazônia, crioulos do litoral, caipiras do Sudeste e Centro do país, gaúchos das campanhas sulinas, além de ítalo-brasileiros, teuto-brasileiros, nipo-brasileiros, etc. Todos marcados muito mais pelas semelhanças como brasileiros (o idioma é uma delas) do que pelas diferenças decorrentes de adaptações regionais ou funcionais, de miscigenação ou aculturação que emprestam entre si.

— Sociólogos e educadores americanos já reconhecem o *black english* como língua, não mais dialeto ou linguagem de rua.

— Acha que temos uma "língua portuguesa negra" ou algo assim?

— Não. Até porque não se faz necessário. Todos por aqui falam o português, sintoma de unidade, por mais precária. O Brasil é o autêntico *melting pot* do mundo. Ponto.

Multitraduzido, marco da literatura brasileira dos anos 1980, *Viva o povo* funciona como paródia. Paródia que começa em Homero e passa pelas razões que levaram o autor a ter enfrentado uma lavra de 672 páginas. Dois motivos o levaram à empreitada. Ele mesmo os enumera, em meio a impropérios emitidos à média de um para cada dez vocábulos castos, incluídas as preposições e conjunções:

— Primeiro, eu adorava meu avô paterno, João, que era português [seu primeiro nome vem daí; o segundo nome, Ubaldo, homenageia o avô materno]. Ele dizia que livro que se respeita fica em pé sozinho, numa gozação bem-humorada dos livros do meu pai sobre Direito e temas afins. Segundo que, lá pelo começo dos anos 1980, o então editor da Nova Fronteira, Pedro Paulo de Sena Madureira, comentou que estava incomodado com esses livros fininhos, que se leem na ponte aérea. Então...

O cidadão do mundo João Ubaldo Osório Pimentel Ribeiro, sexagenário, aportado desde 1992 no apartamento comprado de Caetano Veloso, professa uma crença mordaz pelo Brasil e por si mesmo. Trata-se de um sujeito esperançoso também, particularidade sua e fundamental para o seu viver. Mas esperança se refere essencialmente ao futuro; quando calcada demais no passado, torna-se patologia. Para ele, o sonho do futuro (ou de uma prosperidade equânime) parece estar virando desilusão.

Alguma semelhança com os alemães, por exemplo, com os quais João Ubaldo teve de se entender no *tête-à--tête*, como escritor residente da Deutsch Akademischer Austauschdienst (DAAD)? Não, os alemães alimentam um número excessivo de certezas sobre esta vida incerta. São o oposto dos brasileiros, a maior parte dos quais sem a menor ideia do que estará fazendo na próxima hora.

"Como os alemães podem marcar as coisas com tanta precisão e antecedência?", ele pergunta em *Um brasileiro em Berlim* (1993). Para os teutônicos, o futuro é uma questão de planos, estratégias, organogramas, metas, estatísticas, cálculos.

— De qualquer forma, reconheço que o inverso da esperança seria, no nosso caso, uma prova de cinismo ou de loucura absoluta.

Investigações biográfico-científicas indicam que Ubaldo é:

Brasileiro.

Baiano.

Ilhéu.

Leblonense.

Vascaíno.

Verborrágico.

Evasivo.

Cético.

Crédulo.

Bonachão.

Barroco.

Arrítmico cardíaco.

Fumante desbragado.

Mantenedor de uma relação ambígua com garrafas de White Label.

Amanhã, todas essas verdades podem ser mentiras. A irreverência contribuiu para que João se tornasse personagem de si mesmo, lendário e a contragosto. Ainda bem que se assume como cidadão composto. Compõe-se de dois (para mim, são vários) ubaldos.

Há o Grande Ubaldo, vértice do escritor – o sujeito simpático despido de culpas e preconceitos e aberto a novas experiências. No reverso dessa "aura vital", reside o Pequeno Ubaldo, espécie de inquisidor.

– Pequeno Ubaldo é um mesquinho acusatório, que me vigia o tempo todo. Determina que tenho que escrever três laudas cheias por dia sem poder contar amanhã com eventuais saldos de hoje. Mas é o que faço quando estou escrevendo um livro: três laudas por dia.

Mas nenhum dos ubaldos demonstra verve filosófica. Sua retórica foge ao convencional.

– Só sou capaz de filosofias baratas.

Que tal esta: "O que existiu realmente existiu? Algo importa além do presente? Há realmente uma História, somos de fato herdeiros de alguma coisa, ou somos eternos construtores daquilo que a memória finge preservar, mas apenas refaz, conforme suas variadas conveniências, a cada instante em que vivemos?".

Pequeno Ubaldo acredita que o Brasil romperá o século XXI com pós-doutorado em pelo menos três atividades inimagináveis nos tempos do caboco Capiroba, personagem antropófago de *Viva o povo brasileiro*: futebol, esporte inventado pelos ingleses; novela televisiva, aperfeiçoada dos mexicanos; e Carnaval, inspirado em bailes de máscaras.

– Somos colonizados, ora essa. Se fôssemos originais, teríamos continuado índios. Veja Heitor Villa-Lobos, o grande compositor brasileiro, ou colombiano, ou argentino, ou boliviano (para os caras do G7, é tudo a mesma coisa); ele se divertia na Europa contando como se comia gente no Brasil.

Já o Grande Ubaldo foi capaz de criar cenas de antropofagia explícita em *Viva o povo*, debochando da moral e cívica da geração que lhe sucedeu. Lembremos do caboco Capiroba dando uma porretada na cabeça de um padre que tentava amarrá-lo para borrifar-lhe água benta. Capiroba churrasqueou e charqueou o padre.

... e charqueou bem charqueado em belas mantas rosadas, que estendeu no varal para pegar sol. Dos miúdos preparou ensopado, moqueca de miolo bem temperada na pimenta, buchada com abóbora, espetinho de coração com aipim, farofinha de tutano (...), costela assada, rinzinho amolecido no leite de coco mais mamão (...)

Itaparica, onde ubaldos nascem, maior ilha marítima do Brasil (porque Marajó é fluvial), é o cenário do banquete. Ela foi também campo de batalhas ameríndias e grandes farras antropofágicas. Numa delas, os tupinambás devoraram Francisco Pereira Coutinho, donatário da Capitania da Bahia de Todos os Santos. Itaparica foi devastada, no século XVII, pela infantaria holandesa comandada por Van Schkoppe.

Mas nem os índios nem o caboco Capiroba comiam covardes. Os rituais de antropofagia tinham um caráter que Darcy Ribeiro chama de "cultural e coparticipado". Era imperativo capturar guerreiros que seriam sacrificados dentro do próprio grupo tupi, por exemplo.

Por compartilharem o mesmo conjunto de valores, os guerreiros aprisionados eram altivos e dialogavam soberbamente com os que se preparavam para devorá-lo. Um dos primeiros visitantes do Brasil, o alemão Hans Staden, foi levado três vezes a cerimônias de antropofagia e três vezes os índios se recusaram a comê-lo, porque chorava e se sujava, pedindo clemência.

Pequeno Ubaldo pode não se dar conta, ou até mesmo mostrar legítimo desinteresse pelas filigranas de sua gênese ficcional, mas é evidente, em *Viva o povo brasileiro*, que a História foi objeto de reconstituição intensiva. Ou seja, não existe a verdade, apenas histórias. E Grande Ubaldo sabe narrá-las com o exagero dos bons.

Em Berlim, onde morou entre 1990 e 1991, João Ubaldo brincou novamente com a história de que os brasileiros são antropófagos. Uma moça ficou morrendo de medo dele. Já na Holanda, adoraram o trecho do livro em que ele diz que a carne de holandês é melhor que a dos portugueses.

– A dos portugueses é um pouco gordurosa.

– Por que o cidadão médio dos países mais desenvolvidos ainda suspeita que o Brasil é uma grande selva?

– Não sei. Mas é falar em Brasil e eles evocam índios e Amazônia. E ditadores militares cobertos de medalhas, gritando ordens a pelotões de fuzilamento em espanhol de acentos bárbaros e telefonando para bancos suíços. Os alemães não acreditaram que só vi dois índios na vida. Um foi o cacique Mário Juruna, ex-deputado federal. Alguns me consideraram um impostor.

– Mas não conhecer a Amazônia é o pior dos pecados, mais grave que a luxúria, não?

– É como se não pudéssemos ter filosofia, balé moderno, nada que não exprimisse o exótico.

Grande e pequeno ubaldos em geral se incomodam com os porquês do fascínio que seus livros despertam nos europeus.

– Acho que gostam da minha *carmen-mirandice*.

A edição francesa – *Vive le peuple brésilien* –, por exemplo, traz na capa índios com lanças e corpos pintados nas cores azul, vermelha e branca, numa simetria que em muito remete à bandeira dos EUA. Na Suécia, o livro (acho dispensável fornecer a versão sueca para o título) vendeu mais de 100 mil exemplares. A capa: um rosto metade onça, metade mulher e olhos verdes.

– Enche o saco, não? Mas, como diz Millôr, FHC será um ótimo ex-presidente.

Conforme o ponto de vista, a imagem brasileira lá fora tem um reverso favorável. É a que mais se adequa aos que sonham descer os trópicos, esbaldar-se sob um sol interminável, tomar drinques com os ingredientes dos arranjos na cabeça de Carmem Miranda, anoitecer e amanhecer entre mulatas sem padrão de conduta. Atingir a porção sul da linha do equador significa assumir o estilo libertino reinante no Brasil. Se for Carnaval, então...

– Os homens europeus também vêm ao Brasil com medo da imagem que as brasileiras terão de seus países. Acham que a masculinidade será posta em dúvida se não iniciarem os trabalhos no bar mesmo, na chegada do primeiro martini.

Infelizes trópicos (*sic*) onde não existe nudez sem malícia, como na Alemanha, onde João Ubaldo testemunhou o espetáculo "espantoso" de cidadãos nus no Halensee em dia de sol e casais homossexuais se beijando impunemente. O fato não deveria ter repercussões em um sujeito capaz de uma obra "pecaminosa" como *A casa dos budas ditosos* (1999), sobre a luxúria.

– Em Portugal, três grandes "superfícies" (como lá chamam as grandes cadeias de lojas) proibiram o livro e não voltaram atrás. Ele vendeu muito bem, apesar de tudo, mas em outras lojas e livrarias.

Na extremidade norte da Kurfürstendamm, ou Ku'damm, uma das avenidas mais conhecidas de Berlim, na rua Storkwinkel, número 12, João Ubaldo esteve perto de tudo, teve tudo ao seu redor, como hoje, no Baixo Leblon. Instalou-se naquela esquina logo após a queda do Muro. Em passado mais remoto, Grande Ubaldo tentou ser comunista, Pequeno Ubaldo não permitiu.

– Questão de indisciplina dogmática.

Na época da queda do Muro, os visitantes do Leste se aglomeravam nas ruas, lojas, estações e praças como crianças deslumbradas. A vida, a dos berlinenses, especialmente, tornou-se caótica para os padrões alemães.

— Em vez de visitadas, as pessoas se sentiam invadidas.

Em Berlim, o outro representava o intruso, cuja fala, modos e fraquezas eram inaceitáveis. A solidariedade, nessas horas, é pura retórica. O que estava acontecendo não era o que tanto queriam? Queriam mesmo? O fato é que ser estrangeiro é uma condição que envolve gradações.

— Fora do Brasil, não apenas sou estrangeiro como tenho cara de estrangeiro. Na França, me misturam com os árabes. Nos EUA, sou hispânico. Na Alemanha, passo por turco, e por aí vai.

Sua estrangeirice começou há mais tempo, na verdade, e dentro de seu próprio território. Com dois meses de vida, a família de João Ubaldo se mudou primeiramente para o interior de Sergipe. Seu pai foi subindo na carreira de magistrado que então o ocupava e, anos depois, foram parar em Aracaju. Quando Ubaldo começava a se sentir sergipano, teve de voltar para a Bahia.

— Sempre demarco meu território. Sair dele é traumatizante.

Em Salvador, o pai implacável mandou o pequenino Ubaldo para um desses colégios tradicionais, de alta classe – o Colégio Sofia Costa Pinto, em Salvador. O uniforme do Sofia era de calças compridas.

— Nas primeiras vezes que me mandaram para o Sofia, meteram-me em paletó, gravata, calça curta e meia até o joelho. Era patético. Nem nos colégios do interior de Sergipe os garotos se vestiam assim.

Fora leitura, estudo de idiomas e outros, o pai não lhe permitia quase nada. Grande Ubaldo conseguia, contudo, jogar futebol como zagueiro recuado e, às vezes, ponta direita, posição que formalmente não existe mais no futebol moderno.

— Meu pai não permitia que eu trancasse portas, exceto a do banheiro. Era o único lugar em que eu podia me trancar. Um dia ele me pegou falando baixinho no telefone pra ninguém me ouvir. E disse, aos berros: "Isso não é jeito de namorar, Ubaldo!".

Em 1964, o aspirante a escritor recebeu uma bolsa de estudos junto à embaixada americana e desembarcou na Califórnia, onde fez mestrado em administração pública e ciência política. Chegou a dar aulas de ciência política na Universidade Federal da Bahia e até publicou um livro chamado *Política* (1981). Retornou à Bahia vindo de Los Angeles. Foi quando percebeu que havia perdido a sua turma. Todos tinham ido "fazer o Rio de Janeiro".

Glauber Rocha e Jorge Amado, amigos e padrinhos literários de João Ubaldo, que estava "ficando desajustado na Bahia, longe da companhia dos amigos", conseguiram para o pupilo outra bolsa de estudos, desta vez da Fundação Calouste Gulbenkian, de Lisboa.

— Não dava pra pagar nem o aluguel.

Nesse período, então, editou com o jornalista Tarso de Castro a revista *Careta*, o que lhe permitiu viver modestamente em Portugal com a esposa Berenice.

— Eu editava por telefone, e Portugal não tinha ligação DDI, na época. Era um inferno conseguir ligação.

Entre a volta de Portugal e 1983, instalou-se no Rio a duras penas, assumidamente fiado em Deus, ao ponto de um amigo dizer-lhe: "Ô, João, você num acha que tá fiado demais em Deus, não?".

— Eu tava naquela situação do "ai de quem precisa". Ou seja, quem precisa não encontra ajuda.

João Ubaldo acabou desembarcando de mala e cuia na casa de Itaparica, onde nasceu e onde seus avós maternos moraram até a morte. Nela, pôde resgatar a tão adorada combinação bermuda-sandália-camiseta; não pagar aluguel; ter escola barata para os filhos; e ainda, se precisasse, apanhar uns mariscos frescos ele mesmo. Nesse tempo, "viveu barato", como se dizia. Só voltaria a morar no Rio depois da estada em Berlim, no tal apartamento comprado de Caetano Veloso, na rua General Urquisa, Leblon, o local do nosso encontro.

– Sente falta das "leituras públicas" na Alemanha?

– Claro que não. Imagine o sujeito chegar do trabalho e, em vez de fazer algo sensato, como tomar um drinque e convidar a vizinha para ouvir uns disquinhos, preferir uma leitura. Isso é inconcebível para nós brasileiros, exceto sob a mira de uma metralhadora.

Pois os alemães fazem isso, ou fizeram apenas para impressionar Grande Ubaldo, que detesta previsões concretas sobre o Brasil, muito menos aquelas dos relatórios econômicos extensos redigidos por consultorias internacionais. E agora tem esse negócio de risco-Brasil, número criado por uma meia dúzia de caras.

– Eles querem saber se somos de alto ou baixo risco. Ora, se se preocupam com isso é porque somos importantes, ainda que na forma de mercado ou mercadoria. Olhe, essas estatísticas não têm a menor confiabilidade.

Seriam as estatísticas dessas consultorias internacionais equivalentes à "fúria asfaltante" do senador Antônio Carlos Magalhães, criticada pelo conterrâneo João Ubaldo, "ilustre integrante da esquerda democrática"? O ex-senador, ex-governador e ex-prefeito baiano recapeou mesmo seu Estado e sua capital. No Brasil dos ubaldos, os fins justificam os meios.

Com ficcionistas é diferente. Um folclore vai levando a outro e, se não se toma cuidado, os autores morrem personagens de si mesmos. De folclores, Pequeno Ubaldo está cheio. Seu alemão, por exemplo, é "oligofrênico", diz.

85

– Não falo "chonga" [bulhufas] de alemão, como dizem por aí. Inglês, sim, sei mais do que a maioria dos americanos.

Por folclore ou por competência literária – chega um momento em que não há mais como saber ao certo –, o assédio em torno dos ubaldos é imenso.

– São convites para ser patrono em formatura, dizer tolices em palestras para plateias bocejantes e outras aporrinhações. Mas, como lhe disse, tenho o problema de não saber dizer "não".

Ele, que há pouco diagnosticou uma arritmia cardíaca (ou "fibrilação atrial") e anda no vaivém com o álcool, recusou-se a produzir um *reply* automático e padronizado em seu programa de correio-eletrônico. Prefere algo como um "*software* filtrante", ao menos para que pentelhos não consigam enviar-lhe arquivos com originais de romances anexos, contos ou crônicas cujo *download* pode levar horas.

– O que pretendem?

– Tudo, menos permitir que eu trabalhe.

– No Brasil, as pessoas em geral não consideram escrever uma profissão...

– Verdade. Minha própria família suspeita que não trabalho porra nenhuma.

É pai de quatro filhos: Emília e Manuela, do casamento com a historiadora Mônica Roters; e Bento e Francisca, com Berenice Batella, psicanalista.

Com a pressão da chegada dos 500 anos, João Ubaldo tem recebido convites estranhos, como participar de gravações em zona rural, em meio a vacas e cavalos.

– Adoro ar-condicionado, respondo.

Há quem pense que Grande Ubaldo seja também capaz de navegar e, então, certos encontros memoráveis poderiam ocorrer dentro de caravelas – relembrando Pedro Álvares Cabral, entende?

– Repito que não sei a diferença entre bombordo e estibordo. Se preciso, consulto alguém.

Os ubaldos e suas obras têm sido alvo de desvarios que misturam barões malvados, escravas astutas, sagas luso-tropicalistas, canibais, paisagens exuberantes e histórias, muitas histórias que circulam por botecos cariocas e se imortalizam como o próprio autor – imortal, pelo menos, segundo a Academia Brasileira de Letras.

– Porra, como sou escroto. Nem perguntei se vocês querem uma água ou um cafezinho. Agora é tarde, não? Vamos indo, sim?

2000

Solista da história gaúcha

ELE É BAIXINHO, grisalho, calvo e de cavanhaque espesso; leva óculos de lentes grandes, mas não grossas; está elegante em um trivial casaco de *tweed* cinza sobre um pulôver vinho; e parece confortável dentro da calça de lã e do mocassim gasto; nasceu em Porto Alegre, descende de açorianos; professor universitário, colecionador de arte sacra; apaixonado por Lisboa; gentil, pensativo, cartesiano; escreveu *Manhã transfigurada* (1982), *Videiras de cristal* (1990) e *Concerto campestre* (1997), entre outros.

Refiro-me a Luiz Antonio de Assis Brasil, ex-violoncelista da Orquestra Sinfônica de Porto Alegre (Ospa) – um "músico de estante", como ele recobra aquele tempo. Assis (como conveio chamá-lo) virou solista na literatura depois de uma guinada radical, mas sem grandes traumas.

Antes de trocar de palcos, a música ocupava-lhe todos os sentidos. Barítono nos corais da paróquia, encantara-se pelos violoncelos posicionados ao lado de seu naipe. Aos 17, estudava o instrumento. Aos 23, ingressava na Ospa, onde trabalhou 13 anos.

Assis chegou a pensar que ia ser músico pelo resto da vida, o que provavelmente o assustara.

– Criadores mesmo são os compositores e os maestros. Eu não tinha competência para compor ou reger.

Com o tempo, o arco do instrumento já estava virando caneta-tinteiro; a estante, escrivaninha; a partitura, máquina de escrever; o violoncelo fabricado em 1838 por Giuseppe Baldantoni em Ancona, Itália, transmutava-se em saudável lembrança.

– Vendi-o por preço simbólico, quando constatei, já fora da Ospa, que não podia acompanhar os meus amigos nos concertos de câmara. Como não estudava, eu estava tocando cada vez pior.

Do músico aspirante a escritor, restou o escritor de ouvidos refinados, encantado por Mozart.

– Tenho, sobre Mozart, toda a bibliografia em língua portuguesa e obras em língua estrangeira. Sua luminosidade iluminista – redundância necessária – me fascina. As melodias são claras, lógicas, fáceis de apreender. Como ser humano, admiro o fato de ele ter escrito música de insuspeitável qualidade estética e de tê-la encarado como trabalho.

A literatura não apenas acomodou os anseios mais profundos do adulto Assis como lhe deu estofo: o romance histórico, antecessor do romance moderno, nascido no século XIX tendo a veracidade como ponto de partida para exercícios de imaginação. Assim ele cobriu de matizes vários episódios da história rio-grandense e ergueu castelos ficcionais humanizando personagens míticos.

– É difícil, para mim, dramatizar o cotidiano de um vendedor de carnês, por exemplo.

Há muitos leitores que conscientemente se deixam atrair por ficção histórica, talvez por reconhecerem que tais narrativas são a "história do escritor", importando mais as interferências feitas do que o contraponto dos registros oficiais.

Embora a maioria de seus livros tenha recebido resenhas elogiosas no Sudeste, o reconhecimento de público foi alcançado mesmo em seu Rio Grande do Sul. Em lugar de cenários estáticos, em torno dos quais circulam personagens baseados em registros oficiais, preferiu o romance como crítica ao passado rio-grandense.

– Obras de cunho histórico também podem, e devem, satisfazer os leitores intelectual e esteticamente. José Saramago trabalha muito bem as duas vertentes.

Assis operou controvérsias em *A prole do corvo* (1978), por exemplo, ambientado na época da Revolução Farroupilha (1835-1845). No livro, o líder revolucionário Bento Gonçalves é apresentado como um sujeito falível, a contragosto das tradições gaúchas.

– A história parece ser um problemaço para os autores gaúchos contemporâneos seus.

– É verdade. Até a minha geração, a história era um problema. Somos credores e devedores dessa cultura. Credores porque utilizamos temas regionais; devedores porque essa cultura nos esmaga. Eu e outros autores daqui do Sul nos vemos obrigados a discuti-la. As novas gerações não se ocupam disso. Portanto, sou um autor "fim de raça".

– Isso vale também para as gerações de leitores?

– Acho que ainda existe público aqui para livros de ficção histórica rio-grandense. Mas a "novíssima" geração está lendo Caio Fernando Abreu, João Gilberto Noll, Moacyr Scliar e outros. São autores que tiveram ressonância nacional pela qualidade de seus textos. Mas também porque seus temas são possíveis de ser lidos em qualquer lugar do mundo. São mais compreensíveis para os gaúchos mais jovens.

Iluminar criticamente a construção de mitos pode incomodar certos grupos políticos. Assis contesta as bases da chamada identidade gaúcha, que ele considera um "constructo intelectual" resistente à modernidade.

Uma pesquisa feita pela Universidade Federal do Rio Grande do Sul (UFRGS), Assembleia Legislativa e Pontifícia Universidade Católica do Rio Grande do Sul (PUC-RS) tentou objetivar a tal identidade. Quanto ao temperamento, a pesquisa constatou que os gaúchos se acham criativos (76%), inteligentes (74,7%) e brilhantes (66,5%). Quanto ao caráter, responsáveis (81,5%), lutadores (80,9%), honestos (76,6%) e confiáveis (75,5%). Até aí, nada de mais. Os gaúchos são vistos – e se vêem – como pavões.

– A novidade da pesquisa adentra também o campo visual, não? Se não me engano, 84% dos homens se consideraram bonitos.

– "Somos apenas o máximo." E quem é o máximo não precisa mudar nada, evidentemente. A literatura tem grande responsabilidade nesse constructo intelectual.

Em meados do século XIX, o movimento denominado Partenon Literário criou descrições para personagens gaúchos (homem e mulher, mas principalmente homem) e os batizou, miticamente, de Centauro dos Pampas.

– É exatamente o homem que na pesquisa recente se declarou valente, honesto, bonito, etc.

Na crônica "Uma sessão histórica no Partenon Literário", da coletânea *Anais da Província-Boi* (1997), Assis recria a cena da assembleia que deliberou sobre o que é ser gaúcho. Pela quantidade de sugestões de nomes expressa na crônica – Orfeu das Planícies, Ulisses da Campanha, Aquiles de Bombacha, Garanhão de Esporas –, a reunião deve ter sido bastante inspiradora.

– Não podemos esquecer que a vida intelectual rio-grandense surgiu no ápice do Romantismo, e isso não deixou de ter consequências. Os parâmetros culturais gaúchos são dados por romances de ficção.

O tradicionalismo é forte no Rio Grande do Sul e encontra amparo no Instituto Gaúcho de Tradição e Folclore (IGTF), ao qual se vinculam os Centros de Tradições Gaúchas (CTGs) espalhados pelo Brasil e presentes até em outros países, como França, EUA e Japão.

– Como os CTGs se sustentam?

– Sustentam-se com as contribuições de seus associados, mas não se pode esquecer que normalmente contam com os beneplácitos dos governos. Os tradicionalistas do MTG, via de regra, sempre "fecharam" com os sucessivos governos estaduais, e isso sempre teve seu retorno.

A urbanização, ainda que tardia, alterou a oposição entre tradicionais e progressistas. Elites das grandes propriedades de terras perderam poder. Hoje, o Estado tem a maior classe média do país, segundo o IBGE.

– É um dado importante, definidor dos caminhos políticos.

Como a Itália, o Rio Grande do Sul conta com um norte, acima da capital Porto Alegre, industrializado, de agricultura minifundiária e urbanização intensiva. Diferentemente, na metade sul, predominam a grande propriedade e a pecuária.

As terras do extremo sul do Brasil, inóspitas, desertas e batidas pelo minuano, foram as últimas ocupadas. Quando nelas pisou o primeiro colonizador, em 1737, o mosteiro de São Bento, na Bahia, já contava dois séculos. Mais jovem que o Rio Grande do Sul, talvez só a Austrália.

– Nosso escasso tempo de vida não possibilitou o surgimento de uma cultura popular, como a tem, por exemplo, o Nordeste. Não considero cultura popular essas formas de dança e canto que se praticam em certos círculos daqui, baseados em corretas ou fantasiosas pesquisas folclóricas. Me parecem um ranço passadista brutal.

Todo o imaginário do extremo sul se baseia (ou se baseava) na figura masculina. Essa tal figura é tão forte que Anita Garibaldi, "heroína do Rio Grande", mulher de Giuseppe Garibaldi, não se celebrizou por suas qualidades de mulher, mas por ter sido uma mulher com conduta de homem. Até as colônias europeias (as de italianos e alemães, principalmente) aderiram a um imaginário feito de botas, bombachas, guaiacas, lenços para homens; e, para as mulheres, vestidos de prenda plissados, tranças e flores no cabelo, entre outras "pilchas".

A tricentenária família Assis descende de imigrantes do arquipélago de Açores, Portugal. Por volta de 1750, Francisco de Assis, pobre e iletrado, partiu de Açores para se tornar estancieiro nos pampas. A trilogia *Um castelo no Pampa*, composta pelos volumes *Perversas famílias* (1992), *Pedra da memória* (1993) e *Os senhores do século* (1994), conjuga uma fração da história da família de Luiz Antonio com a do Estado.

O título da trilogia evoca um certo realismo fantástico, personagens voadores, imortais, anos de chuvisqueiro incessante, animais de parte com o demônio e outros recursos utilizados por autores inspirados no Surrealismo.

O castelo da trilogia de Assis Brasil, porém, não é ficção. Ele existe. Joaquim Francisco de Assis Brasil, abolicionista, propagandista republicano e pecuarista, ergueu-o em 1906, em Pedras Altas, entre Bagé e Pelotas.

Na trilogia, o castelo é o ponto de contraste para o retrato cruel de um Rio Grande semibárbaro, de oligarquias pecuaristas truculentas e revolucionários degoladores.

– A primeira lareira do Rio Grande e o primeiro encanamento de água quente surgiram no castelo de meus descendentes. Confortos que contrastavam com a propalada tradição rústica daqui.

Em *Perversas famílias*, Assis descreve o castelo (que simboliza a Europa, a repressão, o encerramento) no pampa (o Novo Mundo, a amplidão, a liberdade):

> *Um castelo republicano, erguido em meio ao pampa gaúcho, de duas torres e ameias, que se avistava ao longe como uma sombra medieval e cuja tenaz persistência em aplastar os incrédulos se corporificava em sua estatura elevada, prodígio arquitetônico da orgulhosa cantaria portuguesa talhada aos pés seculares de Alcobaça e trazido em um navio com lastro pétreo de ladrilhos e azulejos e aqui posta em seus demarcados lugares por um artista francês.*

No castelo, tombado pelo patrimônio histórico, hoje funciona uma fábrica de laticínios. Os herdeiros sonham transformá-lo em um museu. O castelo possui sala para concertos, biblioteca com 25 mil exemplares, mesa de centro em prata maciça feita pelo prateiro de Napoleão Bonaparte, louças inglesas e um mobiliário de grande valor. (O próprio Assis coleciona peças de arte sacra dos séculos XVII e XVIII, mantidas em seu apartamento de fim de semana em Gramado.)

A rotina de Assis parece bastante calma e previsível. Ele é do departamento de pós-graduação em letras da PUC-RS, onde, desde 1985, promove oficinas de criação literária que já resultaram em dezenas de volumes de antologias.

Casado com Valesca e pai de Lúcia, Assis puxou da terra a raiz mais profunda de sua existência. Especializou-se em literatura açoriana pós-Revolução dos Cravos (1975) por paixão. Em 1989, retornou ao arquipélago de onde seus descendentes partiram. Emocionou-se.

Aterrissou em Ponta Delgada, capital da ilha de São Miguel, e foi direto para o estúdio de um programa da TV portuguesa RTP.

— Soube, então, que seria uma entrevista de uma hora num país que só tem aquele canal. E entendi por que tanta gente me cumprimentou na rua depois.

Já recebeu convites "surpreendentes" dos departamentos de literatura de língua portuguesa de duas universidades americanas — a da Califórnia, em Berkeley, e a Brown, em Providence, Rhode Island.

— Por que surpreendentes?

— Por incrível que pareça, o convite partira de um professor pernambucano e de outro, português. "Estão certos de que sou eu?", perguntei, intrigado.

— Que outro episódio o surpreendeu ultimamente?

– Um telefonema da Ediciones Akal [editora de Madri] dizendo que vai publicar em espanhol o meu *Concierto campesino*.

∾

Estivemos o tempo todo em uma sala de aula. Conversáramos sem interrupções até que uma marretada na parede nos chamou a atenção tardiamente. Os operários encarregados de uma megarreforma no prédio da PUC-RS haviam martelado horas a fio, mas nem eu, nem Assis nos déramos conta.

Em vez de nos desgastarmos com questões sobre os reconhecimentos da crítica do "centrão", Assis sugeriu tomarmos outro café. Daí, com o pretexto do barulho das marretas, me convidou para um *tour* por Porto Alegre, enquanto eu aguardava a hora de voltar ao Aeroporto Salgado Filho. Sob um crepúsculo belíssimo, a temperatura não passava dos 10°C, e era maio.

– Não me pareceu que conhece sua capital menos do que Lisboa, como você gosta de dizer – falei, quando Assis estacionou o carro.

– É um pouco de exagero meu. O fato é que as ruas de Lisboa me remetem a um Brasil sem maldades. Os portugueses ainda se permitem observar as coisas passarem. Existe uma tendência exagerada de tentar diminuir a importância da colonização portuguesa. Ela teve seu legado predatório, sim. Em compensação, Portugal realizou o "mistério" de promover a unidade linguística do Brasil e a capacidade de entender e aceitar nossas próprias diferenças.

– Também nos trouxeram burocracia, dificuldade de adaptações a códigos e regulamentos.

– Sim, mas nos deram o sentido do desfrute da vida, de dedicarmos afeto uns aos outros.

Todo povo em cada canto do mundo convive com simbologias e mitos. Os melhores discernimentos surgem com a primeira oportunidade de intercâmbio cultural. Um ano depois da entrevista, recebi em casa um envelope remetido por Assis Brasil contendo um exemplar de *O pintor de retratos*, drama individual ambientado no tempo da Revolução Federalista de 1893. Nessa obra, o "problema" da identidade gaúcha está ausente.

2001

Fugindo da repetição

– TÔ FAZENDO PORQUE é pra *Ocas*[2]*, que tem um compromisso de olhar para quem está na rua, e quem está na rua geralmente é visto até como um animal. Mas falar não é atividade de escritor e roteirista, não. Toda vez que você fala, você perde um texto. Escrever não combina com falar – garante, convicto, e em seguida insere no drive do *laptop* o álbum Transformer, de Lou Reed. – Ouço sempre esse disco do Lou Reed porque ele tem um compromisso com a criação, com não se repetir. Admiro artistas que estão sempre tentando fugir da repetição.

Bonassi parece intelectualmente excitado com nosso papo solto, mas, ao mesmo tempo, um pouco ansioso porque bateu o horário de a babá de sua filha caçula ir embora e, como Valentina (a filha de 4 anos) e Malu (a mulher) ainda não voltaram, é o pai quem terá de ficar de olho em Uma, a caçula.

Enquanto ele sai de cena por alguns segundos para ir ver a Uma, observo seu escritório montado em um dos quartos de seu apartamento na avenida Higienópolis. Há centenas de livros e CDs, não milhões; a mesa de trabalho é uma bagunça orgânica, gerenciável. O *laptop* se suspende por um suporte para garantir que o teclado fique meio inclinado

---

2   Organização Civil de Ação Social, entidade sem fins lucrativos. Publica desde 2002 a revista *Ocas*, produzida por voluntários e vendida por pessoas em situação de risco social.

como o de um *desktop*. Os móveis cheiram a madeira velha e a pintura das paredes desgastou-se naturalmente.

Interrompo as anotações quando ele entra no escritório com a Uma no colo. Aos nove meses, Uma é serena como um gato. Branquinha de olhos azuis-cinzentos.

– Aquele ali é o Sergio, Uma.

– Oi, Uma – cumprimento-a timidamente.

– A gente não queria colocar um nome comum nela e então pensamos em Uma, que vem de "uma pessoa". Há uma deusa hindu cujo nome tem essa sonoridade, mas não pesquisei ainda pra saber quais os poderes. Esse som também significa beijo, em sânscrito. Já volto com ela pro berço, ok?

– Não, não – discordo. – Deixe a Uma aqui com a gente.

– Tá bom.

Ele então me diz que há 25 anos lê um livro por semana e assiste a um filme por dia, e que não acredita nesse negócio de esperar a ideia aparecer. Escritor e roteirista têm que manter a mente estimulada o tempo todo, claro, mesmo hoje em dia, com duas filhas pequenas. Mas criação literária depende de ócio e vadiagem. Ócio no sentido de se assegurar de que poderá manter a mente estimulada para o processo criativo. Então...

– O problema não é informação. É *insight*. Eu só escolho um personagem ou um diálogo se for original. Escrever, aprende-se escrevendo e lendo. Não tem mágica. Aqui no Brasil, nós tivemos que atingir mais de cinquenta filmes por ano e só então começaram a surgir boas coisas. Quando deixam fazer, a gente faz bem. A perversão do contemporâneo é essa coisa do "projeto". Que projeto, o caralho! Quero ver é o seu livro, o seu roteiro, a sua peça pronta. Cadê? A gente tem é que fazer!

No dia seguinte, Bonassi falou praticamente essas mesmas coisas durante uma palestra para umas quarenta pessoas (entre elas, havia quatro freiras) no Mezanino do

Centro Cultural Fiesp, abrindo a programação do projeto Palavra de Dramaturgo, que a cada dois meses pretende contar com "a participação de um grande nome da dramaturgia brasileira contemporânea". A palestra foi transmitida *on-line* ao vivo pelo site da Fiesp.

Bonassi vestia uma camisa amarelo-banana de botões claros e bolsos com tampa, um jeans preto e botas de couro verde-bandeira pesponteada com linha bege. Os óculos de leitura estavam pendurados no peito. Os óculos permanentes pareciam talhados sob medida para a sua cabeça arredondada, suavemente colorida por cabelos pretos crespos rentes, que desenham um triângulo cuja ponta se insinua bem no meio da testa, dando-nos a vaga impressão (de longe) de que ele está usando um solidéu.

Deve ter perdido mil textos nessa hora e meia de falação ininterrupta com um público arisco formado por estudantes, professores e aspirantes a tudo. Nada leva a crer que "ele não gosta de fazer isso que estamos fazendo". Articulava-se com prazer e desinibição incomuns, confirmando a fama de irreverente e desbocado. Está tão seguro de si que a sua simpatia enfática consegue ocultar um ego acima da média nacional.

Entende-se. Bonassi está no "auge". Ele vem trabalhando sigilosamente com o escritor e amigo Marçal Aquino – na casa do Marçal, na Vila Mariana, "porque é mais sossegado" – nos roteiros de Força-Tarefa, seriado policial dirigido por José Alvarenga que a Globo exibirá a partir de 16 de abril de 2009. A minissérie vai mostrar o universo de sete policiais de uma corregedoria da PM no Rio de Janeiro.

A equipe de policiais será chefiada por Milton Gonçalves. Murilo Benício interpretará o Tenente Wilson, policial que acredita na lei e na polícia, mas vive o tempo todo tentado a migrar para a "banda podre" da sociedade. A maior parte das cenas será externa, com locações em favelas, hospitais e aeroportos. O principal cenário de estúdio é o cubículo onde os policiais trabalham. O primeiro episódio é sobre o desaparecimento de um lote de dinheiro rasgado que seria incinerado pelo Banco Central. Isso é tudo o que o Bonassi diz que pode me adiantar neste final de fevereiro.

– O resto, meu caro, é dia 16 de abril, na tela. Temos, como te disse, a pretensão de ir além da mera bobagem – faz uma pausa. – Ah, claro, estar trabalhando para a Globo é melhor do que eu poderia imaginar. A Globo é a emissora que, neste momento, tem os recursos e as intenções pra que eu exerça a minha arte. A experiência de escrever algo que poderá ser visto por 60 milhões de pessoas é nova pra mim.

– Com acompanhamento do Ibope e tudo mais...

– Tô cagando se me medirem! – dispara entusiasmado, soprando uma densa fumaça de Marlboro. A essa altura, já havia colocado a Uma de volta ao berço.

– O que um seriado como esse precisa pra agradar multidões?

– Tem que ter vibração política, emocional, moral, etc. Eu não faria um roteiro engenhoso narrativamente se a mensagem temática fosse convencional. Caretice é fácil de fazer. Caretice tá nos manuais de roteiro bobões, como os do Syd Field. O menos pior é o do Michel Chion. Mas o osso da dramaturgia é *Morfologia do conto maravilhoso*, de Vladimir Propp. Eu normalmente me dedico um ano pra fazer o roteiro de um longa. Se for uma coisa careta, levo só três meses.

– Você se refere a roteiros como sendo um "trabalho literário". O que quer dizer?

– A gente tem pretensão de fazer literatura na TV também.

– Como?

– Na forma de narrar, variando de capítulo pra capítulo. Só o fato de narrar de um modo diferente a cada episódio já é um toque didático interessante pro telespectador, que tá tão acostumado a uma forma única, igual e repetitiva. Esse compromisso meu e do Marçal é, na verdade, uma atitude. Vi e li o que de melhor foi feito em termos de cinema e literatura. Não posso simplesmente jogar tudo isso fora agora. Mas não tenho nenhuma perspectiva autoral como roteirista. Pra me sentir "autor", eu tenho os meus livros.

Bonassi escreveu ao todo 15 roteiros para cinema. O seu "sucesso" está em "fazer o filme que o produtor/diretor quer" e também pela "qualidade das perguntas" que formula. Perguntas do tipo "por que você quer fazer esse filme?". Tudo bem se for por dinheiro, diz, desde que as coisas estejam às claras. Caso contrário, é impossível realizar algo honesto e franco.

A dramaturgia brasileira teve grandes momentos, mas, ultimamente, só leva pedrada dos analistas. O próprio Bonassi não tem nenhuma inveja do que está sendo feito hoje em dia. Cidade dos Homens foi a única coisa boa que ele diz ter visto na TV nos últimos cinco anos. Acredita que o desgaste é geral porque o uso da inteligência e da sofisticação narrativa cria problemas para as famílias. Força-as a pensar. Por outro lado, Bonassi mantém-se antenado com as produções estrangeiras que pipocam no Brasil na TV paga.

Adora especialmente *House, Lost, Over There* (série da HBO cujo título, no caso, significa "estive na guerra"), *Generation Kill* (sobre as estripulias das tropas americanas no Iraque), *Six Feet Under* e *24 Horas* (Bonassi até recriou um episódio a convite da Ilustrada, da *Folha*, em janeiro de 2009, durante aquela greve dos roteiristas).

— Todas essas séries são culturalmente hiperamericanas. Mas não agridem a inteligência de ninguém e fazem críticas à própria sociedade americana. Acho que podemos fazer algo parecido dentro da nossa brasilidade.

— Para isso, é preciso que os canais de TV paga estejam abertos — comento.

– Pois é. Os canais de TV no Brasil ainda não estão preparados para a voltagem moral dos bons roteiristas atuais. O drama da TV é precisar de novidade tendo que manter a audiência.

Apesar das frequentes declarações de otimismo e contentamento, Bonassi não é de sossegar. Gaba-se, por exemplo, de seu permanente prazer em demitir-se de qualquer projeto com o qual não se afina. Desistiu dos filmes *Ação entre amigos* e *Cabra cega* por discordar dos encaminhamentos.

– Eu sou louco – autodenomina-se para a plateia, na Fiesp. – Considerar-se louco, no caso, significa – ele me esclareceu depois – estar pronto para jogar fora a estabilidade por outra melhor que a atual.

– E se faltar dinheiro no caixa? – pergunto de repente, depois de um rápido silêncio proposital de nós dois.

– Aí eu vou dirigir táxi. Sendo um táxi, dirijo e gosto. Taxista não tem patrão nem horário. Pode parar o que tá fazendo e entrar num puteiro, por exemplo, se lhe der vontade.

Mas também deve haver algo de "desafio ao *establishment*" nessa ideia fixa, como a de quem diz "não me vendo por nada neste mundo" ou "não passo por cima do que acredito nem fodendo". Aliás, notei que as frases de Bonassi para a plateia da Fiesp eram cheias de efeitos, e ele parece acreditar que as suas frases de efeito têm efeito efetivo.

– A originalidade tem de ser a meta principal – ele continua. – É o que configura uma atitude firme diante do *establishment*. O espaço da marginalidade já foi mercantilizado. Mas ainda existem contradições internas que nos permitem agir e pleitear uma sociedade menos boçal.

Passar no vestibular para cinema na ECA nos anos 1980 em 129° lugar de um total de 135 aprovados não é pouca coisa. E sua voz adquire um tom grave e sincero quando reconhece que não possui "uma formação teórica consistente".

– Não vivo do meu histórico escolar. Vivo do que aprendi lá, e fui um dos que mais aprenderam, posso te garantir.

– Papai, papai... – Valentina entra no escritório agitada, ofegante, anunciativa. – Eu fui no banheiro lá da escola – diz a menina que acaba de chegar. – Fiz força com a barriga, força, força, mas não saiu cocô, papai. Não saiu!

– Ah, é? A gente vai dar um jeito nisso, pode deixar – garante o paizão, assertivo, tentando aliviá-la pelo menos psicologicamente. Ele então se dirige a mim, contextualizando: – De vez em quando ela fica com o intestino preso.

– E como é que você vai dar um jeito nisso? – pergunto.

– Laranja com ameixa espremida. Vira uma papa escura. Se a gente põe mamão amassado, então, ah, aí não tem erro. Libera geral.

Bonassi acaricia Valentina:

– Agora vai brincar porque eu preciso continuar a minha conversa aqui com o Sergio, tá?

A menina branquinha de olhos claros sai correndo. Bonassi acende outro Marlboro, tira as sandálias de enfiar (sem fivelas no calcanhar) e senta-se sobre a escrivaninha em posição de lótus. Nossa conversa nesta tarde chuvosa se perdeu em divagações incríveis. Daí terem sido inevitáveis várias trocas de mensagens dia a dia para tentarmos juntar todas as peças soltas.

"Caro, estive ontem na sua palestra no Sesi e te ouvi. Sinceramente, acho que até agora tenho apenas um 'apanhadão' sobre você. Como escritor, você deve saber o quanto isso preocupa... (*Please*, tenha paciência comigo porque uma apuração 'a Gay Talese' [apenas uma referência proposital ao autor de *Fama & Anonimato*, que, aliás, Bonassi estava lendo na época] é uma garimpagem diferente daquela dos noticiários. Mas a *Ocas* nos deu tempo razoável. Assim vamos construindo a matéria juntos, com calma, ok?"

"Ok. Mande as suas questões."

"Preciso saber três episódios decisivos na sua vida (um familiar, um profissional e um terceiro)."

"Ter me tornado pai; ter decidido ser escritor de ficção e deixar de lado o trabalho com propaganda e esse tipo de coisa; e, por fim, o medo da pobreza, que me tornou um homem culto."

"Como você descreveria seus sentimentos na ocasião do nascimento da Valentina e da Uma e o que mudou em você depois disso?"

"Quando a minha filha nasceu, há quatro anos, entendi que havia uma vida mais importante que a minha. A literatura nunca me ensinou isso com tanta força."

"E como foi esse processo de passagem do 'ganha-pão' como publicitário para a arte da ficção?"

"O ganha-pão da ficção só é possível pra essa geração de escritores, a geração a que pertenço. Escrevo ficção pondo minhas loucuras à disposição de quem me contrata."

Bonassi sabe muito bem o nó em pingo d'água que é atender a uma encomenda; a dureza de pensar sobre fazer ou não fazer o que estão (e do modo como estão) lhe pedindo. Parte do sucesso de um roteirista tem a ver com saber quanto custa a história que criou. Na Fiesp, Bonassi comentou os bastidores da produção do roteiro de *Cazuza: o tempo não para* (2004), dirigido por Sandra Werneck e Walter Carvalho.

"O produtor queria ganhar dinheiro, a mãe do Cazuza queria proteger a imagem do filho e os diretores queriam fazer um filme de arte."

"Você me disse que, num dado momento, teve 'medo da pobreza', e que queria se tornar 'culto'? Não entendi."

"O medo da pobreza foi a mola propulsora de minha dedicação intelectual. Meu pai me dizia: você, ou você estuda ou você seja um militar – era a época da ditadura. E a minha avó vivia me recomendando 'uma profissão que não sujasse as mãos'..."

Durante os trabalhos para o longa *Estação Carandiru*, de Hector Babenco, um presidiário contou a Bonassi que só teve duas alternativas na vida: ser polícia ou ser bandido. Filhos da classe média baixa, nós dois acabamos superando o drama de arranjar um trabalho em que não seja necessário sujar (literal e simbolicamente) as nossas mãos.

"Formado em cinema, o escritor, nascido na Mooca, tradicional bairro operário paulistano, em 1962, é um raro caso de ascensão social pelo talento — coisa que no Brasil parece reservada a jogadores de futebol. Filho da classe média baixa, Fernando Bonassi surgiu no panorama literário brasileiro no fim dos anos 1980 com a introdução de uma temática pouco retratada nas páginas da prosa de ficção nacional: a dos que sobrevivem à margem — não os bandidos, mas os trabalhadores, essa massa disforme imprensada entre sonhos de consumo e pesadelos da realidade imediata", escreveu Luiz Ruffato no caderno Prosa & Verso de *O Globo* em 2006, a propósito do relançamento do romance *Subúrbio*, pela Editora Objetiva.

Esse livro, além de atrair visibilidade para Bonassi, abriu-lhe portas para uma temporada em Berlim como bolsista da DAAD (Deutscher Akademischer Austauschdienst). A falecida agente literária alemã Ray-Güde Mertin, responsável pela divulgação de escritores de língua portuguesa na Alemanha, adorou *Subúrbio* e cavou para o seu autor "aquela bolsa linda de 3.000 marcos por mês e um apartamento lindo em Berlim só pra eu ficar escrevendo".

"Essa bolsa fez parte da minha decisão final de parar de fazer propaganda e besteiras como treinamento de mão de obra, textos pra lançamentos de produtos e campanhas políticas. Fiz campanhas pra candidatos de direita e da esquerda. Tudo a mesma bosta. Então, depois dessa bolsa, eu pude me dedicar à minha ficção (em qualquer mídia que fosse)."

Eis que o "homem limitado pela geografia de São Paulo" (nascido na Mooca) ou "o provinciano na megalópole", que num certo mês de 1998 mal tinha dinheiro para honrar o aluguel, recebe um fax da Alemanha, da Ray-Güde Mertin perguntando se ele tinha agente literária. "Eu disse a ela que mal tinha pro aluguel e que, portanto, ter uma agente seria um luxo delicioso."

Além da importância para sua formação intelectual, aquela temporada na Alemanha selou o seu casamento com Malu Bierrenbach. Eles se casaram (no sentido de morar junto, "pois não acredito nesse tipo de chancela judicial") em Berlim. Às vésperas de embarcar, tinham apenas três meses de "namoro".

"Pensei que se eu fosse só, a história acabaria. Então eu a convidei pra ir comigo."

"O que você mais gostava de fazer em Berlim?"

"Trepar, escrever, beber, trepar, escrever, beber, viajar... Trepar, viajar, escrever, escrever, escrever... Era uma vida de enorme prazer e tempo pra flanar... Não é o céu?"

"Ops, então o céu existe."

"Não. O que existe é o prazer do conhecimento."

2009

A missão

O RONCO DAS hélices do Embraer Xingu E-121 é harmonioso e estável. Sentamos de frente um para o outro. "Fale o mínimo possível", digo a mim mesmo. Ele veste calça jeans com elastano clareada, camisa polo Lacoste azul-bebê e botas. Estou de calça de brim preta, camisa vinho de mangas compridas e tênis. Nos bolsos, além de documentos, trago um pequeno bloco de notas e uma caneta. Assumi o compromisso de não saber qual é a programação deste sábado (31 de julho de 2010).

Até hoje, tivemos apenas dois *tête-à-tête*. Em ambos, sr. Luiz se comportara de modo tão fraternal quanto prudente.

– Cê trouxe chapéu?

– Não – respondo com curiosidade.

De nós oito (seis passageiros, piloto e comandante), apenas ele e Celso estão usando chapéu – daqueles de pescador, com uma cordinha para amarrar no pescoço, mais ou menos na altura do pomo de adão. O do sr. Luiz é de sarja, bege claro, ventilado no cocuruto. O de Celso é preto, com um protetor de nuca que lembra um turbante árabe.

Uma hora e pouco depois de decolarmos de Uberlândia, o piloto inicia o procedimento de descida em uma pista de terra no meio do cerrado, às portas do Centro-Oeste. Oficialmente, julho é inverno, assim como em Porto Alegre, Curitiba, São Paulo, etc. Mas aqui significa 28° às 10 da manhã, céu homogeneamente azul, pasto cor de palha, baixíssima umidade e poeira, muita poeira.

Três homens nos esperam à beira da pista, próximos a um caminhão Ford F-4000 e a uma picape cabine dupla. Os arredores não correspondem de forma alguma às fantasias que criei na noite passada no hotel: nada de casa com piscina olímpica, cães de raça imensos ou churrasqueiras fumegantes.

Apontam-me o Ford. Escalo a carroceria, mas o sr. Luiz tem dificuldade. Incomodam-no os joelhos e o quadril. Aos 75 anos, os cabelos rareiam e branqueiam. Na parte dianteira da carroceria, perto da boleia, há duas cadeiras azuis de escritório estofadas, uma ao lado da outra. Os quatro pés de uma delas foram amarrados com cordas aos ganchos da carroceria. A outra cadeira não tem braços e está solta.

– É o Papamóvel – ele diz, acomodando-se no assento do Papa (a cadeira amarrada).

Apoia as mãos no estribo. Os pelos prateados abundantes de seus braços fortes refulgem ao sol, evidenciando ainda mais o Rolex de ouro.

Walter, Haroldo, Nivaldo e Marcos (último a embarcar) apertam seus traseiros em tábuas atravessadas. "É a segunda classe", alguém brinca. Celulares? Mudos (para desconforto do Walter). Os funcionários da fazenda não param de falar.

– Vamo, gente. Vamo!

A frase soa como meia palavra para bom entendedor. A repercussão é imediata. Márcio liga o motor. Da carroceria, acenamos para o Celso, que não vai conosco. Ajeitou seus molinetes, suas iscas e suas varas na picape. Enquanto estivermos fazendo aquilo de que não faço ideia, ele estará provavelmente pescando ou, talvez, cochilando sob uma sombra.

A picape levanta poeira numa direção e o Ford, em outra.

– Cê não trouxe nem um boné? – sr. Luiz me pergunta novamente.

Desta vez, porém, ele fornece algumas reações sutis à minha negativa: um tremor de sobrancelha, um franzir de testa, um esgar. No mais, parece indiferente à minha presença. Ocupa-se apenas de sua "missão".

– Não concordo muito com isso aí – ele diz ao Haroldo, que lhe explicava as alternâncias de ciclo dos pastos.

Primeiro ano, pasto; segundo, lavoura; terceiro... Entramos no Retiro 1, Pasto 37.

– Ué! Até você sem chapéu? – sr. Luiz pergunta ao Haroldo, com espanto.

– Prefiro assim – o diretor da Algar Agro corta.

E dispensando atenção total ao presidente, acionista majoritário do Grupo, continua: Terceiro ano, pasto; quarto...

O agronegócio é importante na receita das empresas Algar, mas o forte são as telecomunicações. Essa fazenda no município de Paranaíba (MS) é das mais antigas. Alexandrino, pai de sr. Luiz, comprou-a nos anos 1970.

O caminhão esfalfa-se, sacoleja, sacode. Parece uma nave sendo lançada ao espaço. Um rastro horizontal de pó vermelho transforma o passado em nuvem. Meus garranchos tendem ao ininteligível. Nivaldo diz que os bois daqui têm brincos com códigos de barras. Provoco o presidente:

– Ainda assim, é uma atividade bem diferente de uma telefônica, né?

– Mas isso aqui diverte mais – ele replica matreiramente, sem tirar os olhos do infinito.

As estradas correm rente às cercas que delimitam cada retiro, cada pasto. As paradas para abrir porteiras são uma oportunidade para que a poeira nos ultrapasse e entranhe até nos nossos testículos. Com o motor em marcha lenta, consigo escutar melhor as conversas, mas parece que sr. Luiz e os agrônomos preferem falar com barulheira.

O Ford acelera de novo.

– Qual é a diferença entre ordenha e lactação, Haroldo?

– Ordenha é... lactação é... – o diretor explica. Não capto.

– A gente precisa ter um gráfico das ordenhas, não?

A atenção do sr. Luiz fixa-se numa revoada errática de anuns.

– E temos – Haroldo afirma.

– Mas é um gráfico único que mostra o total das três ordenhas diárias – Nivaldo explica. – Não temos gráfico por ordenha.

Sr. Luiz vira-se para mim, em voz alta, desejando que seu diretor o ouça:

– Esse é o tipo do sujeito que nunca diz não para o que eu peço, mas, no fim das contas, só faz as coisas do jeito dele, sabe? Isso, quando faz.

Haroldo ri discretamente.

O motorista faz um giro de 90° numa esquina de cercas. Embrenha-nos por trilhas que cortam uma porção de mata preservada.

– Antes de existir Lei, meu pai já dizia que era preciso conservar um quarto da mata nativa. Agricultura é conhecimento, sabedoria. Não é qualquer coisa, não.

Temos de nos abaixar para evitar que os cipós chicoteiem nossas testas.

– Até porque boi não é só carne, leite e couro. É liquidez. Precisando de dinheiro, você vende rápido, embolsa, resolve seu problema. Aqui, há 9 mil cabeças. Quanto vale? Ah, a arroba do boi gordo está 80. Cada um dos nossos, aqui, renderia uns 1.400 reais.

Já longe da mata fechada, somos interceptados por uma árvore atravessada. O caminhão tem de dar marcha à ré e tomar um desvio.

– Será que foi raio?

Ninguém me ouve.

– É a terceira vez que venho aqui e vejo essa árvore. Por que cês não tiraram ela do caminho ainda?

Certas perguntas de presidente são irrespondíveis. Haroldo, dando a entender que a culpa era de outra pessoa, disse:

– Mas não é possível!

– Vamos resolver isso – responde Nivaldo.

– É mesmo, a árvore – comenta Marcos.

Em uma porção de terra dessa magnitude (dezenas de milhares de hectares), não faltam medidas e providências a serem tomadas.

– Cês preferem abrir o desvio que tirar a árvore dali.

Passadas 2 horas de inspeção, talvez ninguém pense mais em observações como "tem um boi sozinho ali, perdido", ou "cerca rompida, não pode...", ou "bebedouro sem água não serve para nada".

A paisagem se repete: cerrado, pasto esturricado, cercas, bebedouros, currais e, de vez em quando, rebanhos. Tudo me parece organizado, metódico e racional. Mas sou um ser urbano com parco entendimento do campo. Sei que estamos no Mato Grosso do Sul, nas bordas daquelas três pontas que o unem a Goiás e Minas Gerais. Essa convergência fica às margens do lago formado pelos rios Paranaíba e Aporé, que alimentam a hidrelétrica de São Simão, da Cemig.

A atividade solar ao meio-dia é debilitante. Sinto a pele do crânio tão tostada quanto amolecida. Apesar de tudo, ainda há espaços não conquistados pela Luz das Luzes – por exemplo, uma estreita sombra criada pelo perfil de um tufo de árvores tortas. Minhas costas estão simplesmente moídas. (Insisti para me incluírem na programação, à qual aderi às cegas, por opção.)

Márcio desliga os motores sob a tal sombra. Ele e Marcos descem caixas com pães, queijo branco, bolo de fubá, refrigerantes, água mineral, garrafas térmicas de café e de leite, pratos e copos descartáveis. Sr. Luiz come com a mesma boca boa com que saboreou (disseram-me) uma *paella* num restaurante *cult* das Ilhas Canárias.

Depois do lanche, entre um e outro diálogo genérico, caminhamos até a beira do lago. Desgastes nos joelhos (com reflexos no quadril) endureceram a cintura do presidente. Hoje, ele ergue os pés do chão apenas o suficiente para passos curtos, que penteiam o capim seco e baixo. Anda com as mãos para trás, como se estivesse algemado. Os quatro dedos direitos agarram o médio e o indicador esquerdos, num equilíbrio perfeito.

Certamente por causa das sacudidas do caminhão, da cadeira solta e da má postura, minha espinha endureceu. De repente, sinto uma pontada cruel no epicentro nevrálgico: a quinta vértebra. Travo. Vem o medo de virar estátua, como naquela vez em Nova York, onde eu morava, em 1994, quando um *crac* sinistro me deixou estático. Saí de casa numa maca do serviço 911.

Sr. Luiz se põe ao meu lado, parado também, sem noção do que está acontecendo comigo. Com quase o dobro da minha idade, parece um garoto. Apesar das articulações doídas, ele ainda colhe os frutos de uma vida inteira dedicada a esportes e atividades físicas. Diferentemente dele, nunca acertei uma bola ao cesto, nem saquei forte com uma raquete, nem nadei ou pedalei regularmente durante a fase adulta. Na verdade (cá entre nós), a última vez que joguei futsal foi em 1985.

Finjo que o motivo da parada é uma limpeza nas lentes dos meus óculos escuros (ainda bem que os trouxe). Poderei dar outro passo? "Relaxe, respire fundo", penso. "Ali é um bom lugar para um píer", alguém diz. Um porto fluvial estratégico para, quem sabe, facilitar o transporte.

E o Nivaldo:

– A gente poderia ter aqui umas trinta mil cabeças, no total, para corte e para leite.

Continuo com dor, mas destravado. Arrisco. Caminho a passos de pato em companhia do sr. Luiz até a margem: um enorme espelho verde e transparente cheirando a peixe e barro. Ah, que alívio! Não atrairei a atenção de (nem darei trabalho a) ninguém. Os agrônomos trocam informações sobre outorgas, concessões, algo assim. Sr. Luiz parece ter um radar nas orelhas.

– Isso vence em breve, viu? Atenção.

De volta à carroceria, procuro não descuidar da postura. Ouço a voz enfática de Regina, minha amiga e fisioterapeuta de pilates: "Tórax apoiado nos ísquios!". Sobre a crescente exposição à ferocidade do sol, não vejo solução de curto prazo. Sr. Luiz dá umas três batidas com a mão no teto da cabine do Ford. O motorista para. A poeira nos encobre.

– Tá vazando água naquele cano ali, Haroldo.

E prosseguimos nosso diálogo fragmentário sobre "visão de futuro".

– Então, 40 anos atrás, compramos a Etusa [Empresa Telefônica de Uberaba] por 4 milhões de dólares. Levou 15 anos pra concluirmos que foi um ótimo negócio.

Mas cede ao olho clínico e interrompe o monólogo:

– Olha aquela tábua rachada, Haroldo. Ali, na porteira.

Daí, os dois se metem numa matemática excludente relativa à Unidade Animal (UA) por hectare (ha). Parece que, na composição de um rebanho leiteiro, vacas valem 1,0 cada, enquanto bois reprodutores valem 1,25. Acho que disseram que, em rebanhos leiteiros, se calcula 1,25 UA/ha. Um UA é igual a um animal vivo de mais ou menos 450 kg. "Embrapa? O quê? Já em rebanhos de corte..." Não, não é um ovo sendo frito. São meus miolos derretendo...

Walter é irmão do Celso (diretor de cultura corporativa da Algar). Especialista em telecoms, Walter também trabalhou décadas na Algar. Hoje está na Central 24 Horas Teleinformática Ltda., na Barra da Tijuca, no Rio de Janeiro. O celular sem sinal, de tempos em tempos, o incomoda. Para ele, o aparelho é um membro do corpo. Apesar de ter vindo tão despreparado quanto eu para a jornada, não reclama. Sua vermelhidão, porém, é notável.

O diretor Haroldo e o jovem agrônomo Nivaldo, acostumados à lida, procuram agir de maneira estritamente profissional. Afinal, vieram a serviço do "chefe". O único à vontade mesmo é o sr. Luiz. O que parece o inferno para mim (e talvez para outros) é o paraíso para ele.

No topo de uma colina, onde o sinal de celular "deu três traços" (palavras do Walter), pergunto se ele passou protetor solar nos braços.

– Não, mas há uma evidente ironia em sua assertividade.

Em seguida, encaramos a subida de um tobogã. No terceiro gomo, o caminhão engasga, a carroceria trepida, o eixo desacelera. Podia imaginar tudo, menos que o F-4000 fosse sucumbir a esse aclive. Aí ocorre o fantástico: a nuvem de poeira se torna tão densa que mal vemos uns aos outros. A combinação terra-suor entope os poros de partículas sólidas e meu bloco de notas não é mais branco.

Márcio volta de ré para tentar um impulso. Engata a primeira e pisa fundo. O motor se indigna. "Vai, vai, vai..." Mas o Márcio põe uma segunda. "Ah, não! Quem mandou mudar de marcha?" E lá vamos nós de novo, de ré, contra o pó. Tapo a boca e o nariz. Levanto a gola da camisa polo até a garganta para proteger o pescoço da ardência.

Minha única preocupação, caso o Ford vá a nocaute, confesso, é achar sombra. De dentro da bolha vermelha, vejo umas árvores esparsas. Uma lá longe. Outra mais além... *Oh, God!* Duas e quinze da tarde. Por um triz, o caminhão vence o terceiro gomo, e o quarto, e o quinto, e pegamos uma vicinal larga. Uma reta espetacular sobre uns quatro dedos de fino talco.

Um peão vem vindo a cavalo em nossa direção. Ladeamos um ao outro.

– Ôpa! Bão? – Haroldo cumprimenta. – Olha, fala com seu patrão que a gente precisa falar com ele, tá?

Alguma coisa a ver com arrendamento de terras.

O peão saca do embornal um celular:

– Se ocê qué falá com ele, tá aqui o telefone.

– Depois, depois – alguém aconselha impaciente.

Falar sobre boi a esta hora, num sábado, no meio do mundo, com a camada de ozônio totalmente vazada... O peão fica assistindo a gente partir. Seu semblante indica espanto. "Que turma, essa", ele deve estar pensando. Mas logo o sujeito se desmaterializa no rastro de pó.

Com mais uns 5 km, atingimos uma residência-escritório da Algar Agro. Sr. Luiz folheia planilhas com informações sobre cada fazenda. Descobre que duas vacas morreram nos últimos dias na Fazenda Portugal, uma no dia 23, no Retiro 2, e outra no dia 28, no Retiro 4. Balança a cabeça, visivelmente descontente, e vai ao banheiro.

A Fazenda Portugal, assim como a Lapa do Lobo (este é também o nome da aldeia natal do distrito de Vizeu, Portugal, onde nasceu Alexandrino Garcia, falecido pai do sr. Luiz), faz parte do complexo agropecuário da Algar, que inclui agronegócios em outros estados. O lugar menos quente que encontrei desde que saí do avião foi esta varanda. Até os morenos, Haroldo e Nivaldo, estão torrados.

– Você vê. Ele fica dizendo "vamos fazer", "vamos fazer...", mas as coisas não são mais assim. Tudo tem de ser na ponta do lápis, calculadinho – Haroldo comenta, aproveitando a ausência do presidente. Parece haver entre os dois uma espécie de jogo sem vencedores, no qual a ousadia debate-se com a previdência.

Minutos antes, ainda na carroceria, sr. Luiz me disse que "preguiça é uma doença", mas não me lembro mais qual era o contexto.

Eis que ele surge por trás de nós feito uma entidade onipresente, fluida, trazendo uma penca de bonés brancos com a monomarca da Algar. Momento epifânico (para mim): seria o fim do risco de queimaduras preocupantes no vértice? Depois de inspecionar cada centímetro de cada hectare, cadê a coragem de perguntar o próximo destino? Pois Haroldo teve essa coragem. A resposta veio quando já estávamos de novo sobre a carroceria:

– Almoçar.

O Papa esfrega seu iPhone e depois se dirige a mim, com graça:

– 233 e-mails só hoje, enquanto a gente tava sem sinal. Quem pode com uma coisa dessas?

A ideia de almoçar reativa em mim não a fome (sinto-me saciado apenas tomando água), mas as fantasias sobre casa com piscina olímpica, cães de raça imensos e churrasqueiras fumegantes (eu já havia voltado a comer carne vermelha) que me vêm à cabeça de novo.

Chegamos, então, a uma casa de fazenda às margens do rio Aporé. Bem equipada, confortável, mas totalmente desprovida de luxos ou delírios. Uma habitação bem simples, para não dizer rústica. Celso está lá embaixo sozinho, pescando no píer à sombra da mangueira. Na sala, Elias e Danilo, piloto e comandante do Xingu, assistem à televisão.

A cozinheira aqueceu as panelas. Sirvo-me de arroz, feijão, frango frito, quiabo, alface e tomate. A mesa é longa, acomoda uns vinte comensais. Distribuímo-nos aleatoriamente. Procuro ficar frente a frente com o sr. Luiz. Na verdade, todo o meu esforço físico, hoje, foi em função de observá-lo numa situação normal (para ele).

Celso vem chegando. O primeiro assunto é seu fracasso aquele dia na pesca. Daí a conversa vai de cá para lá, dali para além, de quando para aquém.

Estão todos mortos de cansaço, não apenas eu. Assim como eu, porém, ninguém dá o braço a torcer. Resvalamos, de repente, em futurologias tecnológicas. Que tal um aparelho que servisse para tudo (trabalhar, comunicar e entreter)? Misto de celular com *laptop* que seja leve e não precise de discos, *pen drives*, cabos, baterias, nada. Mas o assunto não vai adiante.

Depois de outro silêncio, Walter formula uma questão radiante, cerne de todas as minhas preocupações naquele momento:

– Já pensou se a gente tivesse de fazer todo dia isso que acabamos de fazer hoje?

Decorre um silêncio mais prolongado. Sr. Luiz está mastigando com calma. Engole. Em seguida, sério, encerra o assunto:

– Pois seria muito bom, uai!

Agora só se ouvem pássaros, insetos e a água corrente da pia.

O presidente propõe uma votação democrática:

– Opção 1: voltarmos de carro até a pista de pouso e voarmos para o aeroporto de Uberlândia; e opção 2: voltarmos de barco pelo rio Aporé, encontrarmos a caminhonete à beira da represa e descermos na outra fazenda, a Colorado, perto de Uberlândia.

A opção 1 me parece mais simples e sensata, mas me calo. O grupo vota (ou se abstém) na opção 2, a mais complexa e demorada. Os olhos do sr. Luiz, que adora obstáculos, brilham.

– Eu piloto o barco – ele diz imediatamente.

Subimos num barco com motor de popa: eu, Celso, Walter, Haroldo, Nivaldo e Marcos. Ou seja, 500 kg de gente (comida do almoço inclusa), pelo menos. Às 15h14, o poder do sol é indescritível.

Juntei as duas pontas da gola da camisa polo levantada e fixei-as com um clipe, tornando uma espécie de cacharréu. (Não me pergunte como consegui o clipe.) Outra providência de alta tecnologia contra a ação dos raios ultravioletas é ir girando a aba do boné conforme a nossa *global position* e o grau de queimação. Sr. Luiz pilota com serenidade, cabeça erguida, elegante.

A posição de sentar é um bocado desconfortável para mim. Minha quinta vértebra está sempre de mau humor. Sustentar um diálogo nessas condições é humanamente impossível. Os respingos do rio Aporé – limpo, fresco e largo – constituem uma bênção. Tiro fotos do sr. Luiz de vários ângulos com o meu celular. Impassível, ele simplesmente fixa o horizonte e se deixa levar.

– Aquelas balizas ali, ó, de navegação, indicam que o Aporé encontrou o Paranaíba. E aquela margem ali é onde paramos hoje de manhã pra fazer lanche, onde o Haroldo falou que a gente devia construir um porto.

Ah, o píer. Lembro perfeitamente, claro.

Depois de 1h15 curvados no barco, o prático entra numa maré de tocos à tona. Apesar dos avisos em contrário, insiste em atingir o ponto exato onde os funcionários estão com a picape nos esperando. Como a profundidade é indefinível, conta o *feeling*, a intuição. Quase na praia, a lata do casco encalha numa galhada.

– Pessoal, vamos saltar aqui mesmo pra aliviar o barco, Celso sugere.

Todos, menos o sr. Luiz e eu, começam a levantar as pernas das calças e a tirar os tênis e as meias. Em princípio, essa movimentação me pareceu precipitada. Márcio e Marcos entram emotivamente na água para empurrar o barco até a margem. Sinto-me um peso morto. Protejo o que é possível e me atiro também no rio, com a água até os joelhos.

Sr. Luiz fica no assento de piloto dando instruções para os experientes Márcio e Marcos, como se eles precisassem. Descalços e sujos, Celso, Walter e eu subimos na carroceria da picape, de onde observamos o desenrolar: sr. Luiz dentro do barco, sozinho, sendo empurrado por Márcio e Marcos. Em 2 minutos, o barco é apoiado sobre a carreta.

O presidente desce do barco e, seco como a braquiária do pasto, entra na cabine da picape. O presidente deve ter mandado o Haroldo pisar fundo, mas a velocidade atingida é totalmente inadequada às condições de viagem de Márcio, Marcos e Nivaldo, que estão dentro do barco, que, por sua vez, está sobre a carreta.

Cena incrível: de costas para a boleia da picape, vejo um barco navegando – ou melhor, trotando – no pó. Os trancos vão se tornando insuportáveis para os três coitados e nos preocupamos com o risco de quebrarem a bacia ou pararem de respirar.

– Para, para, para! – gritamos todos.

Walter bate no teto da boleia. Haroldo encosta para que o trio troque o metal do barco pelo metal da carroceria da picape.

– Olha pra você ver, Sergio... – Celso me cutuca com aquele seu ritmo manso e singular. – Dr. Luiz está apressando o Haroldo porque a gente corre o risco de não pousar na Fazenda Colorado antes do pôr do sol. Os pilotos já disseram que não podem decolar de lá para Uberlândia se estiver escuro.

Entendi: sr. Luiz, agora, quer porque quer cumprir o programa que ele mesmo alterou. No avião, o descabelado exército combalido tomba nas poltronas. O nosso acionista majoritário, não. Ele está ajoelhado entre os tripulantes, dando palpites sobre a decolagem e a rota. Walter considera a hipótese de tomar uma cerveja.

– Não, melhor não. Se fizer isso, viro um tijolo – brinca.

– Vai descer na sua goela feito uma prensa – seu irmão zomba.

Delirantes, pousamos no chão grosso de Gaia, outra unidade de agronegócio do Grupo Algar, próxima à Fazenda Colorado. Haroldo e Nivaldo ficam no avião. Desembarcamos. Os pilotos têm pressa em taxiar porque começa a escurecer. Já são 17h55.

O pernambucano Carlão, segurança e motorista particular do sr. Luiz, já fora informado (não percebi quando nem como) de que deveria nos esperar na Gaia com o Jeep Cherokee. Carlão o repreende sobre "a maneira certa de planejar as coisas, afinal, já é tarde". Os dois discutem como dois garotos no mesmo nível.

Sr. Luiz me mostra uma estação climática.

– Ela colhe dados atmosféricos e envia para os nossos computadores.

A essa altura, já não age mais como "o líder em missão de inspeção". Está mais para relações públicas. E as fantasias que criei na noite anterior se concretizam: a Fazenda Colorado, suposta última parada, é um belíssimo sítio de lazer da família do presidente.

A sede lembra um mosteiro de pavimento único. Piscinas, lago com peixes, fontes, gramados extensos, árvores centenárias, vários ambientes com churrasqueiras e bares. Mas está tudo silencioso e escuro. O funcionário Eduardo nos recebe e sr. Luiz pede que ele nos mostre os chalés recém-criados – um para cada filho e netos.

Depois, convida-nos para um drinque e sugere um vinho. Carlão aparece com um Cordelier 2004 de Bento Gonçalves, Vale dos Vinhedos. A visão da garrafa me enche de alegria e motivação, embora a coluna e a pele tenham sido castigadas.

– Ele comprou um caminhão desse vinho – Carlão comenta com orgulho.

Eduardo nos serve queijos em cubos.

– Liga a fonte do lago.

Eduardo atende ao pedido.

– Ô, Celso, quer pescar? Tem muito peixe aí nesse lago, hein? Assim você não volta com a mão vazia.

Celso topa.

Carlão cochicha ao pé do ouvido do patrão, que assente com a cabeça. O motorista corre até o bar e coloca um CD do Belchior no aparelho compacto sobre a geladeira: *E as borboletas do que fui voam demais/ Por entre as flores/ Do asfalto em que tu vais...* Brindamos.

Terminada a "missão", achei que o sr. Luiz soltaria o verbo, mas apenas os grilos se soltam (até porque os pássaros já estão, como se diz, "na meia-noite"). Trinam loucamente. Muitos assuntos, nenhum avanço: telefonia ("o que é fixo e o que é móvel neste mundo", Walter filosofando), o global *versus* o local ("a competência é o principal patrimônio de uma empresa", Celso demarcando), o papel inovador das organizações ("os *applemaníacos'* não compram o produto Apple, compram o que a Apple acredita", eu me arriscando), etc., etc.

Daí, pego-me dizendo "coisas brilhantes" pelos cotovelos, certamente pelo efeito do ótimo tinto. O presidente e eu eliminamos, praticamente sozinhos, umas três garrafas do lendário estoque do Cordelier 2004. Walter e Celso, por sua vez, contiveram-se. Uma ou duas cervejinhas e olhe lá.

Sr. Luiz bate as palmas das mãos nas coxas:

– Vambora? – e põe-se de pé imediatamente.

– É, está na hora – Celso e Walter concordam em coro. Já passa das 8.

Estou agora no banco de trás da Cherokee, ladeado, à minha esquerda, pelo Walter e, à direita, pelo sr. Luiz. Apesar da escuridão, vejo que a rodovia para Uberlândia é lisa e bem sinalizada. Walter empunha o celular:

– Dr. Isac, o senhor pode falar agora? Ah, pois não, Dr. Isac. Obrigado. É que ficamos fora de área, o sinal ia e vinha, não deu para concluir. Seguinte: estou aqui com o presidente da Algar e da CTBC Telecom. Lembra a história daquela rede de fibra ótica? Aquela, de Brasília pra Porto Alegre, lembra? Pois é. O Dr. Luiz voltou a ter interesse.

O sábado começou no Mato Grosso e vai terminar com uma conversa de negócios, à noite, olha só – Sr. Luiz pensa em voz alta. Celso e Walter batem cabeça tentando lembrar o nome de uma das empresas de Telecom envolvida na tal rede de fibra ótica, cujo maior acionista é o BNDES. Não entendo bulhufas. Além disso, há vários assuntos entrecruzados.

– Estou em lua de mel com o meu carro novo – sr. Luiz comenta, referindo-se a outro carro (uma Mercedes preta, eu soube depois).

Em seguida, provoca o seu (nosso) motorista:

– Meu segurança virou simples manobrista. Agora eu é que dirijo o carro.

Carlão finge que não escutou.

Walter maneja o celular de novo. Ainda aquele assunto das redes e rotas de fibra ótica.

– Ô, Carlão, entra na Canadá.

– Agora? Pra quê?

– Para o Sergio ver a nossa produção automatizada de leite.

– Tem ninguém acordado lá essa hora!

A Fazenda Canadá, pelo que entendi, fica neste rumo mesmo, uns 40 km adiante, talvez.

– Dona Ophélia está em Uberlândia esperando o senhor – Carlão adverte, em tom de ameaça. Conhece bem o patrão e a esposa dele.

O fato é que só paramos já dentro de Uberlândia, em frente a uma casa cujo muro possui uma altitude média. Um segurança abriu a porta, observou um lado, e outro, e acima, e abaixo, e um lado, e outro... Ao se despedir de mim, às 21h04, sr. Luiz lamentou, tão sorridente quanto aliviado:

– Carlão deu o cano em nós. Mas amanhã a gente vai lá na Canadá.

– Obrigado pela aventura – digo, apertando-lhe a mão.

– Que aventura? Foi um dia normal, ué!

E, inteiraço, encaminha-se.

No quarto do hotel, meu estado – visto de dentro ou de fora do espelho, não importa – é evidentemente lasti-

126

mável: o rosto vermelho feito um pimentão, os lábios inchados, o cabelo endurecido e gorduroso, o pescoço chamuscado, as roupas e os tênis (peças praticamente únicas) irreconhecíveis, a quinta vértebra sendo alfinetada minuto a minuto e a pergunta: um homem rico e prestigiado de 75 anos precisa de "um dia normal"?

2011

PS: Este texto é o primeiro capítulo do meu livro *Doutor desafio: a história de Luiz Alberto Garcia, empreendedor interiorano que enfrentou governos militares e competidores globais* (Manole, 2011). Tentei mostrar, por contraste, a disposição e a forma física de um caipira moderno (ele se autodenomina assim), homem rico e forte. O ponto de contraste, no caso, era um quarentão urbanoide iludido por confortos fáceis: eu.

Filho de Alexandrino Garcia (1907-1993), fundador do Grupo Algar, que atua em vários setores, Luiz Alberto Garcia, 76 anos completados em 2011, possui uma franqueza desembaraçada e uma despretensão genuína. "Doutor Luiz" (como é conhecido) aplica, com naturalidade, conhecimentos complexos. Com diplomacia e tirocínio, evitou que os governos militares estatizassem sua empresa telefônica, a CTBC; e, nos 1990, superou grave crise financeira, preparando-se para competir em um mundo globalizado.

Mr. Invisível do Brooklyn

O DINHEIRO PODE calar megafones, ideais e sonhos. Sabemos que a arte e o jornalismo cultural também não escapam da performance comercial. Bilheterias e listas de *bestsellers* são o principal termômetro do sucesso. A percepção de que o dinheiro é praticamente o padrão de medida para tudo foi muito importante na formação do escritor americano Paul Auster, autor de *A trilogia de Nova York* (1985) e diretor do filme *O mistério de Lulu* (1997). Foi o que lhe deu um certo senso de rebeldia contra a face insensível do país mais consumista do planeta.

– O dinheiro é sempre mais identificável por sua ausência do que por sua presença. Acho que ele é útil apenas para poder nos ajudar a não pensar nele – diz.

Os problemas financeiros de Auster foram gritantes principalmente a partir dos seus 20 anos, quando resolveu entrar para a marinha mercante como marujo em um navio petroleiro, até por volta dos 32, quando seu pai faleceu. Antes disso, grana era uma questão filosófica.

Paul vem de uma típica família pequena de classe média americana. Uma família aparentemente comum, como a maioria das famílias. Seu pai, Samuel Auster, era um promissor técnico em radiocomunicação que trabalhou no laboratório de Thomas Edison em Menlo Park, Nova Jersey, durante um único dia de 1929. Consta que foi dispensado no dia seguinte, quando Edison soube que Sam era judeu.

Em seguida, a Bolsa de Nova York quebrou, mas o pai de Paul tinha alguma poupança e aplicou-a numa modesta loja de componentes eletrônicos em Newark, que depois acabou sendo transformada em uma loja de mobílias. Sam Auster vivia à procura de negócios rentáveis. Juntou boas quantias como corretor de imóveis.

Até 1947, ano em que Paul nasceu, a situação de Sam era instável para os padrões americanos. Apesar de tudo, nem Paul, nem sua única irmã (três anos mais jovem que ele) conheceram fome, frio, ameaças ou ignorâncias. Tampouco passaram as necessidades da maioria das famílias brasileiras na mesma época.

O que transformou a visão de Paul com relação a dinheiro e que o forçou a ir à luta sozinho, a princípio sem sucesso, foi o modo como seus pais lidavam com as próprias demandas. Sam era pão-duro, paranoico com *crashs* e recessões. Antes de emigrar para os EUA, passara maus pedaços em Stanislav, no Leste Europeu. A lembrança dos tempos de pobreza o perturbaria durante toda a vida.

Já a mãe de Paul, Queenie, era esbanjadora. Ela achava que devia celebrar o desaperto comprando objetos de todo tipo, enchendo vários carrinhos de supermercado. "Para ela, entrar numa loja era dar início a um processo alquímico que atribuía à caixa registradora uma série de propriedades mágicas e transformadoras", escreveu o filho em *Da mão para a boca: crônica de um fracasso inicial* (1996).

– A tragédia da coisa é que os dois eram pessoas boas. Atenciosas, honestas, trabalhadoras. Fora esse único campo de batalha, pareciam se dar bastante bem.

– Deve ser difícil para uma criança compreender pais com uma relação tão ambígua com dinheiro. De um lado, o desejo intenso de ganhá-lo; do outro, uma recusa persistente em desfrutá-lo. Como você, hoje, encara aquele duelo?

– Nunca consegui entender como algo tão sem importância podia causar tanta discórdia. É claro que dinheiro nunca é apenas dinheiro. É sempre outra coisa, algo maior, e é sempre ele que diz a última palavra.

— Seus pais foram felizes juntos?

— Não, e minha mãe levou muito tempo para reconhecer o engano que cometera. Quando eu tinha 15 anos e a minha irmã, 12, eles se divorciaram.

— Você passou muitos apertos financeiros depois disso, em parte por causa das opções que fez, tentando se virar sozinho, apartado. Como estão as coisas hoje?

— Alguém certa vez disse que as histórias só ocorrem com aqueles que são capazes de contá-las. Do mesmo modo, quem sabe, as experiências se apresentam àqueles que são capazes de vivê-las. Nos últimos dez anos, tenho sido capaz de sustentar meu trabalho e minha família. Mas nem tudo está resolvido.

∾

Por volta dos 20 anos, portanto, Auster decidiu ganhar a vida de um modo que lhe permitisse escrever. Em 1971, aos 23, mudou-se para a França com planos de ficar um ano. Ficou quase quatro. Foi o caminho encontrado para estar longe de seu país num momento particularmente complicado, em que sociedade e governo se desentendiam a céu aberto.

— Os EUA viviam a Guerra do Vietnã. Eu estava muito contaminado politicamente e não conseguia escrever. Então, achei que a melhor maneira de me concentrar seria encontrando um espaço para respirar.

Na França, trabalhou como jardineiro, tradutor francês-inglês, revisor de catálogo de livraria, *ghostwriter* e telefonista noturno na sucursal do *The New York Times* (em Paris), entre outras atividades. Um período de grandes dificuldades. Entre uma turbulência e outra, tentava escrever poemas, sua maior paixão na época.

A obstinação pela literatura já estava transformando-o em um destituído na Europa quando surgiu a imperdível oportunidade de emprego como caseiro de uma fazenda na Provence, o que lhe proporcionaria uma "renda minúscula", como ele conta. O mais interessante do novo emprego, entretanto, era incluir moradia gratuita.

– Isso era fundamental. Mas também acabou chegando o dia em que eu e minha namorada não tínhamos praticamente nada pra comer. Tudo o que pudemos encontrar na fazenda foi uma torta crocante pré-pronta e um saco de cebolas. A torta ficou muito saborosa, a melhor que já comemos, exceto pelo fato de que não estava suficientemente quente. Então nós decidimos aquecer a torta de cebola um pouco mais. Quando a tiramos do forno, estava queimada. Foram horas de desespero, pois já estávamos no nosso limite. Assim, de forma totalmente inesperada, apareceu um sujeito que de vez em quando se hospedava na fazenda. Ele nos repassou algum dinheiro e pudemos fazer uma refeição decente.

Paris representou uma virada na vida de Paul. Enquanto tentava escrever poemas e ensaios literários, submetia--se a ligações "degradantes, algumas humilhantes", com pessoas apenas para poder adquirir o mínimo necessário para a sobrevivência. A França não seria sua residência nem qualquer outro país que não os EUA. Talvez nem mesmo outra cidade que não Nova York ou outro bairro que não o Brooklyn, onde se instalou em 1980, depois da morte do pai, e não saiu mais.

Mesmo tendo nascido em Newark – cidade poluída, violenta e feia a 30 minutos de trem de Manhattan –, Auster se dedica a Nova York como James Joyce a Dublin. Na *Trilogia de Nova York*, a vida anônima na megalópole, acrescida dos diferentes modos de vida entre Manhattan e Brooklyn, torna seus personagens cada vez mais isolados e em busca de uma identidade.

Mas o caldeirão multicultural nova-iorquino, tão presente na *Trilogia*, não é onipresente em sua obra. Muitos de seus livros – como *No país das últimas coisas* (1987), *Música do acaso* (1990) e *Mr. Vertigo* (1994) – nem sequer transitam pela turística Brooklyn Bridge, uma das vias de ligação entre sua casa a Manhattan.

O Brooklyn, com 2,5 milhões de habitantes, é um dos cinco grandes distritos que compõem a Big Apple. Para Auster, o mundo passa por Manhattan, mas mora no Brooklyn, o verdadeiro lugar de todas as raças, todas as etnias e todas as religiões.

No Brooklyn, caribenhos e russos, judeus e italianos, árabes e haitianos cruzam diariamente as fronteiras dos bairros residenciais de Brooklyn Heights e Park Slope – "o outro Brooklyn", como Paul chama a região. Em sua casa de tijolos marrons aparentes, moram Siri Hustvedt, sua segunda mulher, e a filha Sophie.

Park Slope ladeia o verdejante Prospect Park. O bairro acolhe inúmeras edificações em estilo vitoriano, ornamentadas por torres do século XIX, arcadas neorromanas, portais barrocos e escadarias que remetem aos palácios de Veneza. Ou seja, uma região de intensa mescla de estilos e culturas.

– Aqui vive também um percentual bem pequeno de escritores judeus não praticantes – autoironiza.

∾

Um dos episódios mais importantes na vida de Paul foi a morte de Sam Auster. No sentido mais profundo e inabalável, Sam foi um homem invisível aos olhos do filho. Invisível para os outros também, e muito provavelmente invisível para si mesmo. Depois do divórcio, Sam viveu sozinho durante 15 anos. "Obstinadamente, opacamente, como que imune ao mundo."

Na época, Paul atravessava um momento bastante difícil financeira e existencialmente. Tinha um filho pequeno, Daniel (com a tradutora Lydia Davis, primeira esposa), um casamento em desintegração e uma minúscula renda que não chegava a uma fração do que precisava para viver. Transtornado, ficou quase um ano sem escrever uma linha. Não conseguia pensar em nada a não ser em dinheiro.

A atração pelo beisebol, contudo, o fazia entortar o pescoço para ver as manchetes das páginas de esporte do jornal lido por algum passageiro do metrô. Até hoje, vai muito a jogos de beisebol. Naquele ano de especial dureza econômica (1979), inventou um jogo de beisebol em forma de baralho, na ânsia de conseguir algum dinheiro. Tentou vender o jogo para várias empresas americanas. Em vão.

– Aquelas cartas só serviram mesmo pra eu brincar com Daniel.

Em dezembro de 1978, foi convidado por um amigo para ir a um ensaio aberto de balé, e algo estranho aconteceu. Uma revelação, uma epifania. Paul não sabe exatamente qual a melhor palavra para descrever o momento em que grudou os olhos nos bailarinos.

– O espetáculo me inundou de uma imensa felicidade. O simples fato de observar homens e mulheres se movendo através do espaço me inundou de algo próximo da euforia.

No dia seguinte, sentou-se à escrivaninha e começou a procurar uma "voz" para traduzir, em palavras, o sentido de sua experiência com o ensaio de balé. Foi uma libertação. Convenceu-se de que ainda era escritor, apesar de todas as turbulências e bloqueios.

– Mas não um escritor como antes. Um período novo estava prestes a começar. Eu sentia isso.

O telefone tocou às 8 horas de 14 de janeiro de 1979, precisamente o dia em que Paul terminou o texto sobre o balé, um conto ensaístico intitulado "Espaços brancos". Um de seus tios informava-o de que Samuel Auster havia sofrido um ataque cardíaco fulminante durante a madrugada.

– Acha que tudo pode ter acontecido no exato instante da madrugada em que você finalizava seu primeiro texto em prosa após um ano de jejum?

– Sinceramente, acho que sim.

Os acasos, as sincronias e as coincidências são os princípios governantes da obra de Paul Auster. Ele tem sido muito criticado por causa disso, aliás. Dizem que ele usa a coincidência, por exemplo, para atenuar as coisas, para criar uma ilusão de que tudo pode ser explicado ou para disfarçar seus defeitos de fabulador.

– Na verdade, esses críticos não estariam tentando lhe dizer que você banaliza o uso do acaso e das coincidências em suas histórias?

– O acaso faz parte da realidade. Somos continuamente moldados pelas forças da coincidência. O inesperado ocorre com uma regularidade quase entorpecedora nas vidas de todos nós.

– Não é o seu caso, creio, mas a ficção de má qualidade sempre foi mestre em criar tramas e soluções artificiosas, que tentam amarrar todos os elementos, que forjam finais felizes...

– De fato. Mas quando falo de coincidência, não estou me referindo a um desejo assumido de manipular. Refiro-me à presença do imprevisível, à natureza totalmente desconcertante da experiência humana. De um momento para outro, tudo pode acontecer. Em termos filosóficos, refiro-me aos poderes da contingência. Nossas vidas não nos pertencem realmente. O desconhecido nos surpreende a cada momento. Vejo que minha função é me manter aberto a essas colisões, ficar alerta para todos esses mistérios.

O modo como Paul relembrou o dia da morte de seu pai é um sinal desse seu estado de alerta para as sincronias que tanto nos intrigam. Mas, afinal, por que a morte de Samuel Auster alterou para sempre a carreira do jovem escritor de

32 anos, que não havia conseguido publicar nada em prosa até então? Simples. O pai lhe deixara uma herança.

– Não foram rios de dinheiro, comparada com outras heranças, mas fez uma enorme diferença. O bastante pra mudar minha vida pra sempre. O dinheiro me deu proteção. Pela primeira vez na vida, dispus de tempo para escrever, para assumir projetos longos sem ter de me preocupar com o aluguel e outras contas.

– Seus principais livros resultaram do dinheiro deixado por seu pai?

– Sim, com isso ganhei dois ou três anos de fôlego, o suficiente para me firmar.

– É uma equação um pouco cruel. Foi preciso que alguém morresse para que você deslanchasse. Você pensa nisso?

– Não consigo sentar e escrever sem pensar nisso. A morte de meu pai salvou a minha vida.

Três anos depois, aos 35, Paul Auster veria seu primeiro livro em prosa ser publicado: *A invenção da solidão* (1982), composto de duas novelas. A primeira delas, "Retrato de um homem invisível", é uma tentativa de entender um personagem arredio, opaco, "um bloco de espaço impenetrável na forma de um homem": "O mundo ricocheteava nele, espatifava-se de encontro a ele, às vezes aderia a ele – mas nunca entrava. Durante quinze anos meu pai assombrou uma casa enorme, completamente sozinho, e foi nessa casa que ele morreu".

– Este homem é Sam Auster, seu pai. Afinal, conseguiu dar a ele um outro significado?

– No ato de tentar escrever sobre meu pai, comecei a perceber como é problemático presumir que se sabe algo sobre outra pessoa. Uma questão central daquela novela é a biografia. Perguntava-me a todo momento se, de fato, é possível uma pessoa falar em nome de outra.

ॐ

Da mão para a boca (1996) é uma espécie de ensaio sobre como escrever livros e, ao mesmo tempo, ganhar dinheiro para bancar as despesas pessoais. No livro, Auster claramente procura evitar dois perigos constantes em textos autobiográficos declarados: a autoexaltação e a autocomiseração.

– Não me interesso por literatura confessional ou autobiográfica. *A invenção da solidão* e *Da mão para a boca* são os únicos que escrevi com essas características. Mesmo assim, considero o segundo um ensaio sobre como não ganhar dinheiro, ou sobre como tomar decisões erradas.

Acredita-se, não sem uma alta dose de razão, que todo escritor empresta muito de si mesmo à composição de seus enredos e seus personagens. Mas o autor de *Mr. Vertigo* emprega elementos autobiográficos explicitamente. Alguns personagens têm nomes que são de amigos e familiares do escritor.

A Trilogia de Nova York, sua obra mais aclamada e mais debatida em universidades, é composta das novelas "Cidade de vidro", "Fantasmas" e "O quarto fechado". As três fazem paródia da literatura de mistério e são distintivas das fusões e confusões que Auster gosta de fazer entre criador e criatura.

Em "Cidade de vidro" – que, separadamente, foi rejeitada por 17 editoras –, Daniel Quinn, autor de romances policiais, recebe o telefonema de alguém procurando um certo detetive particular chamado Paul Auster. Quinn decide encarnar o papel do detetive e os conflitos de identidade dos dois se misturam aos do personagem Peter Stillman, a quem o "impostor" deveria proteger:

Lembrar quem se supõe que eu seja. Não acho que se trate de um jogo. Por outro lado, nada está claro. Por exemplo: quem é você? E se você acha que sabe, por que continua a mentir? Não tenho resposta. Tudo o que posso dizer é o seguinte: ouçam-me. Meu nome é Paul Auster. Este não é o meu nome verdadeiro.

Já em "Fantasmas", o detetive Blue é contratado para seguir e vigiar Black, um escritor que quase não sai de casa e passa praticamente o dia todo escrevendo. A vigilância desencadeia uma viagem psicológica ao interior de Blue.

Em "O quarto fechado", por sua vez, outro escritor, este chamado Fanshawe, desaparece misteriosamente, e sua esposa pede a um velho amigo do marido que avalie originais engavetados. O narrador-protagonista, crítico literário, analisa-os e decide publicá-los. Os livros de Fanshawe se tornam um sucesso e sua mulher se casa com o crítico. Começam as suspeitas de que o crítico é o próprio autor dos livros. Para driblá-las, o crítico então resolve escrever a biografia do "gênio" Fanshawe. Por fim, recebe do próprio uma ameaça de morte, feita por carta.

Segundo Auster, suas escolhas são uma questão de "plausibilidade e sinceridade".

– Quando escrevo sobre problemas que eu próprio experimentei, consigo fazê-lo com certa convicção, de uma maneira que apaga a fronteira entre ficção e realidade. Isso não torna um livro melhor nem pior. É apenas um campo que gosto de cultivar. Mas nunca me revelei em minhas ficções.

Há uma parcela vívida de Auster em cada um de seus personagens, sujeitos em crise permanente. Seus heróis (ou anti-heróis) são levados a se separar geograficamente dos demais. É como se se relacionassem por uma espécie de canal artístico, em que a arte, especialmente a literatura, exerce um papel fundamental na comunicação.

Há muitos andarilhos sobrevivendo nas histórias de Auster, sujeitos que experimentam situações-limites, como se estivessem se submetendo a um teste, caso de Fogg, em *Palácio da Lua*, e Willy, em *Timbuktu*. Não precisariam viver na corda bamba, mas optam por essa forma de vida talvez guiados pelo que gostariam de ser ou pelo que realmente pensam que são.

– Para mim, não há situação mais extrema do que um andarilho sem uma casa pra voltar.

Mergulhados no isolamento, os protagonistas tentam encontrar respostas e soluções para suas crises e aprender com o desafio da busca. E aprendem, na maioria das vezes, com o ato de escrever sobre algum mistério psicológico desconhecido. De modo geral, não atingem a solução. O desafio e o esforço apenas agravam a crise e os conduzem à perda da identidade.

– A natureza do que eu faço é quem sou.

∾

Inspirador, eclético, reservado, nada ostensivo, quase anônimo em seu Brooklyn pessoal, Paul Auster tornou-se um dos mais cultuados autores americanos de sua geração. Nos últimos anos, enveredou-se também nos corredores do cinema. Estreou assinando o roteiro de *Cortina de fumaça* (1995), dirigido por Wayne Wang. No mesmo ano, Auster e Wang dividiram tudo – da escolha do elenco à direção – em *Sem fôlego*, continuação do filme anterior.

O mistério de Lulu é o primeiro filme que concebeu e dirigiu integralmente. Tudo saiu de sua cabeça. Trata-se da história de um músico de *jazz* em decadência que transforma a própria vida numa bagunça. Certa noite, enquanto tocava, é brutalmente baleado por um maluco que invadira o *jazz club*. Os ferimentos invalidam o músico, que não pode mais tocar seu instrumento. O resto da história gira em torno da tentativa do músico de começar uma nova vida.

O filme também se confunde com a obra literária de Auster, gerando a suspeita de que a história funcionaria melhor em livro do que na tela. Ele discordou de imediato:

– Não. Até tentei fazer dela um romance, mas não deu certo. A história não me deixava em paz e eu tinha que arrumar um jeito de contá-la. Quando a recuperei, voltei ao primeiro propósito, que era um roteiro. Hoje, não consigo nem imaginá-la em livro. Ela precisava ser visualizada.

— Seu encantamento pelo cinema decorre da literatura ou o contrário?

— Algum dia sonhei ser cineasta, não escritor. Já adulto, porém, percebi que minha personalidade não servia ao cinema. Sou muito quieto, portanto, mais adaptável à escrita.

— Você disse que ambas as atividades – cinema e literatura – são desafiadoras. Elas têm diferentes graus de dificuldade?

— Em literatura, tudo são palavras; no cinema, você trabalha também com arte, música, som, linguagens, que me interessam muito. Mas escrever é a minha praia.

— Trabalha com disciplina? Escreve com facilidade?

— Com disciplina, sim. Mas com dificuldade. Costumo dizer que escrever é como arrancar um dente todo dia.

O cinema se transformou na sua forma de expressão coletiva, do mesmo modo que para o espectador. Os livros, uma experiência privada, circunspecta. As múltiplas atividades de Auster, na vida real e no trabalho, conferiram-lhe uma maleabilidade sobre a qual nunca refletiu. No entanto, recusa a imagem do artista múltiplo.

— Nunca me perguntei, por exemplo, o que ganho ou perco me dividindo, às vezes, entre a literatura e o cinema. Em dado momento da vida, a gente sabe o que pode ou quer realizar. E, com uma certa dose de sorte, realizamos.

— Por que prefere alimentar uma visão despretensiosa de si mesmo?

— Porque sou um contador de histórias. Nada mais.

∽

Daniel é filho de Paul com Lydia Davis, primeira esposa. Daniel se dedica à fotografia. A filha Sophie é da atual esposa, Siri Hustvedt, escritora descendente de noruegueses. Sophie é a atriz precoce da família. Ela interpreta a filha do produtor em *O mistério de Lulu*, e o pai acorda cedo todos os dias para caminhar com Sophie até a escola onde ela estuda.

Explorar Nova York a pé, possibilidade que tanto facilita a vida dos milhares de turistas que circulam por suas ruas diariamente, encanta também o escritor-residente – o Mr. Invisível – do Brooklyn. Auster continua contemplativo em relação à cidade e adora descobrir detalhes especialmente na ponta sul de Manhattan. É onde procura renovar sua imaginação.

– Você disse que Nova York está [em janeiro de 1999] mais atraente e segura do que há dez anos. Isso é obra do prefeito republicano Rudy Giuliani?

– Ele fez muito. Mas as razões são mais complexas. Têm a ver também com toda a economia americana. Se ela vai bem, a violência diminui, invariavelmente.

– Já votou em republicano alguma vez?

– Nunca.

– Está satisfeito com os democratas da era Clinton?

– Não, mas dadas as alternativas... De qualquer forma, é impensável, pra mim, levar os republicanos em consideração.

Se dependesse de Auster, o *impeachment* de Clinton [relativo ao escândalo envolvendo o ex-presidente e a ex-estagiária da Casa Branca Monica Lewinsky] ficaria para uma "situação mais concreta e menos fingida".

– Esse julgamento é uma das coisas mais hipócritas que já vi. É a cara do que somos. Como autor, prefiro me comprometer mais com a verdade e menos com a política.

De volta da caminhada até a escola de Sophie, Auster entra em casa e põe-se a trabalhar com caneta, papel e uma máquina de escrever manual velha até as três ou quatro da tarde. Recusa a unanimidade em torno do computador, embora não tenha muitos dados para julgá-lo.

– Nunca experimentei um, portanto não sei se facilita ou não a minha vida. Tento manter uma rotina calma e previsível.

ॐ

A pergunta "quem sou eu?" é outra preocupação constante na obra de Paul Auster. Ele se deixa fascinar pelo desequilíbrio entre o cidadão que escreve, o indivíduo que grava seu nome na capa do livro e o verdadeiro autor. Os três são a mesma pessoa?

– Me parece que as histórias são escritas de um certo lugar em nosso interior, um lugar desconhecido e inacessível. Por essa razão, nunca a biografia e a obra de um escritor estão em acordo. Nenhum estudo biográfico jamais conseguirá dizer exatamente de onde vem o conteúdo que ele põe no papel.

– É como se uma biografia só fosse possível pela combinação de fatos com meditação sobre as (im)possibilidades da escrita biográfica...

– Precisamente.

Os acadêmicos tomam *Trilogia* como ponto de partida para discussões sobre literatura pós-moderna. Inúmeros artigos e teses versaram sobre o tema, mas Auster procurou manter-se fora dos debates. *Trilogia* foi provavelmente o primeiro livro que chamou a atenção das pessoas para seu trabalho.

– Ao longo da vida, aprendi que há um fã para cada livro publicado no mundo. Quando escrevo, penso num leitor imaginário, que sou eu mesmo.

– Você se preocupa se as pessoas estão lendo seus livros?

– Claro que me preocupo. Tenho que me preocupar. Mas há tantas interpretações possíveis quanto leitores para um mesmo livro.

– O objeto livro está em extinção?

– Não, e lhe digo por quê: a leitura é uma das raras experiências humanas em que dois estranhos se encontram numa situação de suposta intimidade. E é por isso que ainda descobrimos um pouco de humanidade nesse tipo de experiência. É insubstituível. Trata-se de um importante elemento para estar vivo; abrigo um para o outro, num nível profundo e aberto.

1999

De moinhos e homens

ISAC VALÉRIO, CONHECIDO como *seu* Isá, guarda uma velha carteirinha desbotada onde se lê: "Assentador oficial de micro hidrelétricas". Ele construiu ou reparou, na região de Caparaó e Alto Caparaó, em Minas Gerais, mais de cem moinhos de moenda (especialmente os moinhos de pedra) e uns cinquenta que combinam moenda com geração de energia elétrica. "Se minha memória variá pra mais ou pra menos eu aviso." Está orgulhoso de poder se lembrar e instruir.

Seu Isá executa cálculos complexos de cabeça e, talvez por isso, consegue compreender as formas e os valores de tudo — da água e da falta, da pedra e da indiferença, da árvore e do ruir. Considera-se visionário: "Tenho ideias muito fina. Tô sempre calculano as consequência, as causa. Dos atos e dos fato". Nasceu em 1927, em uma fazenda na região conhecida até hoje como Valérios. Isac (ou Yz'hak) significa alegria, riso, em hebraico.

Neste 2004, mora no município de Alto Caparaó, e ainda conserva carne de porco em lata de gordura. Continua usando chapéu Ramenzoni, tamanho 59, 100% pele de lebre. "Coloco o chapéu até quando vou no quintal." Enfiou quatro peças de ouro entre os dentes há anos e carrega um cordão dourado no peito. "Gosto de ouro. O ouro é símbolo de riqueza. Mas, pra mim, é só um gosto."

Em matéria de gosto, aliás, *seu* Isá é desembaraçado. Se aprecia um certo modelo de botina, compra cinco, seis pares de uma vez. Guarda-as no topo de algum armário. Preferia camisas e calças brancas, juntas, desde que não parecesse médico. "Num é que um dia me gritaram na rua: 'Ao leiteiro!'. E aí resolvi mudar." Reorientar cores foi bem mais fácil do que nortear um automóvel. *Seu* Isá é incapaz de cruzar com pessoas nas ruas sem paradinhas demoradas. "Se bobear, então, tô eu bateno num poste."

Distraído? Não. Seletivamente concentrado, isso sim. Escolheu e foi escolhido conforme os encaminhamentos divinos. Em 1944, casou-se com Estér Tavares, cinco anos mais moça. *Seu* Isá tinha 21. No mesmo ano, começou a trabalhar com Tio Aquiles, carpinteiro de primeira linha. Tio Aquiles – cunhado da avó de *seu* Isá, na verdade – ajudou seu sobrinho adotivo a aceitar que nos tornamos o que sempre fomos. "Ele foi meu único mestre em forma humana. O mestre maior é Deus."

Embora tenha sido um sujeito severo e metódico, tio Aquiles foi paciente com aquele jovem bonachão e resignado. Antes de tudo, sabe-se lá quando, a natureza brindara a ambos com uma insígnia crucial, que é a integridade. O jovem Isac aprenderia, então, carpintaria e "picar moinhos", dois ofícios necessariamente conciliáveis.

Como assim, picar moinho? Calma. A expressão significa fazer umas ranhuras na pedra giratória para que ela moa mais eficientemente o milho, o arroz ou a canjica. Trata-se de uma entre as várias tarefas de um especialista em moinhos de pedra, como *seu* Isá. Para picar a pedra, usa um ponteiro que ele mesmo caldeia a ferro e fogo. A ponta é bem fina, mas "engrossa com o costume. Picá uma pedra pode acabá com uns dez ponteiro".

O moinho de pedra nasceu no plural. Na verdade, há duas pedras (também conhecidas por mós). A de cima gira e a de baixo fica imóvel. Ambas carecem ser picadas. Os ponteiros férreos de *seu* Isá abrem-lhes furos quase cilíndricos e ranhuras nas faces que se atritam. Vistas do alto,

146

as duas mós picadas lembram uma rosquinha. As ranhuras podem ter o comprimento e a espessura de um palito de fósforo e se dispõem no círculo como os algarismos de um relógio. Após um tempo inestimável, a moagem consome as ranhuras.

A família dos moinhos de pedra(s) é a mais tradicional e apurada. Na Idade Média, grãos de trigo, por exemplo, eram triturados em moinhos de pedra manuais, que evoluíram para os de pedra movidos por animais e, depois, para os movidos a água; finalmente surgiriam os moinhos de vento e os movidos a vapor.

Segundo o antropólogo Gilberto Freyre, autor de *Casa Grande & Senzala* (1933), os brasileiros conheceram o pão apenas no século XIX. Antes do pão, havia o biju de tapioca. Só com a chegada dos imigrantes italianos é que a panificação começou a se expandir. A história dos moinhos de pedra, portanto, está atravessada pela história do pão, do suor e da fé.

A fé de *seu* Isá encontra-se atavicamente ligada à biografia de Alto Caparaó, cidade a 330 km de Belo Horizonte. Ela é a porta principal de acesso ao Parque Nacional do Caparaó (criado em 1961) e ao Pico da Bandeira. A maioria de seus 4.500 habitantes é branca. Loiros e loiras autênticos transitam pelas ruas. Brancos católicos (minoria), não católicos e evangélicos. Ao todo, há mais de vinte igrejas na cidade, principalmente presbiterianas, batistas e adventistas. "Sou metodista desde os 13 anos. Nunca fumei nem bebi."

Anos antes, a irmã Enedina feriu *seu* Isá, ainda garoto, sem querer. O menino Isá costumava firmar grandes inhames, um a um, em uma bancada de madeira, para que Enedina os rachasse como se fossem lenha. Numa dessas, ela errou o golpe. Atingiu o dedo anular de *seu* Isá (hoje, sem a última falange), quebrou uma junta do dedo médio e afundou a unha do indicador. "Difícil pra mim, desde esse dia, é apanhá parafusin piquininin."

No reino dos Valérios, curavam-se certas amputações com querosene. Embeberam querosene num pedaço de pano e enrolaram na mão do "menino alegre" (outro significado para Isac, em hebraico). E pensar que a ideia de usar querosene não tinha saído da cabeça de nenhum peão ou pagé, mas de um juiz de paz chamado Agenor José Pinheiro. "O que senti muito mesmo foi que me queimou. A mão ficou cheia de bolha d'água. Hoje, quando tô com essas gripe resistente, ponho umas gota de querosene no chá."

Pior do que aquela agonia toda talvez só um tiro no pé ou três pontes de safena. Na única vez que *seu* Isá recorreu aos serviços de um hospital, abriram-lhe o tórax para reparar e desentupir três de suas manilhas. Seu coração estava que parecia um moinho sem água no rodiz. Rodiz é a peça atingida pela força da água. Redondo, composto por vários pequenos remos, a função do rodiz é propulsar o eixo que faz girar a pedra moedora. Rodiz sem água é coração sem sangue. Ou coração disparado.

Na juventude, *seu* Isá andava com uma garrucha Laporte 320 na cintura. "O que espanta bicho e *ômi* bravo é tiro. Então, a gente precisava ter." Mas nunca usou. Nem mesmo quando pressentiu a fatalidade numa discussão entre dois sujeitos. Um deles sacara uma arma e atirava para errar, enquanto o outro, audacioso, ia ao encontro do atirador com uma chibanca na mão. *Seu* Isá chegou primeiro. Na disputa pela arma, uma bala atravessou-lhe o pé, sem grandes prejuízos. "Quem entra numa história pra ajudá, tem proteção."

Taí um homem empírico. Em sua primeira investida com moinhos, tomou pé das partes sem se desentender com o todo. Analisou até o correr da água. Constatou que ela está para o moinho como o cartucho para a espingarda. A queda d'água tem de descer coada por uma manilha de oito polegadas, inclinada pelo menos 45°, e tem de seguir veloz até um redutor de diâmetro várias vezes menor, de onde sairá o "tiro". "Aprendi tudo por tentativa e apuração."

Peça por peça, *seu* Isá foi edificando suas doutrinas. Tempereiro? Ah, o regulador da pedra que gira, o controle para uma moagem grossa, média ou fina. Segurelha? Tá bom, ela conecta o eixo na pedra picada. Moega? Sim, o receptáculo do milho. Cambota é o caixote de madeira que protege a pedra de moer. Pedra de moer? E existe pedra melhor que outra? Ô, se tem. A melhor é uma de nome popular − Cabo Verde −, que sobra na Serra do Caparaó, região de fronteira Minas-Espírito Santo.

Contudo, *seu* Isá não tardaria a descobrir o fundamental: os moinhos são tão únicos quanto um ser humano; e que, ao final, tudo se encaixa; que, num bom moinho, toda peça é substituível, de um jeito ou de outro; e que adaptação é diferente de criatividade. Na falta de madeira, sabugos de milho são a sua matéria prima.

"A vida hoje ficou mais fácil porque estudaro coisa por coisa. A gente, que tem pouco recurso, também precisa estudá. Estudá conforme o que a gente tem."

2004

Alma de relojoeiro

O RELÓGIO DE cuco nos interrompe para avisar – quebrando um sossego perfeitamente dentro do recomendado pela Organização Mundial da Saúde – que já é meio-dia.

– Daqui a pouco o almoço estará pronto – ele informa.

O apartamento de Cristovão Tezza, no bairro Alto da Glória, onde ele mora com a esposa Beth e os filhos Felipe e Ana, está imerso em uma atmosfera de cautelas. Curitiba, que entrou em evidência nos anos 1980, mais por suas soluções urbanas que por sua literatura, deve ter exigido de Tezza um exercício de observação fabuloso.

Seus romances lidam com a estreiteza do dia a dia sereno, repleto de rigores e disciplinas; com a trivialidade de indivíduos cultos podados em sua autoafirmação. Certa vez, ele escreveu que "Curitiba é uma senhora bastante reservada, muito consciente do seu espaço, entre as casas, as árvores e as pessoas".

– Esta é uma cidade feita de *outros*. Antes de fazer qualquer coisa, o curitibano olha para os lados para conferir se não está sendo inconveniente ou desmedido. O *outro* adquire aqui uma importância brutal.

A reclusão dos escritores da capital paranaense extrapola a natureza do ato de escrever, como já disse e demonstrou o imortal poeta curitibano Paulo Leminski. Ou seja, todos têm a solidão como destino e, por isso, são vistos como vampiros. Passam incólumes diante de um espelho ou jamais o enfrentam.

Guardados em circuito fechado, raramente comparti-lhado fora das páginas de um livro, os ficcionistas curitiba-nos são estetas do particular. O vampiro-mor Dalton Tre-visan tratou a cidade e os personagens que a habitam como sórdidos impiedosos. Zombou da seriedade dos curitibanos.

Cristovão Tezza, 50 anos neste 2001, é da geração se-guinte. Ele também explora esse olhar de verruma. A maio-ria dos viventes de seus romances é de classe média e mora em apartamentos, enquanto "os de Trevisan criam gali-nhas no fundo do quintal", tendo o sexo como último re-curso. Enquanto a literatura baiana ou carioca é brejeira, a de Tezza reflete uma angústia à curitibana.

– Creio que não somos habitantes de um cenário cultu-ral definido, como os mineiros e os gaúchos, por exemplo. Não temos tampouco uma imprensa de qualidade. O que não se integra pela mídia não se converte em notícia, não aparece e, portanto, não existe.

– Ouvi dizer que a cidade tem um dos mais baixos índi-ces de leitura de jornais do país, e um dos mais altos de lei-tura de revistas.

– Temos de ler os jornais de São Paulo e Rio, comprar os livros dos sujeitos que não nasceram aqui, ver os pro-gramas de TV que chegam por via planetária, assistir aos grupos de teatro visitantes, etc. Como no Brasil tudo se centraliza, ficamos alijados, sem espaço. Esta é uma cida-de fortemente oficial, em que o convívio social ocorre den-tro de casa.

– Qual a melhor companhia para um escritor em Curi-tiba?

– O bom humor.

Catarinense de Lages, radicado na capital paranaense quando menino, Cristovão Tezza é alto, claro, de cabelos negros lisos e oleosos; raspara a barba somente na região do pescoço, mantendo o queixo felpudo; seus dentes superiores ressaídos são coadjuvantes de um sorriso permanente, mas sutil; ouve minhas perguntas com uma descontração invejável.

Isento de protocolos, ele é o protótipo do intelectual pacato. Dispõe hoje de conveniências (seriam privilégios?) impensáveis em outras metrópoles do país, como poder caminhar por umas poucas quadras arborizadas e incrivelmente limpas até chegar ao prédio da Universidade Federal do Paraná (UFPR), onde leciona língua portuguesa para os alunos de letras e comunicação social.

Contribuem para seus confortos a atividade remunerada de professor universitário e sua própria disciplina. Ele escreve com esferográfica, em papel segunda via, das 14h às 18h, impreterivelmente, tempo que costuma lhe render um palmo de texto por dia, no máximo.

– Mas rigor não resolve tudo. A aventura é cega.

Em um dos diálogos do romance *Breve espaço entre luz e sombra* (1998), o pintor Richard Constantin diz ao seu futuro pupilo que:

> *As obras de arte também obedecem às leis do DNA. Um pedaço contém potencialmente todo o resto. Acho que isso acontece com todas as artes. Na literatura, por exemplo, Kafka tinha o costume de não acabar os livros; não precisava. A parte contém previamente o todo. Já Dostoiévski, esse não tinha a menor idéia, pela manhã, do que escreveria à tarde — e no entanto, também nele o DNA é visível em cada linha.*

∾

Para que uma parte pertença a um todo original, é preciso convicção, persistência e uma dose de sorte. *O terrorista lírico* (1981), *Trapo* (1982), *Juliano Pavollini* (1989), *A suavidade do vento* (1991) e outros livros de Tezza representam mais ou menos o mesmo todo. São obras harmônicas entre si, mas fogem à repetição e à vã insistência.

O problema é que não basta uma obra. É preciso levar em conta a árdua, às vezes inglória, tarefa de conquistar acolhida dos que têm na mão a tinta, o papel e o canal. Ou seja, aqueles que podem diminuir o desconhecimento do mundo em relação a autores e livros.

Para essas e outras angústias, Tezza tem um curinga: paciência de relojoeiro. O fato de ter sido relojoeiro, aliás, reflete sua tolerância com a tecedura, seu senso de detalhe e apreço pelo suspense não policialesco. Além do mais, vive numa cidade escrupulosa, regulada por algarismos e ponteiros, eixos e mecanismos, cucos e pêndulos.

Em 1976, aos 24 anos, o *hippie* Cristovão fez um curso de relojoaria por correspondência. Orgulha-se do diploma hoje emoldurado, protegido por vidro e enfeitando o seu apertado escritório. Aquele ano foi profícuo. Diploma debaixo do braço, ele se mudou para Antonina, a 84 km de Curitiba, paraíso da contracultura paranaense da época. Abriu uma relojoaria batizada Cinco em Ponto, em referência ao poema de García Lorca.

– Desmontar e montar um Westclock, por exemplo, levava três horas. Pelo trabalho, eu recebia o equivalente hoje (2001) a R$ 5. Em trinta dias, havia consertado todos os relógios da cidade. E, àquela altura, os japoneses já estavam praticamente liquidando esse negócio de reparar relógios mecânicos.

Mas a mudança para Antonina, cidade-porto próxima ao bico da baía em que o Atlântico mais adentra a América do Sul, tinha razões até mais fortes, como criar uma sociedade alternativa por meio do teatro. Havia o guru, a bíblia e a utopia; o horror à ditadura, o amor à natureza, o sexo, o *rock 'n' roll* e a maconha para os rituais.

O guru era Wilson Rio Apa, dramaturgo e escritor paranaense, um messias sem cunho religioso. Apa escrevera *A revolução dos homens*, bíblia da comunidade – libelo contra o esmagamento da pessoa humana, como informa a orelha da obra, hoje guardada por Tezza entre suas melhores recordações.

– Nosso propósito era levar uma vida quase medieval, trabalhando artesanalmente. Como não produzo objetos e sim histórias, acabo sendo parte do que faço.

Com Apa, Tezza foi tudo: diretor, iluminador, sonoplasta, cenógrafo, ator. Rio Apa ainda lhe valeu uma tese de mestrado, tentando compreender como o guru conseguia simular um mundo épico quando isso já parecia humanamente impossível.

Antes da experiência da sociedade alternativa em Antonina, Tezza já havia jogado a mochila nas costas. Desembarcou em Coimbra e atingiu a Alemanha decidido a observar o pragmatismo germânico. Com o troco da passagem Lisboa-Frankfurt, cortou os cabelos, comprou um colete e levou na mão uma máquina de escrever Olivetti portátil. Mas estava praticamente duro, preparado para trabalhar num certo Hospital das Clínicas, onde um argelino de sotaque português estendeu-lhe um uniforme branco e disse: "Você começa agora mesmo".

Tezza aceitou esticar lençóis, colocá-los na prensa da máquina, retirando rapidamente as mãos, claro, de modo que os lençóis magicamente se dobrassem e passassem, caindo como plumas num carrinho. Passado o último lençol através da máquina, vinham outras toneladas de tecidos brancos recém-lavados.

Ser transferido para a limpeza geral do prédio foi a novidade mais bem-vinda em poucos dias. À noite, alimentado e exausto, enfurnava-se num quarto provisório subterrâneo. Nos bastidores do hospital, conheceu (ou melhor, inventou) a mais duradoura e impronunciável palavra de sua vida: *Libstrasshoffblüesdramgstderr*.

– Essa palavra existe?

– Não. Ela é uma sensação que qualquer pessoa que não sabe alemão sente ao desembarcar na Alemanha: ficamos rodeados de palavras que não existem! Fui juntando radicais verossímeis – *libs, hoff, dramg, derr* – e coloquei tudo numa palavra. Recebi até elogio de um professor de alemão, que riu muito da construção e disse: "Parece que existe!". Eu estava brincando com a extensão das palavras alemãs, que são imensas – eles vão juntando tudo! Dado o impacto que escritores sentem com o mistério das palavras, acho que naquele momento nasci como escritor. Eu contemplava essa palavra de trás para diante e ficava pensando muitas coisas.

Como *hippie* às avessas, o dinheiro poupado deu para viajar durante seis meses, com permanências mais longas em Paris e Barcelona. O período gerou correspondências cheias de significado. Suas epístolas e o interesse pelas de outrem ajudaram a inspirar o envolvente *Uma noite em Curitiba* (1995), romance em que o professor de História Frederico Rennon tenta reviver, por cartas, uma paixão de 25 anos com a atriz Sara Donovan. De um simples convite para participação em um ciclo de palestras, as cartas de Rennon, sob o filtro do filho *playboy* narrador, conduzem o suspense. Rennon não percebe, mas suas cartas acabam revelando mais do que ele gostaria.

– Pela época em que se passa o livro, o e-mail até seria inverossímil, como a própria internet. Mas, se fosse hoje, Sara e Frederico poderiam trocar e-mails em vez de cartas. O que acha? – pergunto.

– Não creio. A carta tem toda uma convenção formal – um "tempo" – que o e-mail não tem. De qualquer modo, Sara é uma atriz e não correspondia, só telefonava. Os atores são mais ou menos assim. E o professor Rennon estava interessado em "escrever" – no sentido mais demorado do termo. Ele revê a própria vida enquanto escreve.

– Como você difere uma carta tradicional de um e-mail?

– O e-mail tem a rapidez e a superficialidade de um telefonema, enquanto as cartas trazem um conteúdo peculiar. Elas podem desvendar a identidade tanto do remetente quanto do destinatário. O remetente exprime sua visão de mundo, sua autoimagem (pelo menos o que quer ser ou gostaria de ter sido), e o grau de intimidade entre ambos determina a linguagem utilizada.

– De fato, nos e-mails a noção de tratamento parece nos escapar.

– Ele permite uma superintimidade súbita entre pessoas essencialmente diferentes.

– Falta aos e-mails um "protocolo"?

– Acho que sim. Já notou que todo horóscopo é escrito mais ou menos da mesma forma? E sabe por quê? Porque a linguagem astrológica já tem uma gramática própria que levou anos para ser construída. Creio que está em construção, de alguma maneira, uma gramática própria também para os e-mails.

Essa análise toda vem de um professor estudioso da linguística. Mas Tezza prefere ser apresentado por suas ficções, não por sua carreira acadêmica, talvez porque ele tenha virado professor concursado aos 32 anos meio por acaso. O emprego como professor é o primeiro com carteira assinada. A errância era uma instituição nos tempos da juventude de Tezza, mesmo na cronométrica Curitiba.

Em outra passagem de *Breve espaço*, o mentor Richard Constantin impressiona o jovem pintor Tato Simmone dizendo que um artista não tem escrúpulos, tem caráter:

> *Caráter é aquilo que transparece no que faz, seja música, teatro, pintura, literatura, dança ou mesmo ciência, que, afinal, é a mais sofisticada das artes, porque mais que todas as outras tem a aparência viva da verdade. (...) Não deixe absolutamente nada*

*nem ninguém tocar sua obra. Podem até pisar em você, que não
interessa, mas não nela; ela é a sua vida. As pessoas têm amigos
enquanto são pessoas, comem, correm, pagam contas, têm vizinhos, bebem. Mas artistas não têm amigos: eles são um impulso
brutalmente narcisista.*

∾

Nada a ver com o imaginário dos anos 1960, de onde pro-
veio o fortalecido sistema imunológico de Tezza contra
certos vaticínios tolos: que o romance está morrendo e os
leitores, sumindo; que o livro irá acabar; que os valores éti-
cos se converterão em desvalores e é preciso aparecer, consumir e esquecer tudo minutos depois.

Uma das compulsões da atualidade é evitar o passado
para poder manipular o presente, com vistas a antecipar o
futuro. Mas o que já foi escrito pode sempre ser escrito de
outra maneira, contrariando os determinismos elitistas.

– Futurologias não têm mais importância pra mim –
divaga. – Estou seguro de que só a escrita civiliza. Qualquer projeto humanista, hoje, terá de passar pela escrita de
alguma maneira, mesmo via internet.

– Você fala com a firmeza dos jovens sonhadores dos
anos 1960, quando os projetos existenciais entravam nos
balanços da vida.

– Sim. Nos meus balanços, a literatura sempre esteve presente. Costumo dizer que eu era escritor mesmo antes de ser.

– Acha que gerações como a de sua filha Ana também se
preocupam com a "essência"?

– A juventude alternativa da minha época estava imbuí-
da de uma espécie de racionalismo messiânico, que, justamente por ser messiânico, acabava em projetos irracionais
e totalitários. Mas havia uma sinceridade essencial, uma
entrega de corpo e alma. Hoje, vive-se num universo muito mais pragmático, em que a pressão da sobrevivência parece muito violenta.

Escritores podem cultivar e repetir infinitamente suas obsessões. Há os que se debruçam sobre as mesmas lembranças e não as terminam nunca – insistir nelas, por sinal, é uma forma de tentar resolvê-las; outros são representativos de uma época, um lugar ou um povo; já os monotemáticos batem a vida inteira na mesma tecla; não devemos nos esquecer dos "estetizantes", que depositam na linguagem sua esperança de grandeza; por último: ah, os contadores de histórias.

Mas deve haver uma boa razão para esses indivíduos se debruçarem tão arduamente sobre algo que, em princípio, não está sendo solicitado por ninguém, que só é publicado com grandes dificuldades, que vende, em geral, muito pouco e cuja repercussão quase sempre está próxima de zero.

– Jorge Luis Borges dizia que, quando estava escrevendo, tentava não se compreender porque a autoconsciência lhe era um pecado. Por excesso de consciência, talvez, você preferiu não levar a literatura para dentro da sala de aula. Por quê?

– A ideia de organizar a literatura didaticamente poderia ser danosa. É colocar demasiada lógica e clarividência no que tem seu impulso misterioso. Sinto-me bem como professor de língua portuguesa. Trabalho com a linguagem não literária de todos os dias, a língua viva, e isso me fascina sem invadir meu mundo romanesco.

– Aos autores brasileiros falta crítica, autocrítica ou o quê?

– Não sei. Acho que, nos anos 1970, a crítica se enfurnou na academia, muito por causa de sua preocupação científica, via estruturalismo. Naquela época, o espaço da literatura começava também a perder terreno nos jornais, ocupado pelo império da resenha, que hoje domina tudo. Nos anos 1990, começou a haver uma volta da academia para os jornais – você pode observar como é grande o número de professores universitários que escrevem em jornais.

– De qualquer modo, são linguagens distintas: a do jornal e a dos ensaios, teses, etc.

– Excepcionalmente elas podem coincidir.

Fazia um calor bastante desagradável na capital mais invernal do Brasil no dia do nosso encontro. Almoçamos tranquilamente, como não poderia deixar de ser. Uma família pequena tilintando talheres ao redor de uma mesa no início da tarde, aliás, é uma distinção. Nem é preciso exame de fundo de olho para perceber como a curiosidade se insinua por trás dos recatos e das retidões.

Ana fala de seu interesse por fotografia; Beth lembra como seu pai foi liberal em relação ao namoro com Cristovão; Felipe, o filho com Síndrome de Down[3]*, "por força maior", não estava em casa. Tezza diz que o projeto social-democrata clássico é o melhor antídoto contra os males do capitalismo. Mas o relógio de cuco se intromete mais uma vez.

O que vem depois da batida das horas? Nesta casa, aparentemente imune ao pulsar às vezes escravizante do calendário convencionado, mora um escritor com alma de relojoeiro. Meticuloso, tolerante, disciplinado, ele maneja as horas como Curitiba maneja o presente.

2001

---

3   O relacionamento de Cristovão Tezza com Felipe é o tema de *O filho eterno* (2007), romance assumidamente autobiográfico. O livro conquistou os principais prêmios literários do país e tornou Tezza um escritor nacionalmente (re)conhecido.

Os ossos de Ribamar

JOSÉ RIBAMAR (Ferreira Gullar) não separa da poesia nenhuma parte da vida nem de sua ossatura longilínea, agravante e inquieta. Em uma tarde de sexta-feira, na rua Duvivier, em Copacabana, Rio, surpreendi-o, aos 70 anos, ainda afundado até a garganta nessa realidade suspeita que todo exemplar humano − e principalmente um poeta reconhecido − está destinado a enfrentar.

Poderíamos definir Ferreira Gullar como um poeta com os pés no chão. Mas para que tamanha redundância? Gullar é racional por natureza, evita o delírio, não sonha com a salvação pela arte e não está nem aí para a popularidade. Acontece de lhe perguntarem na rua "o senhor é aquele poeta, aquele Ferreira Gullar?".

− "Às vezes...", respondo. Não durante as 24 horas do dia. Se quisesse sobreviver com poesia, estaria morando em alguma favela. Uma parte de mim faz poesia, outra parte ganha a vida.

O que um poeta de verdade pretende expressar? Emoções quaisquer, não; dor bruta, nisso Gullar nunca acreditou; júbilo por alguma flor desabrochando, por sua vez, é bagatela; colorir alguma ninharia, só se for com pincel e tinta. Perto de Gullar, o poema é natural. Mas ele goza o poeta que não quer se contaminar com a vida e que diz:

> *meu poema é puro, flor*
> *sem haste, juro!*
> *Não tem passado nem futuro*

Não sabe a fel nem sabe a mel:
é de papel.

Foi preciso que o espírito de T. S. Eliot baixasse na mesa da sala repleta de livros, telas figurativas, retratos amarelados, esculturas, coisas de um quase estúdio tingido de palidez sépia. Se problema de poeta fosse expressar emoções, nada estaria resolvido. Nada está resolvido, aliás, porque o contexto continua exigindo mais e mais firmeza.

– T. S. Eliot dizia que o poeta escreve para livrar-se da emoção, não para se emocionar. Mesmo quando nasce da dor, um poema não é mera expressão da dor, mas a transformação da dor em beleza estética. O poema mais trágico, por sua vez, não pretende transmitir sofrimento, e sim realizar a alquimia do sofrimento em alegria, a alegria que a arte possibilita.

Copiar a realidade, exibi-la na sua banalidade crua, ilusão de maduros e imaturos, não é finalidade das artes, acredita Gullar. Mas em tudo há bons e maus exemplos. Ele suspeita desse negócio de copiar o Brasil, de ambicionar expor este país às vezes ininteligível em imagens e palavras. Superdoses de realismo podem só reforçar o conservadorismo.

– Aquele filme *Cronicamente inviável* [de Sérgio Bianchi] é assim. Além de horrível, uma mentira. Esquemático, antidialético. Só mostra o lado negativo do país, e de um modo primário. Uma bobagem. Pra mim, é a expressão da falta de alternativa. É mal enxergar a realidade e permanecer preso a ela, não conseguir transcender.

– É como se faltasse poesia?

– Sim. Até porque toda arte tem de conter poesia. Não há cinema, escultura, pintura ou livro que dispense ter pelo menos um pouco de poesia. Todas as artes buscam uma certa poesia.

Talvez por isso Gullar extraia seus versos da vida, misturando-se e confundindo-se com ela enquanto compra pão na padaria da esquina, paga contas em banco, escreve ensaios sobre artes visuais ou acaricia Gatinho (seu gato), homenageado em *Um gato chamado Gatinho*, sua primeira incursão pela literatura infantojuvenil.

Gullar é mais lúcido do que seus mais decantados poemas podem nos levar a supor. O sofrimento está para a certeza como a frivolidade para o vazio. A vida cotidiana imediata, diz ele, implica sofrimento, alegria, monotonia, repetição, entre outros pormenores limitantes.

– Há uma série de coisas que não são o melhor da vida, mas são a maior parte dela. A poesia procura, então, realizar uma alquimia. Mesmo a pior parte da vida pode, no plano estético, se transformar em beleza. Minha poesia, por exemplo, mudou com o país e as circunstâncias.

De tempos em tempos, Gatinho se espreguiça dentro de uma caixa próxima à janela. Para Gatinho, é como se Gullar e eu não existíssemos.

∾

O curso da política latino-americana pré e pós-64 arrastou Gullar para o olho de um furacão. Sua experiência de exílio resultaria em narrativa – *Rabo de foguete* (1998) – por insistência de Cláudia Ahimsa, sua atual mulher. Apesar do sufoco, o exílio frutificou o visceral *Poema sujo* (1975), escrito em Buenos Aires.

> *E do mesmo modo*
> *que há muitas velocidades num*
> *só dia*
> *e nesse mesmo dia muitos dias*
> *assim*
> *não se pode também dizer que o dia*
> *tem um único centro*

(feito um caroço
ou um sol)
porque na verdade um dia
tem inumeráveis centros
como, por exemplo, o pote de água
na sala de jantar
ou na cozinha
em torno do qual
desordenadamente giram os membros da família.

Gullar e os seus estavam metidos em um círculo vicioso. Em 1975, o filho Paulo havia desaparecido pela enésima vez; o caçula, Marcos, envolvera-se com drogas; Luciana praticamente trocara a família pela comunidade religiosa a que se juntara; a primeira esposa, Thereza, encontrava-se arrasada diante do esfacelamento familiar; Gullar, com o passaporte cancelado pelo Itamaraty, estava impedido de ir para qualquer outro país senão aqueles que faziam fronteira com o Brasil. Além disso, corriam rumores de que brasileiros estavam sendo sequestrados em Buenos Aires e levados para o Brasil com ajuda argentina, e o general Jorge Videla já implantara a ditadura militar no país.

– Dois filhos meus enlouqueceram. Só por causa do meu exílio não deve ter sido. Mas, se eu estivesse por perto, talvez as coisas pudessem ser diferentes.

Antes de Buenos Aires, Gullar já havia estado em Moscou, Lima e Santiago do Chile (meses antes de Augusto Pinochet depor o presidente socialista Salvador Allende). Ele brinca:

– Os companheiros de exílio, que estavam em outros países, me diziam: é bom você não vir pra cá, senão cai o governo. Porque era eu ir pra um país e vinha um golpe militar...

José Ribamar Ferreira nasceu em São Luís em 10 de setembro de 1930. O caso é que, no Maranhão, muita gente, pela devoção a São José do Ribamar, chamava-se Ribamar.

Naquele tempo, havia vários ribamares que eram poetas, incluindo um tal Ribamar Pereira, solene, de quem *O Imparcial* publicou o poema "A monja", em 1948, com o nome de Ribamar Ferreira. A troca de Pereira por Ferreira, e a "má qualidade" do poema, principalmente, irritaram o locutor da Rádio Timbira, que teve o privilégio de corrigir a confusão lendo uma nota ao vivo.

O locutor era José Ribamar Ferreira. Em ondas curtas, o locutor-poeta garantiu que mudaria de nome em protesto. Assim surgiu o pseudônimo Ferreira Gullar (Goulart é um dos sobrenomes de Alzira, sua mãe), encarnado já em seu verdadeiro livro de estreia, *A luta corporal* (1954), publicado quando já morava no Rio e andava cismado de destruir a linguagem ou deixar-se destruir por ela.

Em 1º de abril de 1964, menos de 24 horas após o golpe militar, Gullar se filiou ao PC, e tudo o que decorreu daí teve a inconsistência de um sonho não sonhado. Gullar achava que o país estava num momento em que tudo despencava e tinha que entrar para alguma organização a fim de continuar a luta.

– Houve momentos em que a vida agiu com mão excessivamente pesada sobre mim.

Refere-se às arbitrariedades cometidas pela América Latina ditatorial, presenciadas de perto, ao próprio exílio, entre 1971 e 1977, e às mortes do seu caçula Marcos (1990), da ex-mulher Thereza Aragão (1994) e do eterno amigo Dias Gomes (1999).

Anos depois, José Ribamar Ferreira seria confundido novamente, desta vez com sérias consequências. O governo militar o processou por ser membro (e de fato tornou-se, mas por acaso e a contragosto, como diz) da direção estadual do Partido Comunista. Mas o confundiram com outro José de Ribamar, também maranhense e que participava da luta armada.

Em 1977, porém, o documento de absolvição expedido pelo Superior Tribunal Militar referia-se a José Ribamar Ferreira, mas os pais deste eram outros. O sujeito do documento era mesmo o tal líder camponês.

– E pensar que eu havia ficado todos aqueles anos no exílio à espera de uma absolvição que, afinal, se revelou desnecessária.

Àquela altura, o poeta-locutor já estava irremediavelmente no mundo dos adultos de outras plagas. São Luís tinha muita história e ventos que balançavam palmeiras esguias. Os estudos e o gosto (pioneiro na família) pela literatura foram roubando-lhe a molecagem.

Os amigos de pescaria, bilhar e futebol não compreenderam a guinada. Assobiaram, gritaram o nome do poeta no portão. Ribamar, que começava a refrear aquela "maravilhosa existência animal", não atendeu ao chamado. Os moleques então atiraram pedras na vidraça e insultaram o aprendiz de dissidente. Ribamar Ferreira (Gullar) não foi mesmo.

Preferiu experimentar algo *Um pouco acima do chão* (1949), editado com recursos próprios.

– Não o renego, mas é meu primeiro livro. Uma obra que considero imatura, sem a qualidade necessária para estar em *Toda poesia* (2000).

∾

E agora, Gullar? O comunismo ruiu, a luz apagou, a utopia sumiu, a noite esfriou, e agora, Gullar?

– Companheiros meus acham que não, que houve apenas uma interrupção da experiência socialista e que ela será retomada. Discordo. Mas a luta pela sociedade justa continua e continuará. O desejo de justiça é inerente ao ser humano. Não conheço ninguém capaz de dizer "sou injusto e tenho orgulho disso". A utopia socialista acabou, mas, dentro de cada sociedade, as pessoas estão reivindicando salários, respeito ao meio ambiente, relações comerciais justas, etc. Hoje, o capitalismo não tem a desculpa de que isso é subversão comunista. O regime está diante de um espelho, tendo de justificar a desigualdade que constitui a sua essência. Já a falta de utopia, isso é mais grave: explica em parte a criminalidade, a barbárie, a falta de valores e perspectivas dos jovens.

– Qualquer ideologia é um falseamento da realidade, não?

– No sentido marxista, significa racionalizar para justificar e encobrir a realidade.

– Algum outro pensamento hoje o tranquiliza?

– Não, nenhum. Mas alguma transformação irá ocorrer, tenho certeza.

No Rio, a partir de 1954, Gullar conheceu intelectuais, participou e fundou movimentos como o concretismo e, depois, o neoconcretismo, escreveu e encenou peças com Oduvaldo Viana Filho (*Se correr o bicho pega, se ficar o bicho come*), teorizou sobre arte, escreveu para TV, sempre com Dias Gomes (*Araponga*, *As Noivas de Copacabana* e outros), reproduziu Goya com pincéis próprios, pintou o autorretrato e figuras à la Giorgio Morandi, experimentou a vanguarda e, por tudo isso, pode afirmar com segurança:

– Minha obra não tem nada de tortuosa. Minha trajetória tem lógica interna, pois a poesia é uma busca permanente. Cada livro expressou essa busca. Ser coerente não é ser igual o tempo todo. Não nasci com uma fórmula. Poesia é invenção do poeta. Não importa coerência. E daí se Picasso era cubista? Importa que ele é bom. Essas classificações são bobagens do nosso tempo.

Se houve movimentos, grupos sectários, debates intensos, há que se levar em conta relativamente. As correntes se ligam também – e, às vezes, apenas – pelas circunstâncias. É assim que fornecem material e ideias conforme as épocas e os estados psicológicos nos quais os autores submergem.

– Hoje, não há mais movimentos – comento.

– O que não quer dizer nada. Esse negócio de movimento é coisa do século XX. Toda a história da arte do século XIX para trás não teve movimento. Tudo foi criado *a posteriori*. Mas como ainda tem gente viciada nisso!

– Então, tudo o mais irá se repetir indefinidamente, como sempre?

– Não. Não vejo pasmaceira alguma hoje. Tem gente muito boa fazendo arte, como Siron Franco, Antonio Henrique Amaral, João Câmara, Iberê Camargo, Amílcar de Castro, Franz Weissmann, Anna Letycia Quadros, Fayga Ostrower, Rubem Grilo. E são todos recentes. Movimentos e vanguardas tiveram seu momento. Mas não são obrigatórios. Não foram no passado e não serão obrigatórios no futuro. A ansiedade pelo novo é outra mania da nossa época. O que importa, repito, é a qualidade. Para ser novo, não é preciso virar um paletó de três mangas ou expor um tubarão serrado ao meio. Por que essa ideia renitente de algo radicalmente novo? A busca do novo pelo novo é uma futilidade.

E gesticula, rechaça a franja, impacienta-se. Desta vez, Gatinho se deu ao trabalho de abrir um dos olhos. Mas ainda não se moveu.

Gullar não carrega consigo nenhum misticismo. Diz-se destituído dessa qualidade desde o nascimento. Sem um Deus imaginário, tenta lidar com a morte conformado com sua condição.

– A minha vida é essa que está aí. Um dia ela acabará – e será indiferente para mim o que irá acontecer. O que me tranquiliza é ser feliz. E quando você é feliz, a morte está ausente. A vida é de um absurdo esmagador. Milhões de pessoas já morreram, mas não é possível aceitar a morte, embora ela seja a ordem natural das coisas.

– Um poeta tem que amadurecer cedo?

– Poetas precisam mais de intuição que de idade. Na verdade, acho mais fácil surgirem jovens poetas geniais, caso de Rimbaud, que se revelou antes dos 20 anos, do que ficcionistas jovens geniais.

— Como maior representante vivo da poesia brasileira, você é um crítico do hermetismo ao qual as pessoas costumam associar a poesia. Pode haver hermetismo autêntico?

— Pode. E, se houver, será legítimo. Um poema é uma coisa preciosa, que tanto pode nascer em mim quanto no cara que estiver ao meu lado no meio da multidão. Mas só vira poema se se souber fazer, se tiver o domínio da expressão.

Quando poeta se mete em ficção, agarra. *Poema Sujo* era para ter sido um romance. Havia 70 laudas escritas, mas não funcionou. A prosa não fecunda Gullar da mesma maneira que o verso. Ele chegou a escrever roteiros para TV, muitas vezes em parceria com Dias Gomes. *Sem Dias*, ficou difícil. Gullar foi demitido da Globo.

— Foi uma boa coisa, fiquei livre para sempre da televisão. Não era minha enfermaria... No dia que me demitiram, convidei a Cláudia, minha mulher, para comemorarmos com vinho e tudo o mais. As pessoas têm medo de perder o emprego, mas a gente sempre consegue sobreviver.

Passados 70 anos de vida, por mais racional, uma visita ao passado seria inevitável. O que foi, o que teria sido, o que será. Mas isso não se aplica aos sujeitos valentes.

— A vida não é o que deveria ter sido, e sim o que foi. Cada um de nós é a sua própria história real e imaginária.

Todas as reviravoltas e infortúnios nos permitem interpretar Gullar de várias maneiras. Como homem, como poeta, como crítico de arte. Jamais como um ex-combatente. Os ossos longilíneos de Ribamar são como bambus ao vento. Balançam, mas não vergam.

2001

Velhinho das portas

HÁ 25 ANOS, sua missão é rigorosamente a mesma: abrir e fechar portas; ligar e desligar luzes; ligar e desligar sistemas de ar-condicionado; levar/trazer "alguma coisa"; repor a água mineral dos frigobares... Tem uma sala apertada na gigantesca indústria de biscoitos e massas chamada Fábrica Fortaleza, na capital cearense. Em sua sala, há uma mesa de escritório em L, duas cadeiras, uma minigeladeira e uns 50 baleiros cilíndricos de acrílico transparente e com tampa. Cada um contém uma mercadoria diferente: balas, chocolates, chicletes, barra de cereais. Tudo bem organizado e coloridinho. Nessa sala que lembra aquelas vendinhas de rodoviária, também se encontram água mineral, refrigerantes e sucos; e ele atende ao freguês por uma abertura na vidraça frontal (o que, por sua vez, remete àquelas cabines de caixa de banco antigas).

"Isso aqui é coisa minha, particular. É porque, como se diz, tem vez que a pessoa não almoça ou fica com fome fora de hora, né? Aí vem aqui tomar um refrigerante, comer uma batata frita, uma paçoca... Só fica chato eu vender os biscoitos deles, sabe por quê? Eles podem pensar que tô pegando aqui da fábrica. Esses aqui, não. Compro fora. A honestidade sempre tem que estar, assim, misturada com tudo, né?", ele filosofa. Uma barra de Prestígio (Nestlé) custa 1 real; uma garrafa de suco de laranja Citrus, 1,40. Está preparado para dar trocos "picados", se necessário. "Fico aqui pouco tempo. De manhã, é chegando e saindo. De tarde, é que paro um pouco mais, mas não sempre."

Acontece de se sentar e o telefone tocar: "Abre a porta tal". Ou vem alguém, de corpo presente, avisar: "A sala do *seu* Ivens [o presidente do Grupo M. Dias Branco, do setor de massas e biscoitos] está muito quente". Raramente aparece um serviço fora do padrão, mas, quando aparece, é até bom: "A manutenção dos elevadores é comigo. Tem uma pessoa da Schindler que telefona pra mim todo mês pra saber como foi. Eu dou, como se diz, nota pro serviço. De zero a cinco. Cinco é muito bom. Mas quando dou cinco, ela pergunta: 'Por que deu essa nota?'. Porque tô satisfeito, ora. Liguei, cês vieram logo, fizeram direito. Aí é cinco, né?".

No cotidiano-diário-mais-rotineiro-impossível, a primeira tarefa a executar é a abertura das salas. Ele então apanha duas bolsas de náilon pretas repletas de chaves de vários tipos e tamanhos. Em uma delas, ficam as chaves do "prédio velho"; na outra, as do "prédio novo". "Tá bem entendido isso, né?" Umas 100 chaves, talvez, no total. "Mas só pega chave aqui dentro da bolsa sem mim quem precisar mesmo da chave. Do contrário, não. Como saio já bem de noite, deixo com o guarda. Pode acontecer de alguém ficar preso." E ele não se esquece da "sua" garrafa térmica de café.

A porta nº 1 a ser aberta é a que, claro, dá acesso a dezenas de outras. Sem abrir a nº 1, não tem início. E não é que exatamente no dia do *tour* com o escritor a fechadura encrencou? "Tá pegando na cabeça desse parafuso aqui, tá vendo? O parafuso tá *coisado*. Vou mandar rebater." E dirige-se a um rapaz: "Ei, arruma esse parafuso aqui. Tá pegando. Tenta fechar pra você ver. Ele bate aqui, ó". Não dá para apertar, diz o cara da manutenção: "Tem é de trocar por outro".

Daí, ele e o Sergio sobem uma escada de acesso ao primeiro andar (se você mudar o ponto de vista, o piso de cima vira térreo): 18 degraus. Coloca a "sua" garrafa térmica de café próxima da máquina de café do "térreo". A máquina está repleta de biscoitos *cream crackers* com bolachas à volta; pacotinhos de açúcar e de adoçante; copos descartáveis e palitos misturadores. Lanche livre para os colaboradores. "Deixo a garrafa de café aqui no começo do dia. As moças vão encher e, na volta, depois de abrir as sala e acender as luz, pego ela." E continua: "Ah, se o dia começa com alguém precisando muito urgente de uma chave, vou socorrer".

Abertas as salas, ligadas as luzes e os aparelhos de ar-condicionado, a rotina manda levar a garrafa de café (cheia, agora) para o escritório dele... e... e tomar o café quentinho, e mastigar biscoitos Richester, marca registrada de sucesso, mas não comercializada por ele na vendinha... Depois de se alimentar, retorna às salas que possuem frigobar (estamos falando de diretores e gerentes) para verificar se estão "secos" ou sem nenhum copo de água mineral dentro. "Se estiver faltando alguma coisa, dou o grito." Ao todo, são quatro andares a verificar. Todo santo dia. Em caso de geladeira seca, o "grito" é dado para "o pessoal da cantina", responsável pelas reposições. Antes, ele mesmo empurrava um carrinho com copos de água mineral para abastecer os frigobares. Não mais. "Tô com a coluna torta. A ideia do carrinho foi minha." Agora é uma moça que conduz o carrinho e abastece as salas.

Aproximam-se de 2 quadros gerais de força. Ele os abre. Cada quadro possui 7 botões vermelhos. "Aperto todos eles, tá vendo?" Daí, agarra o controle remoto. Liga o ar-condicionado. "O senhor quer ir ver lá em cima, nos outros andares, também?", ele pergunta ao Sergio. Antes de se decidir, o escritor quer saber o que há para fazer nos andares de cima. "A mesma coisa." Mas o escritor quer ir assim mesmo. "Subir de escada é mais custoso, atrasa mais. Ah, o *seu* Ivens trabalha aqui, no quinto, sabia?"

O *tour* agora vai "num descendo". Entram por uma porta de serviço que dá acesso ao 4° andar. Mais quadros de força. Ele aperta mais 2 botões. "Mais ou menos 7h15 da manhã encerro o trabalho de ligar luz e abrir sala." O escritor teme estar dando muita canseira nele. "Não. Tô acostumado. Então, vamos descer de escada mesmo? Você aguenta?" O escritor diz que está fazendo o possível para aguentar. O percurso diário é mais ou menos este, então. "No fim da tarde, faço a mesma coisa ao inverso. Vou recolhendo o lixo, fechando as salas, botando água na cafeteira, colocando açúcar, pó de café." Entre um e outro ligar-abrir-deligar-fechar, ajuda as colaboradoras na limpeza diária dos escritórios da família Dias Branco.

Um diretor de primeiro escalão, desses graúdos, vem vindo pelo corredor, todo apressado, na direção deles. Parece que foi buscar (ou levar) fogo, como se diz em Minas. "Se esse homem não vier aqui, ninguém trabalha. Eu não trabalho", diz o graúdo. "Se chego aqui muito cedo, tenho que procurar por ele", continua. "Esse homem não pode faltar de jeito nenhum, rapaz. Não é mesmo, *seu* Moreira?" O baixinho Moreira se encurva todo para rir, orgulhoso de si, ciente de que o elogio é também uma brincadeira desgastada e boba. Mas abre um riso tão infantil quanto iludido.

José Moreira, 84 anos, é o mais conhecido colaborador da Fábrica Fortaleza. E o mais antigo. Lenda viva. As origens de sua história com as empresas do Grupo M. Dias Branco, aliás, é anterior à formalização de Ivens como sócio de seu pai Manuel. Moreira começou como faxineiro ainda na velha Padaria Imperial, primeiro grande empreendimento de Manuel Dias Branco em Fortaleza, em sociedade com os irmãos José e Orlando. A Imperial era na Avenida Visconde do Rio Branco, 2178, Joaquim Távora. Por muito tempo, a Visconde do Rio Branco foi chamada de Avenida Joaquim Távora e, mais tarde, de Boulevard Visconde do Rio Branco.

[A Imperial ficava perto do Colégio Nossa Senhora do Sagrado Coração, conhecido como Colégio das Doroteias (nº 2078). Existiram, em frente ao colégio, uma parada de bonde (desde 1913) e, depois, uma de ônibus (os trilhos do bonde foram retirados da avenida em 1948).] E agora, então, um retorno ao ano de 1951, ontem mesmo, afinal:

"O Limonide, meu irmão, era da Imperial", conta Moreira. "E o papai falou: 'Limonide, quando tiver vaga, tu arruma pra José'. Limonide deu um jeito. E papai me avisou: 'Ó, seu irmão disse que é pra você ir de madrugada lá na padaria'. Era um pouco distante, né? Como naquele tempo não tinha ônibus, a gente ia a pé. Tinha que sair bem cedinho, escuro ainda, mas não era perigoso. Ninguém se assustava não. Fui na Imperial e já fiquei trabalhando. Era sábado. Não fazem bolacha no sábado, só pão. Eu fui então pra faxina do pão. Daí, o *seu* Orlando, irmão do *seu* Branco, gritou: 'Limão (ele chamava o Limonide de Limão), manda teu irmão voltar amanhã [domingo] às três da tarde'. Queriam que eu fosse ajudante, pra botar lenha no forno, pra fazer o pão, pra segunda-feira ter pão, né?".

Moreira compareceu, claro, mas, no primeiro momento, não gostou muito: "Você tinha que passar por um corredorzinho estreito. Era muito apertado e quente. Mas tirei a camisa suada e botei uns braçado de lenha pra dentro, lá no fundo do quintal. Nesse tempo, era queimado a lenha, né? Botei uns três braçado de lenha. E o *seu* Orlando me chamou: 'Rapaz, tu faz o seguinte, tu vai-te embora e vem amanhã [segunda]. Tu vai trabalhar na faxina da bolacha com o Mossoró [o forneiro]'. Tá certo. E eu todo rapazinho, apaixonado, naquelas quermesse...; e eu dormindo de dia e trabalhando de noite...".

Depois de sete meses na faxina da bolacha, Moreira, que, naquela época morava na Aerolândia, tomou gosto pela coisa. "Você acredita que dia de domingo, às vezes, eu ia pra lá pra ajudar na limpeza? Não ia interessado em ganhar nada, não. E vi o mestre Ivens tomar aquele saco de farinha, botar na masseira... Tinha a torneira perto, soltava a água e a massa virava. Eu gostava daquilo. Gostava muito. Tanto que trabalhei com isso também. Mas não ia todo domingo não, tá? Aí também não, né?"

Hoje, a Fábrica é uma coisa imensa. Moreira vem para o trabalho às segundas com seu Gol branco 4 portas 2003, que lhc foi dado (zero km) de presente por Ivens. Desembarca aqui às 6 e meia da manhã, religiosamente. "Sou o primeiro a chegar." Deixa o carro na fábrica. Nos outros dias úteis, vem no ônibus fretado pela empresa e volta para casa de Kombi, também da empresa. Às sextas, sai com o Gol, e, aos sábados, vem e volta dirigindo-o também. Não tem que aparecer aqui aos sábados, mas prefere vir. Antes, até aos domingos ele vinha, por opção pessoal, mas, nos últimos anos, "mais de vez em quando".

Na maioria dos domingos em casa, sente-se "meio perdido". É quando sai com o Olivê (o cachorro) para passear, ouve a missa, visita (ou recebe a visita) dos filhos do primeiro casamento: Márcio, que mora no Joaquim Távora; Marlice, que está na Aldeota; e Marcos, que vive em Maraponga. "Ou eles vêm me ver ou eu vou ver eles." Domingo é dia também de dar um trato especial nas gaiolas e viveiros dos pássaros. Ele tem dois cardeais, um corrupião, um azulão, um canário-da-terra, um coleirinha, um caboclinho, duas pombas-vermelhas e duas pombas-cascavéis.

Não por acaso o Moreira mora há 40 anos numa casa no mítico trecho da Rua João Cordeiro, precisamente em frente à antiga residência de Manuel Dias Branco, onde hoje funciona um departamento da construtora Idibra (Incorporadora e Construtora Dias Branco), de Ivens. "A casa que moro também pertence à empresa, mas o *seu* Ivens me disse assim: 'Enquanto você viver, Moreira, você vai morar aqui'." De instrução primária, Moreira orgulha-se dos filhos formados: "A Marlice estudou pra ciências contábeis e o Marcos, pra *marketing*". Moreira ainda adotou Artur, que atingiu a maioridade há pouco. Moram juntos. "Sou um velho impertinente, mas a gente até que se dá bem [risos]."

Este senhor bondoso nascido em Russas (CE), em 1928, cresceu na empresa (faxineiro, balconista, expedidor, etc.) e está oficialmente aposentado há décadas. "Rapaz, vou te dizer uma coisa: continuo aqui porque gosto mesmo. É um destino que tenho. De ser assim, de ficar aqui, compreendeu?" Quando encontrado na fábrica aos sábados, ainda há quem lhe pergunte: "Por que tu veio? Não era pra tu vir, não!". Mas ele foi. Moreira é fã incondicional de Ivens[4], o poderoso presidente hoje com 78 anos.

"Todo fim de ano tem missa aqui", diz Moreira. "E antigamente sorteava um carro. Mas o *seu* Ivens viu que o carro só saía pra gente nova de casa. Claro, os números ficam tudo misturado, né? Aí ele resolveu fazer sorteio por setor. Depois inventaram sorteio de moto. Daí não saía moto pro pessoal da produção. Pois ele mandou botar mais quatro moto e sortear só pro pessoal da produção. Quando foi agora, recente, ele falou assim: 'Se não sair moto pra nenhuma mulher, vou botar dez moto só pra sortear pra mulher'. De fato não saiu pra nenhuma mulher. Mas saiu dez na segunda rodada! Quer dizer, não é todo patrão que faz coisa dessa."

2012

---

4   Este texto é um capítulo do livro biográfico *Ivens Dias Branco: simples, criativo, prático* (Manole, 2013, pp.97-104), de Sergio Vilas-Boas. [N.E.]

Ciberavó no ancoradouro

"TU ÉS É tão inquieta, Lya, que até a cegonha teve que dar-te uma bicada para te sossegar", disse Wally Fett à filha nascida com uma marca no dorso da mão esquerda. Carimbo do desassossego ou sintoma de que estava em formação uma personalidade forte, contestadora?

Lya Luft era diferente das demais meninas de Santa Cruz do Sul (RS), onde nasceu em 15 de setembro de 1938. Descende de alemães, gente dura na queda, rígida, persistente, e num interior em que mulheres enfrentavam as primeiras luzes com os destinos mais ou menos cruzados, ou melhor, traçados.

"A senhora é brasileira?", ainda se espantam na Alemanha às vésperas do século XXI. "Mas é branca e tem olhos claros!" Pois ainda pensam assim. O preconceito, para Lya, não tem nada de ingênuo ou inadvertido. É sinal de atraso, incomoda. Então, imagine lidar com ele há 40 anos. Talvez por isso a romancista intimista, poeta por agregação, escreva sem geografias.

Lya focaliza o percurso existencial de personagens femininas tentando se autodefinir em meio a recordações às vezes amargas, temores incontáveis, perdas irreparáveis, fantasmas pairando sobre o convívio familiar. Algo bastante universal, aliás. Virginia Woolf, tão traduzida por Lya para o português, conhecia melhor que ninguém a amplitude de todas essas conexões intimistas.

Apaixonada pela mágica biblioteca do pai intelectual, o primeiro grande homem de sua vida, Lya encantou-se com os nomes-flores Açucena e Magnólia. "Ah, por que não me deu um desses nomes, mãe?" Reclusa em seu mundo de ruídos e silêncios muito particulares, Lya podia ficar um bom tempo olhando flores, totalmente absorta, como se o futuro não fosse além do presente. Parecia querer entender cada coisa, respirar as árvores, conversar com os pássaros.

– Sou contemplativa. Desligo-me fácil. Chegaram a pensar que eu era louca de verdade, não essa louca engraçada de agora – brinca. E ri.

Tudo por ser uma jovem não convencional, contradição das contradições em um cosmo previsível. E ainda mais porque detestava (ainda detesta, na verdade) os afazeres domésticos, bordar, cozinhar, passar. E também pagar a prestação da casa, fazer compras no supermercado, decidir o que fazer da vida. Quando garota, se fosse obrigada a querer ser alguém, seria a Scarlett O'Hara (Vivian Leigh), de *E o vento levou*.

– Mas, no internato protestante, era preciso arrumar a cama, os armários. Argh!

Contemplativa, mas antenada; preguiçosa, mas cumpridora. De um modo meio germânico, talvez.

– Na vida, nada é natural. A minha foi uma luta contra o convencional, contra a disciplina alemã.

Lya foi a filha que o pai sempre quis e a mãe jamais imaginara. Ela, a mãe, morria de medo de Lya não arrumar marido porque lia muito. E como Lya lia. Começou com os contos de fadas dos Irmãos Grimm e de Hans Christian Andersen.

– Me impressionava, nos contos de fadas, a ameaça à felicidade, tanto quanto o sofrimento dos personagens das tragédias gregas.

– Monteiro Lobato também?

– Ah, claro que eu gostava. Eu era a Emília, a que infringia.

Quando criança, já achava um absurdo mulher obedecer a marido. Passar por isso um dia, nem pensar. Mas os vaticínios da mãe não se confirmaram. Lya casou duas vezes. O primeiro marido, conheceu-o no dia em que foi fazer vestibular para a Faculdade de Letras da PUC de Porto Alegre, com 21 anos.

Ela, que raramente se atrasa, atrasou. Quando abriu a porta da sala onde ia fazer a prova, deparou-se com o homem mais bonito que já viu na vida. O nome dele? Irmão Arnulfo. Na época.

– Como?

– Irmão Arnulfo, isso mesmo. Era irmão Marista, não padre, embora usasse batina.

Antes de tudo era o Celso, Celso Pedro Luft, filósofo e gramático. Estremecida, Lya se sentou, fez a prova, passou no vestibular e foi ser aluna do futuro marido durante três anos e esposa não doméstica por outros 22.

– Ele deixou a batina por sua causa?

– Graças a Deus!

Até hoje, trinta anos de carreira, Lya responde a certas perguntas enfadonhas de leitores suspeitos de que ela é tão "complicada" quanto as personagens femininas de seus livros. Na pele do menino-narrador de *O ponto cego* (1999), escreveu:

> *Eu sou o que deixaram sob o tapete, o que à noite se esgueira pelos corredores, chorando. Sou o riso no andar de cima muito depois que uma criança morreu. Sou o anjo no alto da escada de onde alguém acaba de rolar. Sou todos os que chegam quando ninguém suspeita: saem de trás das portas, das entrelinhas, do desvão. Mas às minhas costas sopra essa voz mais forte do que eu: o anjo que fia, tece e borda, e me prende nesse enredo. Não calculei bem os seus poderes, nisso me perdi.*

É o drama de uma criança muito especial, em descompasso com o tempo. Num dado momento, o menino diz: "Tenho que fazer do tempo meu bichinho de estimação, senão ele me devora".

Essa ficção de porta para dentro, de quarto fechado, de toque estritamente pessoal, psicológico, é o modo como Lya desvenda as mulheres. As que conheceu, as que gostaria de ter conhecido, as que imagina conhecer. Assim, percorre o caminho de Clarice Lispector, mas com outra tonalidade.

Os romances *A asa esquerda do anjo* (1981, traduzido para o italiano), *O quarto fechado* (1984, traduzido para o inglês), *Reunião de família* (1982) e *As parceiras* (1980), os dois últimos vertidos para o alemão, abordam a contínua luta entre o princípio da vida e da morte. São mulheres marcadas. Todas. Para ler Lya, é preciso entender que ela não escreve sobre a ternura como normalmente a imaginamos.

Aqui da Varanda, vejo um entardecer macio. O mar fingindo não ter segredos, nem outras vozes que não as dele. Hora de solidão. Eu queria solidão, para não ferir os outros nem ser machucada. Arestas demais. Agora, moça, você tem sua solidãozinha, com a caseira, o cachorro e a veranista que volta e meia aponta no morro. Um bando de mulheres sozinhas e doidas. [trecho de As parceiras, primeiro romance de Lya após três livros de poesia, escrito no limiar dos 40 anos de idade, e o que teve maior acolhida crítica.]

– Na época, eu não tinha a menor ideia do que estava fazendo. Nem sabia se havia escrito um romance ou o quê. Eu era muito insegura. As críticas em geral foram tão favoráveis que me espantei. Então me dei conta de que havia nascido para fazer isso.

– E se fosse o contrário, se houvesse recebido críticas demolidoras?

– Ficaria 15 minutos triste, como já aconteceu. Não mais.

– A crítica não importa mais?

– Tem importância, sim. Reconheço que o crítico e o bom leitor podem apontar caminhos interessantes.

Lya nunca se preocupou e até hoje não se ocupa em filosofar, psicanalisar, debruçar sobre suas próprias ideias impressas. Enquanto isso, exércitos de mestrandas e doutorandas vasculham, linha por linha, seus livros. Perscrutam os interditos e os avessos; sondam solidões e perplexidades; as posturas feministas, as escrituras femininas; matrizes de gênero, individuações; o olhar diferenciado, o das minorias; reclusões e repressões representadas; o que é e o que não é *luftiano*...

Certa vez, Lya respondeu a uma pesquisadora: "Gostei muito do seu trabalho: sério, interessante, significativo. Sempre me espanto com as coisas importantes que as pessoas dizem a respeito de meus livros. Eu pouco sei disso tudo: apenas namoro o enigma". Ponto.

– Você nunca se preocupou muito com técnicas, não é mesmo?

– Nunca. Escrevo unicamente por prazer, e para mim mesma. Antes me angustiava escrevendo, hoje me divirto.

Ela costuma dizer que tem um olho alegre, que vive, e um triste, que escreve; que há um grande desencontro, talvez insolúvel, na espécie humana.

– Seus olhos translúcidos escondem mistérios?

– Eu, misteriosa? Sou um bicho da minha casa. Como dizia o Érico [Veríssimo], eu me amo, mas não me admiro. Minha história não tem nada de interessante. Sou uma pessoa sem graça.

Celso Luft, professor de português e linguística e primeiro marido, foi o guru de Lya. Paternal, companheiro, tranquilo. O homem que a confortava. Um homem sóbrio e intelectualmente afinado com a protegida. O problema é que a vida é feita também de acabamentos. As relações acabam ou clamam renovação. Como nos livrar daquele monstro metade infantil, metade adulto que nos faz achar absurdo que as pessoas e suas paixões morram? A longa paixão com Celso acabou se tornando amizade, respeito e confiança.

– Isto não é de todo mal. Não é possível viver em tesão permanente.

∾

Rio, março de 1985, véspera da morte de Tancredo Neves. Nélida Piñon apresenta Lya ao psicanalista mineiro Hélio Pellegrino. Consta que, na primeira oportunidade em que ficaram a sós, foi Lya quem puxou assunto. Falaram sobre Fernando Sabino, Paulo Mendes Campos e Otto Lara Resende, que formavam, com Hélio, um quarteto inseparável. De todos, só o Hélio ela ainda não havia conhecido pessoalmente até aquele momento. O casual virou uma paixão avassaladora. Eram já dois separados, garante Lya, duas granadas de amor a explodir fuxicos e indiscrições abomináveis. Ele e ela, o mineiro e a gaúcha, e o Rio como ponto de encontro.

– Hélio representou um vendaval, a reabertura de todo tipo de polêmica.

O próprio certa vez lhe disse: "Alemoa, você me conheceu na minha melhor fase". Referia-se a já poder controlar um pouco mais suas vociferações, seus ataques de fúria, refrear sua compulsão à sedução. Lya não aceitava com naturalidade as idiossincrasias do amado. Os paradoxos de Hélio eram exacerbados. O agitador de esquerda vituperava as tradições da família, fazia pouco do conforto material, mas era capaz de repreender a filha que dormiu com o namorado.

Com Lya, ele cismou de cumprir todos os rituais. Significava, entre outras coisas, casar. "Mas eu sou desquitada", ela exclamou. Não importava. Ele dizia que os dois formavam um casal CCC, em referência à sigla Comando de Caça aos Comunistas. No dizer de Hélio, eram, na verdade, Cabeça, Coração e Cama.

Mas há os episódios inexplicáveis, ou explicáveis por uma ótica muito restrita, versada para uns poucos privilegiados. Os descomedimentos de Pellegrino afetaram-lhe a saúde. O furacão estava mais contido, talvez o estrago já tivesse sido feito.

No hospital, dois dias depois de um infarto não tão grave, Hélio acordou, alta noite, chamou o nome de Lya e morreu de um infarto fulminante. A morte sempre interrompe alguma cena do filme. Ficam os gestos inacabados, os beijos presos à garganta, as palavras não ditas.

Rio, 23 de março de 1988. Silêncio. Começava ali um dos períodos mais difíceis — o primeiro de dois — da vida da escritora emudecida. Os dois nem tiveram tempo para monotonias e desgastes. Tudo ainda era mágico. A dor se transformou nos poemas – tristes, a meu ver – de *O lado fatal* (1988):

> *Nesta minha peculiar viuvez*
> *sem atestado nem documentos,*
> *apenas com duas alianças de pesada prata*
> *e no peito um coração de chumbo,*
> *instalo ao meu redor objetos que foram dele:*
> *a escova de dentes junto da minha na pia,*
> *o creme de barbear entre os meus perfumes,*
> *e com minhas roupas nos cabides*
> *a camisa dele de que eu mais gostava.*
> *Na gaveta, vidros com os remédios*
> *que o preservaram para o nosso breve tempo.*
> *(Finjo a minha vida como ele finge a sua morte.)*

E podia a menina distraída, caseira, mas nada doméstica, um dia virar adulta acadêmica? Bem que tentou. Não deu certo. Escreveu duas dissertações de mestrado, uma sobre Érico Veríssimo, outra sobre Lygia Fagundes Telles. O máximo que suportou foram dez anos como professora de linguística.

— Meu espírito é anticientífico, de pouca capacidade racional.

Seu negócio é lidar com a imaginação. Solidões e desencontros, jogos de poder entre homens e mulheres, histórias que não acontecem e que, no entanto, são de arrepiar os cabelos. Os equilíbrios entre a poesia e a prosa, a leveza e o tranco são convites narrativos ao interior de tudo, da casa, da mente, do celestial.

Lya é hoje uma mulher encantada com as possibilidades tecnológicas, por exemplo. Uma avó permanentemente ao computador.

— Uma *ciberavó* — ironiza.

Teve três filhos: Suzana, médica; André, agrônomo e arrozeiro; e Eduardo, professor de filosofia na PUC-RS, especialista em Hegel.

Ao todo, quatro netos amados e adaptáveis a uma avó carinhosa, não propriamente maternal, porque passa boa parte do tempo escrevendo e traduzindo do inglês e do alemão. Permanentemente plugada na internet. Na verdade, uma avó tão subversora quanto a menina leitora dos Irmãos Grimm. Lya troca e-mails com agilidade.

— O correio eletrônico veio revalorizar a palavra. As pessoas são estimuladas a escrever. Diferentemente do que pregam por aí, acho que a internet veio para unir mais as pessoas, não para aumentar a solidão. O progresso nos permite ficar mais tempo em casa, por exemplo. E, se esse tempo for usado para coisas boas, como ler ou conversar com a família, acho ótimo. Quem é gregário irá usar a internet para continuar sendo.

— Você nunca teve medo do novo?

— Não podemos ter medo do novo.

A tradutora de Günter Grass, Bertolt Brecht, Thomas Mann, Doris Lessing, Rainer Maria Rilke e outros grandes da literatura universal vive hoje o que chama de "uma falsa vagabundagem lírica". Só faz o que quer e por prazer. Seja caminhar, conversar à toa, jantar fora com amigos. Filmes, não, especialmente os intelectuais. Gosta de "filmes de guerra bem feitos", e policiais também.

Desde *Exílio* (1987), escrito durante os três anos vividos com Pellegrino – que, por sinal, foi quem escolheu o título –, Lya se recusava a fazer sessões de autógrafos. Em junho de 2002, com *Mar de dentro*, memórias de infância, deu mais de 500 assinaturas numa noite.

∾

Em 1992, quatro anos depois da morte de Hélio, Lya aceitou a proposta de Celso para refazerem a vida. Voltou, então, para a casa do bairro Chácara das Pedras, onde mora, em Porto Alegre. Celso, pouco depois, sofreu um AVC, ficando totalmente inválido até morrer em dezembro de 1995. O segundo tranco, do qual Lya custou a se recuperar.

– O amor é exclusivo e excludente. Minha ética é a da lealdade, com regras de convivência. Hoje as pessoas podem casar e separar com muita facilidade. Nem por isso tenho testemunhado menos sofrimento. O melhor é não seguir a manada. Por exemplo: Natal para mim não é um comércio, mas uma ocasião para confraternizar.

Em última análise, é hoje uma mulher sozinha, mas menos angustiada por isso. Não por acaso Pellegrino brincava que Lya não era uma escritora, e sim uma "galinha choca".

– A casa é meu ancoradouro.

Lya deixou recentemente a Editora Siciliano, onde esteve por 12 anos, e assinou contrato com a Record para dois inéditos – *Perdas & ganhos* e *Dizer adeus* – mais toda a sua obra já publicada.

– Sempre é hora de recomeçar.

2002

Arquiteto de microscopias

MANOEL DE BARROS e seu filho caçula João Wenceslau foram me apanhar no hotel em Campo Grande às 8 horas, conforme o combinado. Iríamos de teco-teco alugado até a fazenda do poeta no Pantanal. Quando Manoel viu que eu era eu (não, nunca nos havíamos visto antes), reagiu:

– Ah, que bom que você é um garoto! – e me deu um abraço apertado, pleno de alívio, como se uma tremenda crise de ansiedade estivesse terminando naquele exato momento.

Manoel é um velho retraído, frágil, que hoje evita o próprio retrato. A minha proposta de um perfil o incomodou a princípio. Ele faz questão de reafirmar que poeta não tem biografia, tem só poesia. Para me tornar entendedor, eu teria de me virar com meias palavras. Significa enfrentar a amplidão do Pantanal com um teco-teco e os versos dele com uma lupa.

Seu mundo é o dos seres minúsculos, desperdiçados: insetos, aves, peixes, bichos em geral, mas também de seres humanos rodeados de distâncias e silêncios. Com um pedaço de linha escura sobre um fundo branco, Manoel fotografa, imagina, fantasia, inventa comportamento para as coisas. Trabalha com a tenacidade de uma criança descobrindo o desenho. Nos tocos de seus lápis, "tem sempre um nascimento".

Acompanhei-o, então, com dois ouvidos inutilmente abertos e tentando decifrar suas divagações em verso. A essa altura, só a poesia lhe interessa. Ela é seu meio e seu fim.

– Há muitas maneiras sérias de não dizer nada, mas só a poesia é verdadeira.

E está inscrito nela que poderoso não é aquele que descobre o ouro. Poderoso, para Manoel, é aquele que descobre as insignificâncias: do mundo e as nossas. Ouros e insignificâncias fazem parte do *Livro das ignorãças* (1993). Sua "ignorãça", presumi, é a fachada que ele encontrou para contestar o racionalismo ocidental, já advertido em outra rubrica:

Hai muitas importâncias sem ciência.

Ele não perde tempo com máquinas sem finalidade poética, como computadores. Prefere tocos de lápis e rasgos de celulose, que compõem quantias consideráveis do material do escritório de sua casa em Campo Grande. Aliás, uma casa em estilo moderno, *clean*, extremamente funcional para um sujeito que flertou com troncos tortuosos e mil tipos de assobios.

Preocupa-o, hoje, a ciência dos homens. Os progressos potencializam perigos inimagináveis.

– Tenho medo que essa confiança na Ciência nos leve a acabar com coisas que não se podem criar *in vitro*, como o amor e o desejo.

– O senhor se acha um homem fora do seu tempo?

– Dizem que sou primitivo. Tenho mesmo fascínio pelo primitivo. Vontade de regredir para o começo. Há palavras que devem estar dentro de mim há milhões de anos.

Chamá-lo de "poeta do primitivo", aliás, deixa-o extasiado. É como chamar Federico Fellini de *clown*. O fato é que Manoel não suporta ser apenas o vovô que abre portas, que puxa válvulas, que olha o relógio, que compra pão às seis horas da tarde, que aponta lápis, que vê a uva...

Perdoai.
Mas eu preciso ser Outros.
Eu penso renovar o homem usando borboletas.

Mais tarde, anotei em minha caderneta: "É como se ele pretendesse entender a metafísica tornando-se inseto – *FormiguinhaZ*, quem sabe –, livre de cair em sensatez". No exato momento, a caneta falhou de um modo muito suspeito. O exemplar autografado de *Retrato do artista quando coisa* (1998) caiu do meu colo sem mais nem menos. Ainda anseio pelo retrato do poeta quando humano.

Ele nasceu em Cuiabá, no Beco da Marinha, em 1916. Mudou-se para Corumbá, onde se fixou de tal forma que até chegaram a considerá-lo corumbaense. Hoje vive em Campo Grande, de onde partimos no Cessna Centurion II, prefixo PT-KHH, para um voo de cerca de uma hora até sua Fazenda Santa Cruz, no meio da Nhecolândia, uma das primeiras regiões de ocupação do Pantanal, demarcada pelos rios Taquari e Negro.

Em pleno voo, Manoel não se importa muito com episódios, não se impacienta com as imprecisões da memória e, sossegado e mais à vontade, contempla o Pantanal enquanto conversa, apontando ali e acolá. Por ter uma ligação atávica com sua terra, já o rotularam também de poeta do Pantanal, poeta verde, poeta da ecologia, e por aí vai. Na academia e na imprensa, também se tem consumido tempo e espaço para tentar tingi-lo de classificações. Ele despercebe. Sabe que muitas dessas divisórias são convenientes aos demarcadores.

Olhando a imensidão verde do Pantanal, 230 mil quilômetros quadrados, área maior que o Uruguai, impossível não pensar em como um homem que cresceu rodeado de distâncias e silêncios, planícies vastas e paisagens incertas, que nunca se repetem ano a ano, pôde inspirar-se no minúsculo, no sem feitio, em caramujos esfregando-se em musgos de ruínas imaginárias?

É uma daquelas perguntas que, para validar-se, só permanecendo sem resposta. Sujeita a tantas idas e vindas, mistérios e equações, uma vida não cabe em um livro, que dirá em versos. As inferências devem ser feitas com cautela. De repente, uma confidência em tom de declamação se mistura ao ronco do monomotor:

– Sabe, noventa por cento do que escrevo é invenção; só dez por cento que é mentira.

– O mesmo com o que fala?

– Sim. Os sentidos é que mandam.

– Há um poema em que o senhor se refere à necessidade de termos um aferidor de encantamentos. O senhor tem um?

– Claro. É com ele que contemplo essa vastidão toda – e sorri, entusiasmado.

Pausa para uma pitadinha de ciência, a contragosto do poeta. A geologia garante que, quando ocorreu a elevação da Cordilheira dos Andes e do Planalto Brasileiro, há 60 milhões de anos, a região hoje conhecida como Pantanal ficou em uma depressão, ou seja, numa área rebaixada em forma de concha.

Do teco-teco, a 400 metros de altura, vemos que a Serra de Maracaju é uma das bordas da concha, que alaga anualmente entre outubro e abril. Pelo menos era assim nos tempos em que a mão humana não influenciava os ciclos da natureza. Chuvas continuam caindo de novembro a março na cabeceira do rio Paraguai, ao norte, indo cobrir centenas de quilômetros quadrados ao sul, através dos afluentes. Formam-se lagoas imensas e baías que minguam a partir de maio. Mas, por algum estranho desequilíbrio, o período de seca às vezes chega cedo.

Em horizonte mínimo — pois as altitudes da planície pantaneira variam entre 100 e 200 metros —, há dezenas de tons de verde, como se os veios d'água tivessem sido filtrados na palma das folhas, criando habitats aprazíveis para emas, sariemas, curicacas, anhumas, jacarés, cervos, veados campeiros, marrecos, ariranhas, lobos-guarás, onças-pintadas e outros que tanto fascinam os estrangeiros.

194

– É um lugar inacabado. Os rios não cavaram o chão. Não formaram barrancos. Por isso não podem ser nomeados. São apenas corixos.

Como os poetas, os corixos (rios provisórios) que se infiltram pelo cerrado ralo da região possuem uma sensibilidade desviada, ou seja, "começam a dormir pela orla", como diz Manoel.

Na memória biográfica de Manoel de Barros, faltam fatos e sobram paisagens, como aos corixos.

– Com tantas evidências, por que o senhor prefere que não o associem ao Pantanal?

– Lido com palavras, não com paisagens. O que dá sedimentação às minhas palavras é a paisagem. A paisagem pantaneira. Só que procuro transfigurá-la. Quem descreve não é dono do assunto. Quem inventa é.

Os ambientalistas engajados, no entanto, querem cooptar este senhor risonho, amável, franzino, cabeça de paina (grisalho, na gíria do Pantanal), três filhos e sete netos, como se ele pudesse servir de estandarte para a ecologia.

– A obra do Pantanal é de Deus, não minha. Quando me convidam para alguma causa, desconverso. Acho tudo isso muito chato.

– Mas lhe preocupa o fato de sua fonte de inspiração estar ameaçada...

– Sem dúvida – e insiste com João Wenceslau, copiloto do avião, que sobrevoe próximo o rio Taquari, já bem próximo de sua fazenda. – Está vendo como aquele rio está assoreado? Desmatamentos na cabeceira fazem descer areia [e o solo do Pantanal como um todo é bastante arenoso] no leito, que se deposita ao longo. Em vários pontos, dá para atravessá-lo a pé. Desse jeito, talvez nem mesmo uma tromba d'água consiga engravidar o rio Taquari – lamenta.

O Cessna pousa aos trancos na capineira da fazenda, uma pista demarcada com pneus velhos caiados. Trotamos como em lombo de mula. Manoel de Barros ergueu a sede da Fazenda Santa Cruz sobre terras virgens herdadas do pai há quase 40 anos. Relutou em aceitar a empreitada. Cogitou vendê-las e investir o apurado em algum refúgio metropolitano, onde pudesse escrever poemas em paz, com seus tocos de lápis e seus papiros. Stella Barros, esposa há mais de 50 anos, convenceu o marido a enfrentar o novo desafio. Acabaram vivendo na Santa Cruz cerca de dez anos.

– No início, era vida de bugre, de rancho sem portas. Morando aqui, só assinava promissórias, nenhum poema. Trabalhava muito. Veja só que coisa: pra lutar contra o gratuito, é preciso ócio.

Santa Cruz tem 15 mil hectares de terras avaliadas, neste 2001, em R$ 3 milhões. A fazenda acolhe umas cinco mil cabeças de gado Nelore, patrimônio vivo de R$ 1,5 milhão, segundo cálculos de João Wenceslau. São bois pantaneiros "verdes", de alimentação natural, como a maioria do rebanho de mais de 20 milhões de cabeças do Mato Grosso do Sul, o maior do país.

Com dois anos, os bezerros vão engordar em outra fazenda (menor), também dos Barros, perto da cidade de Rio Verde do Mato Grosso. Transportar o gado de uma fazenda para outra pode levar até oito dias de uma viagem da qual Manoel não participa mais. Não por ser poeta, tampouco por ser octogenário sem colesteróis ou neuras como se alimentar apenas de carnes brancas ou evitar qualquer carne. Imagine um vegetariano no Pantanal. Seria um bicho raro. Aqui, vive-se de carne e osso.

– O médico me disse que preciso comer peixe e frango. Argumentei que os animais mais fortes da Terra não comem carne branca. Ele não falou mais nada.

Por incrível que pareça, o Pantanal tem clima semiárido, e acontece de a água precisar ser procurada a fundo. Na Santa Cruz, há dez motores para bombear água subterrânea até a superfície. Em períodos de seca, geralmente não sobra água para nada. Será preciso esperar as chuvas para revigorar os pastos e engordar o gado de novo.

Enquanto dirige sua *pick-up* por veredas e vaus, João Wenceslau expõe alguns balanços de sua empresa pantaneira:

– As coisas pioraram muito para os criadores de gado da região. Houve uma desvalorização enorme. Em 1978, uma D-10, camionete a diesel da Chevrolet, zero quilômetro, por exemplo, custava o equivalente a 70 novilhos com dois anos de idade. Hoje, 70 novilhos não compram uma Silverado.

Enquanto os retrocessos culturais avançavam, Manoel de Barros padecia de fascínio por cidades mortas, casas abandonadas, vestígios de civilizações. Gosta de ouvir e ler *Vozes da origem*, da antropóloga Beth Mindlin, mas o prazer da reinvenção da linguagem começou com a leitura de Padre António Vieira. Sonhava conhecer as civilizações Inca, Maia e Asteca.

No Peru e na Bolívia, onde perambulou nos anos 1940, procurou os lugares mais miseráveis. Pescava, bebia, passava os dias em meio aos descendentes diretos dos índios americanos. Empenhou-se em conhecer as maiores pequenezas do mundo.

– Me arrastei por beiradas de muros desde Puerto Suarez, Chiquitos, Oruros, Santa Cruz de la Sierra.

De Cuzco, no Peru, o arqueólogo Manoel foi parar em Nova York e deu de cara com Picasso, Chagall, Paul Klee, Dalí, Miró e outros. Um choque. Seu aferidor de encantamentos devia estar descalibrado.

– Quando vi aquilo tudo, disse que, se não fosse poeta, certamente eu teria sido pintor.

Para os pantaneiros, a Bolívia, a oeste, esconde os mistérios do entardecer. O pôr do sol "parece uma gema de ovo do lado da Bolívia". Peão que é peão enfrenta a tal gema olho no olho, não lacrimeja, não se seduz pelo óbvio. O antropólogo Claude Lévi-Strauss viajou, em 1926, pelo miolo do Mato Grosso. Notou a simplicidade dos móveis no interior das sedes das fazendas: "Dois ou três mochos na sala, arames de estender roupas nos quartos servindo de armário e redes por todos os cantos. Foi um povo ladino, sensual e andejo que um dia atravessando o rio Taquari encheu de filhos e de gado a zona da Nhecolândia".

Manoel foi criado de olho virado para a Bolívia, na fazenda do pai arameiro. Arameiro é o sujeito que faz cerca para isolar o gado, cortando árvores para fazer postes, passando o arame neles, debaixo dos quais a nômade família Barros acampava.

– Minha mãe nos pariu na terra. Não tínhamos como sair para lado nenhum naquela época. Até os oito anos, vivi no chão, de forma quase selvagem.

Em 1961, quando voltou do Rio de Janeiro, onde viveu uns 40 anos, para assumir as terras herdadas, teve medo de virar múmia e emburrecer.

As coisas que acontecem aqui, acontecem paradas.
Ou então, melhor dizendo: desacontecem.

O isolamento do pantaneiro não é apenas geográfico. Ele, às vezes, dói no peito. A maneira que encontram de diminuir as distâncias é botando enchimento nas palavras, criando apelidos, contando lorotas. Através de "palavras vadias", alargam seus limites.

Bernardo, que fez parte da vida de Manoel na fazenda desde muito tempo, é o personagem cujo silêncio é tão alto que só os passarinhos ouvem. Aos oitenta e tantos anos de idade, Bernardo internou-se num asilo em Campo Grande. Talvez não demonstre mais o "ar altivo de quem vê pedra nadando", apenas a eterna inocência de um sujeito "quase árvore", que alicia o carinho dos animais mais tinhosos: "O grande luxo de Bernardo é ser ninguém. Por fora é um galalau. Por dentro não arredou de ser criança. É ser que não conhece ter. Tanto que inveja não se acopla nele".

As pessoas aparentemente contidas no abandono ou abandonadas no pertencimento encantam Manoel de Barros, tanto quanto as soberbas coisas ínfimas. Surpreendente que o poeta tenha sido comunista pela mão de Apolônio de Carvalho, o velho amigo que o apresentou à literatura marxista.

– Para a doutrina comunista, pessoas de inteligência curiosa são hereges – lamenta.

Em poucos anos de marxismo, Manoel saiu "de ventena" (correndo, em dialeto pantanês). Já bastam os lacanianos que têm orgasmos ao ouvir o poeta dizer que é um sujeito extraído de palavras, o que comprovaria as teorias do psicanalista francês Jacques Lacan.

Teorias, acreditai-vos, irmãos, são destrutíveis. A única coisa indestrutível é a morte.

– Salvo não seja! – e o cabeça de paina ri feito criança.

2001

Aquele que viaja

EU ME LEVO, tu me levas, nós nos levamos, Deus nos leve. Viagem é tudo o que se leva em mente, e não apenas o que entope a bagagem, como fotos, filmadoras, postais, diários, etc. Os objetos são a superfície da jornada. "A viagem é o presente. Tá dentro da gente. Pra mim, o lugar mais interessante é aquele onde ainda não fui."

Compenetrado e jeitoso, Maurício Kubrusly, um dos criadores do quadro *Me Leva Brasil*, do Fantástico, colheu centenas de histórias sobre heróis do cotidiano, gente aparentemente (só aparentemente) comum, sem luxos, que vive longe das grandes cidades, mas que engrandece a arte da permanência em um Brasil que, em circunstâncias "normais", só aparece na mídia "quando acontece uma enchente, seca, crime pavoroso, roubalheira geral, greve, fome, incêndio gigante ou algo pior".

As gravações do *Me Leva Brasil* começaram em 1999. O quadro estreou no primeiro domingo de 2000 e, para isso, foi absolutamente necessário ter muitas histórias prontas no dia em que a primeira fosse ao ar. "Antes de 2000, a gente chegava às pequenas cidades, gravava, gravava... e nada aparecia na TV na semana seguinte. Então, quando a gente desembarcava na pracinha de uma cidade bem pequena, logo alguém perguntava se éramos do *Linha Direta* [um programa policial da TV Globo]."

O *Globo Rural* talvez seja o único programa da TV aberta que, com finalidades diferentes, mapeia o mesmo Brasil do *Me Leva*. Com a aparição do primeiro quadro da série, Kubrusly se tornou o repórter minimamente invasivo que ajudou a elevar um pouco a autoestima da brava gente brasileira. Protagonistas e coadjuvantes foram aprendendo que, quando a equipe (na verdade, Kubrusly e um cinegrafista) do Fantástico desembarca, é para mostrar "uma coisa boa, emocionante, engraçada, surpreendente".

"E chegou a acontecer o espanto de sermos recebidos com faixas, fogos, bandinha de música. Hoje, por onde passo, as pessoas que me reconhecem acenam: 'Oi, Me Leva Brasil!'. Ou seja, não é mais a tragédia. Não é o Kubrusly. É o programa. Isso me emociona." Mas seria ingenuidade (e até preconceito) achar que essas pessoas – um tanto folclóricas, genuinamente sábias a seu modo, estranhamente extravagantes – não existiam só porque não "passavam" na TV. "Na verdade, elas não existiam para a mídia do eixo Rio-São Paulo, melhor dizendo. Durante muito tempo, cometemos o pecado capital da falta de curiosidade – ou talvez preguiça – de aproximar, de ouvir."

Afinal, o *Me Leva* tem transformado lugares ou o repórter é quem mais tem-se tocado? "Acho que as duas coisas. O seu Zé Didor, por exemplo. Ele criou o maior museu particular do Brasil. Mais de 13 mil peças. Tem de tudo lá. Desde chicote de açoitar escravo, com ponta de prata, até cabeça de bode com quatro chifres. Eu soube que, depois que a matéria foi ao ar, cederam pra ele um espaço em uma estação de trem desativada lá no Piauí. Agora muita gente vai visitar o museu do Zé Didor."

A história de Zé Didor abre o livro *Me Leva Brasil – a fantástica gente de todos os cantos do país por Maurício Kubrusly* (Editora Globo), coletânea de crônicas do repórter sobre o que viu, ouviu e sentiu; e sobre o que foi e o que não foi exibido no Fantástico naquele horário nobre do domingo em que a iminência da segunda-feira já começa a causar um certo bode. Ali, naquele momento em que o fim de semana parece acabado, a pizza esfriou, o refrigerante esquentou, entra o Kubrusly com certo *show* da vida. Isso quando guerras, furacões e CPIs não derrubam o quadro da parede.

O *Me Leva* ampliou a existência de muitos dos personagens que retratou, como o *seu* Zé Didor, mas também mexeu com a alma desse repórter veterano de 59 anos que se diz levado por inteiro para lugares onde ele não se importa de perder-se. O casal *seu* Melo e dona Elza, de Aquidauana (MS), por exemplo, inspirou-lhe algumas reflexões. *Seu* Melo é trinta anos mais velho que dona Elza. Ambos esbanjam vitalidade. *Seu* Melo é um polivalente autodidata, que inventa, conserta, cria, escreve e possui muitos, muitos livros... O casal "mora na copa de uma árvore" e tem uma filharada que já rendeu netos e bisnetos.

"Mas depois da terceira filha, eles haviam encarado a frustração de não ter nascido ainda um menino. Diante do problema, *seu* Melo fez o que sempre faz: foi procurar a resposta nos livros. Descobriu sozinho que o cromossomo X, que gera menina, é mais resistente, porém mais lento, que o cromossomo Y, que gera meninos. Ou seja, ele tinha que manter a relação no momento exato da ovulação, para que o veloz cromossomo Y encontrasse o óvulo antes do X. E conseguiu! Conseguiu estudando, pesquisando sozinho. Um homem simples. E ainda perguntei a ele: com mais de 70 anos, o senhor se considera velho? Ele respondeu: 'Meu corpo é, mas eu não tenho nada a ver com isso'. Sensacional, não? Esse casal me ensinou muito."

Kubrusly transita o mais discretamente possível por dois mundaréus – um que entra no Fantástico e outro que, infelizmente, fica de fora da matéria por falta de tempo. "É uma rotina: as pessoas do lugar querem logo saber o que o *Me Leva* vai mostrar. Inclusive para relacionar o mundaréu que vai ficar de fora. (E é nesses momentos que aparecem dicas especialíssimas.) Só que as histórias dos brasileiros anônimos nunca vão caber no Fantástico, nem que o programa fosse nos levando pelo Brasil durante décadas. O Brasil é sempre maior", escreve.

Ele diz que transita com calça confortável, camiseta e um cinegrafista, de preferência igualmente discreto e afável. "Dependendo do lugar, vou sozinho e encontro o cinegrafista da emissora afiliada local. Depois de sentir que as coisas estão 'serenas', vou montando a matéria, dirigindo as imagens. Eu mesmo faço a edição também. O ideal é que, no local, tudo transcorra o mais naturalmente possível. Se a pessoa tenta ser o que ela não é, não deixo gravar, ou finjo que gravo. Uma vez um agricultor, que vive sujo, dando duro na lavoura, mãos calejadas, resolveu tomar banho, vestir roupa e limpa e se arrumar todo. Ah, aí não dá. Com jeito, convenci ele a voltar a ser o que ele é no dia a dia."

Algumas localidades com índice de turistas próximo de zero, nas quais foram descobertas pegadas com as iniciais MK: Campo Maior (PI), Caicó (RN), Canindé (CE), Unaí (MG), Carnaúba dos Dantas (RN), Afuá (PA), Lagoa de Velhos (RN), Rondonópolis (MT), Riachão do Dantas (SE), Miaí de Cima e Miaí de Baixo (AL), Prudentópolis (PR), Aquidauana (MS), Oeiros (PI), Arapiraca (AL), Milho Verde (MG), Caetés (PE), Recanto das Emas (DF), Juazeiro do Norte (CE), Farroupilha (RS), Araçuaí (MG), São Gonçalo do Gurguéia (PI)... "Cobrimos todos os 26 estados brasileiros e mais o Distrito Federal."

Uma dose de recato ajuda, mas não o oculta. Aeroportos, táxis, restaurantes, perifa da Pauliceia, não importa. Há sempre alguém no meio do vozerio que se aproxima: "Oi, Kubrusly, e aí?", "Kubrusly, você precisa ir lá na minha cidade", "Kubrusly, sei de uma história que você vai adorar!". "Em alguns lugares – e já são mais de 150 cidades – somos recebidos com festa. Gente que possui muito pouco me oferece comida e hospedagem. Me sinto à vontade nos lugares. Sento, converso, tomo 'chafé' com broa."

Tem também o fato de que, por maior a notoriedade, confundem-no. Em um baile de chamamé na boate Xamego, no Mato Grosso do Sul, o chamaram de Pedro Bial:

— Mas eu não sou o Pedro Bial.

— Ah, acha que vai enganar a gente?

— Mas eu não sou ele. O Pedro Bial é alto, bonito, olhos claros, elegante...

— Para com isso, Bial, vamos fazer logo as fotos.

Noutra ocasião, teve de admitir que era Cid Moreira debaixo de um frio de lascar em Campos do Jordão (SP):

— Quero um autógrafo! Aqui, assina aqui.

— Mas é um livro do Machado de Assis! Ele é que teria de dar um autógrafo!

— Nada disso. O seu é muito mais importante. Tinha certeza que um dia ainda ia encontrar você, Cid.

— Cid?

— Sou sua fã número um.

— Mas que Cid?

— Só tem um, ora. Cid Moreira, claro.

— Mas eu não sou o Cid Moreira.

— Tá achando que vai me enganar, é? Tá pensando que eu não conheço a sua voz direitinho?

Suas andanças batem longe, atravessam imaginários e imaginações, mas, normalmente, não duram muitos dias. Por isso, o "cara do *Me Leva*", aquele que viaja, leva consigo pouca coisa: "Uma ou duas mudas de roupa. Um casaco se estiver frio. O mínimo." Por outro lado, o que o *Me Leva* capta de imaterial daria para povoar a lua. "Em algumas viagens, aconteceu de trabalharmos em quatro cidades diferentes num mesmo dia. Pra evitar qualquer confusão, nos acostumamos a gravar uma identificação antes de começar o trabalho. 'Estamos na cidade X, no estado Y, pra gravar a história do Sr. Z'. Ai de mim se eu me confundir e perguntar: como é mesmo o nome desta cidade? Os prefeitos, principalmente, se ofendem."

O livro traz relatos de bastidores que a TV desconhece. Para escrevê-lo em cerca de 90 dias, você pensa que Kubrusly contou com blocos de anotações, diários, álbuns de fotografias e gravações descartadas? "Negativo. Nada disso. Viajo como repórter de TV para fazer matéria para TV. Centro as minhas energias nisso. O que fiz foi rever todos os programas da série. Enquanto assistia, minha memória refrescava. Ah, olha aquela senhora! Ela me contou tal coisa. E aquele lugar, ali, meu Deus, lá eu vi isso e aquilo. Foi assim que escrevi o livro."

MK é o autor da ideia aprovada por Luiz Nascimento (Luisinho), diretor do Fantástico. O projeto do repórter continha apenas 54 letras: "Contar histórias de pessoas que vivem longe das grandes cidades". Bingo! Era o homem certo no momento certo. Daí me veio uma curiosidade gritante sobre o "mais fácil": como descobrir uma história para cada semana? Também nisso um repórter nunca está só. "A produtora Karina Diogo fez um trabalho de formiguinha. Foi ela que descobriu a maioria das histórias, centenas de horas enganchada no telefone, sentada nos aviões ou nos carros, caminhando, perguntando, fuçando nos cantinhos."

Hoje, o bate-perna talvez não seja mais tão necessário quanto antes. As histórias chovem. Sobram. Muitas matérias simplesmente não entram ou chegam a ficar mais de um ano editadas numa espécie de fila, o que pode entristecer os personagens e o repórter: "Quando passa muito tempo, a gente tem que ligar novamente pro lugar e checar se a pessoa está viva. É terrível. Mas temos que checar antes. Uma vez aconteceu o pior. E eu não me senti nada bem naquele dia".

Kubrusly já vinha zanzando pelo Brasil dos brasileiros antes de emplacar o *Me Leva*: "Primeiro fiz a maior viagem de ônibus que existe no Brasil, que é uma que sai do sul do Rio Grande do Sul e vai até Fortaleza, no Ceará. É uma viagem que a gente sai em um ônibus normal, não é ônibus leito, não tem ar-condicionado, e sai de lá ao meio-dia de uma sexta-feira. E anda sexta, sábado, domingo, segunda e terça--feira, aí você chega em Fortaleza. Voltei dessa viagem com essa coceira. Eu repetia: a gente precisa ir pro Brasil. A gente tem que entrar no Brasil. Sair do litoral, sair do Sudeste...".

Curiosidade houve sempre, e desde há muito, acredita este ex-crítico de música que recentemente se desfez de uns 50 mil discos. Lembra que, quando menino, grudava no rádio para ouvir, na Rádio Nacional (a TV Globo dos anos 1950), o *Repórter Esso* e as radionovelas que seu pai não considerasse "impróprias". Assumidamente ex-carioca (mora em São Paulo há mais de trinta anos), ele, que conta a história de tanta gente "anônima", é esquivo na hora de contar a sua própria, talvez pelo fato de ter-se tornado uma celebridade.

O encantado-viajante-falante-cavador-de-matérias-sempre-meio-diferentes teria deixado de ser, ele mesmo, um personagem? "Ah, isso eu não sei e nem quero saber." É tão solidário quanto compassivo em suas escavações folclóricas. E ponto. Ai de quem lhe perguntar algo como: "O exótico ocupa um papel importante em seu trabalho de mediador cultural?". Ele dirá simplesmente que descobriu em mil e duas noites que Guimarães Rosa não precisou inventar nada. "Em Milho Verde, Minas, perto de Diamantina, diante da minha insistência em partir, uma senhora me disse: 'Mas pra que essa pressa, moço? Minas tá toda aí!'" Daí pediu que eu partisse o quanto antes. Fui.

2005

A incerteza em crise

"BELEZA PURA TAMBÉM tem função? A arte deve ser aplicada? A esfera é a mais perfeita das formas?" Assim abriria (ou abrirá) um possível conto intitulado *Páginas sem glória*, sobre o qual o carioca Sérgio Sant'Anna se debruçou anos até desistir. Temporariamente.

As preocupações estéticas, filosóficas e linguísticas fazem parte da vida e da obra dele. A angústia, o medo, a procura de respostas para a existência em todas as suas mais profundas ramificações são alguns componentes de sua psique. E influenciam o que ele produz ou não produz.

Sua obra parece ter um *status* de *cult* no panorama da literatura brasileira. Em arte, *cult* tanto pode significar devoção a uma atividade desempenhada de modo não ortodoxo para um público cativo quanto "relativamente pouco acessível à massa". Os dois se aplicam a ele. O conjunto de sua obra está marcado por engenhos complexos.

– Tudo o que faço parece muito elaborado, mas, na verdade, é espontâneo – acredita.

Ele diz estar permanentemente em crise consigo e com seu trabalho. Isso, aliás, é visível bem agora. Clinicamente deprimido, nos últimos tempos, tem duvidado ainda mais de seu poder de fogo como personagem neste conturbado jogo de circunstâncias que é a vida. Decidiu rebobinar a fita (a da própria existência) e rever alguns cenários.

– Certas fases da vida tendem a interferir ou auxiliar na criação. Não há como saber. De qualquer forma, continuo atraído pela experiência da investigação do pensamento e de como articulá-lo no papel.

As questões da abertura do possível conto mencionado anteriormente misturam estética, futebol e corridas de cavalos. Os obstáculos criativos geraram uma espécie de nexo nostálgico, próprio do atual momento interrogativo de Sérgio.

O cenário do sonho é o Rio de 1955, época em que ele, então com 14 anos, existia sob um arco-íris de gravidades futebolísticas. Respirava Fluminense dentro e fora de casa, num hiperenvolvimento. O meia Didi era o grande ídolo tricolor; Castilho, o grande goleiro. O fato de o tio ter sido diretor do clube estimulava ainda mais o adolescente.

Pausa. O Fluminense terminou mal o século XX. Nem se compara com o time daquele tempo de glórias. No momento, carrega a marca de ter cambaleado nos campeonatos estaduais e sofrido na terceira e segunda divisões do nacional.

– Acompanhei alguns jogos pela TV e vibrei com a passagem da terceira para a segunda divisão – lembra Sérgio.

Outro componente do possível conto é um mitológico jóquei dos anos 1950. Sérgio tentou até a internet, embora não prefira a rede como fonte principal ou habitual para consultas.

– Nos anos 1950, eu era um viciado em futebol, páreos e apostas. Cheguei a furtar dinheiro de meu pai pra ir ao Hipódromo.

Mas os fatos às vezes lhe escapam. Seu conto-projeto empacou, por exemplo, nos dados concretos de um jogo Bonsucesso *versus* Olaria. Em 1955, o Bonsucesso fez sua melhor campanha de todos os tempos no campeonato carioca, desbancando até o poderoso Botafogo de Garrincha...

Como tema, o futebol literário apareceu pouco em suas investigações. Uma pena. O conto "Na boca do túnel", por exemplo, da coletânea *O concerto de João Gilberto no Rio de Janeiro* (1982), é uma pérola, um clássico do gênero. Nele, um técnico aleijado do São Cristóvão, que sonhou ser jogador, reflete sobre si e sobre o desenrolar de uma partida em que um time grande impõe goleada de 7 x 1 sobre o pequeno.

– Inspirei-me no demolidor Flamengo do começo dos anos 1980.

Mais importante que o nome do time grande – o factual – eram as limitações do pequeno, o encanto das situações previsíveis, às vezes viciosamente repetitivas. E o técnico do pequeno, coitado, que já perdia por quatro a zero ao final do primeiro tempo, começa a divagar:

A paisagem nas cercanias de um estádio raramente é apreciada, porque as pessoas estão muito concentradas no jogo. Mas é fato experimentado por muitos que, em momento de choque emocional ou de grande frustração, se pode sofrer uma espécie de desligamento do foco da tragédia, o que nos defende da brutalidade do real. E, de repente, você se vê prestando atenção, se diluindo, numa porção de detalhes secundários. Igual, por exemplo, estar ainda no meio dos destroços de uma acidente sofrido durante a noite numa estrada e pôr-se a observar o pisca-pisca dos vaga-lumes e o barulhinho dos grilos no meio do mato, o que já aconteceu comigo certa vez. E é assim que observo, agora, uma nesga de sol a bater obliquamente sobre o gramado; uma gota de suor pingando do rosto do nosso lateral esquerdo, que corre, ofegante, rente à linha do campo, junto ao túnel. Vejo, também, o topo de montanhas da cidade do Rio de Janeiro, uma casinha lá em cima, torres de eletricidade. E finalmente um balão imenso que agora passa, além das marquises do estádio. Posso inclusive descrever sua alegoria: uma vênus, em azul e branco, toda nua, os contornos bem delineados dos seios, o sexo é mesmo o umbigo. Deve ter consumido semanas de trabalho de uma cuidadosa turma de subúrbio. No meio disso, penso ainda como é bonita esta cidade, como resiste a tudo o que fazem contra ela. Mas não deixo de pensar como devia ser ainda mais ofuscantemente bela a região do Rio de Janeiro antes dos europeus a descobrirem e foderem tudo. E introduzirem, muito mais tarde, um jogo chamado futebol.

Sérgio é um centroavante da autossuspeita. Duvida tanto do ferramental quanto da madeira escolhida para sua carpintaria. Chega o momento em que é inevitável a prosa se perder naquele breve intervalo em que as palavras aguardam o clique da batuta para virar música, com ritmo, desenvoltura e força próprios.

— Temo escrever textos áridos, chatos de ler.

Arte, humanidade, representação, paixão, crítica à vida, à literatura, autocrítica. Todas essas contingências — da primeira à última e vice-versa — oscilam na cabeça do autor como o pêndulo de um relógio de parede. As contingências então se combinam e as realizações mais modernas se transformam em prosa de imaginação internacional. Tudo compensa o inútil orgulho de ser — ou pretender ser — essência pura. Busca o extrato do extrato.

— Não sou criador de grandes universos literários ou um típico contador de histórias. Meus contos e novelas são tão procurados por mim que acabam soando intrigantes para o leitor.

Humanidade, autor, obra, originalidade, processo, imaginação, sentidos. Por que a atividade criadora engloba tantas instâncias? Em meio a essas malditas questões desafiadoras, é natural o escritor ficar desnorteado de vez em quando. E abalado, acuado, pondo em dúvida até as decisões corriqueiras, como sair ou ficar em casa, ir ou não ir ao consultório do psicanalista três vezes por semana.

Só quem sofreu ou sofre a tormenta da lacuna — a impressão de vazio existencial, de papel branco, de tela apagada — pode compreender por que um artista privado de inspiração sente-se tão ameaçado. É como uma sentença de morte. Sérgio atravessou várias crises criativas na vida, mas esta agora tem sido de lascar.

Nós dois reconhecemos que nosso encontro não ocorreu no melhor momento, mas acho que é o caso de lidarmos com isso. Ele concretizou muitos projetos ficcionais complicados, muito mais complicados do que o possível conto "Páginas sem glória". Mas agora parece estar antecipando a limitação iminente. E com uma frieza filosófica absurda.

– Meus defeitos e qualidades estão muito interligados. Sou um artista, não um escritor profissional; e tento acostumar com a ideia de me dar o direito de não escrever, se achar melhor.

O nó górdio: se Sérgio considerar que o conto ou a novela que estiver produzindo não irá acrescentar nada nem à literatura nem a ele próprio, não o submete à publicação.

– Posso até terminá-lo, mas não permito que o publiquem. Este é o meu juízo, apesar de saber que isso soa um pouco pretensioso.

Chega aos 60 anos neste 2001. Tem 30 de carreira. Estreou com *O sobrevivente* (1969). Fatos se impuseram nos últimos cinco anos. Praticamente perdeu a vista esquerda por glaucoma. Seu entorno envelheceu – isso também é visível agora em seu lar necessitado de reformas –, e uma atmosfera sombria de desconfiança e reclusão se instalou em seu espírito.

– A falta do olho não me atrapalha enxergar. As consequências dessa perda são muito mais psicológicas do que reais.

Um crime delicado (1997), romance quase todo ambientado no bairro das Laranjeiras, é um enigma pictórico e existencial. Sérgio lançou-o com a convicção de haver escrito uma obra contemporânea e inquieta. A paixão de um crítico de teatro por uma pintora manca que o acusa de estupro é apenas a isca para o leitor. Na obra de Sérgio, não é recomendável ater-se muito às sinopses. Se alguma realidade ele busca atingir, é aquela outra, maior, oculta sob uma camada de disfarces.

Há escritores que fazem da repetição um valor, como Dalton Trevisan, muito admirado por Sérgio. Outros procuram mudar sempre. As pessoas têm ciclos. Algumas começam na maturidade, outras têm uma juventude brilhante e estacionam na maturidade. O caso mais clássico é o de Rimbaud, que, antes dos 20 anos, já havia construído uma obra eterna.

Literatura acaba sendo um problema para Sérgio porque ele vive de crises, e morre de medo de estacionar. Em um momento de depressão, como agora, isso pode ser fatal. O medo, que deveria ser o maior estímulo de um escritor, transforma-se em um vírus poderoso, que se multiplica: vêm o medo de se tornar ultrapassado, de topar com alguém que ridicularize tudo o que pensamos, de possíveis problemas de saúde na família, separações, falta de dinheiro, etc.

Quando *Um crime delicado* foi lançado, um resenhista reconheceu que Sérgio é dos poucos autores brasileiros vivos dispostos a se arriscar, mas que parecia estar perdendo o entusiasmo, "ficando mais comportado".

– Bom comportamento e originalidade são incompatíveis? É preciso quebrar o próprio recorde a cada corrida? – questiono.

– Claro que não. Mas há resenhas escritas por desonestos que querem se promover afirmando, por exemplo, que a literatura brasileira acabou. É uma forma de o sujeito se apresentar como salvador, principalmente se for um daqueles que aspiram à notoriedade como autores.

Para quem a procura do texto ideal sempre superou a matéria da própria escrita, a experiência instantânea, cotidiana, tende a ficar desnutrida, como se uma certa recusa o impregnasse, tornando-o um cético paralisado. Estamos jogados no mundo, ciclicamente absortos por perguntas que insistem em resvalar por todos os cantos. Mas, como diz o narrador de *Um crime delicado*, "comparações, metáforas, bah!, quão ridícula também pode ser a escrita".

Sérgio concorda com seu personagem:

– É verdade.

214

Mas nem tudo é sombra. O lançamento do filme *Bossa nova*, baseado no conto *A senhorita Simpson* (1989), de Sérgio, forçou-o a sair da toca um pouco. O filme foi dirigido por Bruno Barreto e contou com Antônio Fagundes no papel de Pedro Paulo e Amy Irving no de Miss Simpson.

Ambos, livro e filme, são fábulas cariocas feitas de humor, flertes, sexo e futebol. Sérgio caprichou na fantasia amorosa; Bruno Barreto, na nostálgica homenagem a uma cidade cujo visual ainda parece compensar seu caos ulterior. Conto e filme são composições distintas, embora compartilhem melodias. *A senhorita...* é talvez a história mais descontraída de Sérgio, e está acompanhada, no livro homônimo, por outros seis contos um pouco mais difíceis de se digerir. Do processo de produção do filme, Sérgio se recorda apenas de que recebeu a quantia referente ao contrato de cessão de direitos.

Coincidentemente, o contexto de nexo nostálgico de Sérgio quando nos encontramos em seu apartamento, no Rio, já estava refletido no romance à carioca vivido pelos protagonistas de *Bossa nova*. O Rio maravilhoso do filme de Bruno Barreto é mais que nostálgico. É o Rio de sempre, o que vive na memória de brasileiros e gringos pelas razões e pelos motivos mais diversos e imponderados.

A percepção de Sérgio, porém, é outra. Ele, que já morou em Belo Horizonte, Iowa City e Paris, não perde de vista o Rio escalavrado pela má política. O terror superando a poesia. Da janela de seu apartamento no bairro das Laranjeiras, vê-se o Cristo Redentor, que lindo...

– E daqui também ouço tiroteios no Morro Dona Marta. Acho que estou fora do curso das balas.

O homem é como a cidade em que vive: o homem também não atravessa impune os agravos do tempo. Sérgio perdeu o monopólio da evidência em sua própria família. O filho, André Sant'Anna, "músico performático", revelou-se escritor inquieto também. *Amor* e *Sexo* receberam resenhas mais que generosas.

– Não tive participação na estreia de André. Não fui nem conselheiro, nem revisor, nem relações públicas. Mas gosto do que ele escreve.

A filha Paula escapou à tentação literária, mas Ivan Sant'Anna, irmão mais velho de Sérgio, falido ex-operador de Wall Street, deixou-se levar pela tentação. Meteu-se na literatura com o objetivo publicamente assumido de escrever *best-sellers* e ganhar dinheiro.

Os três primeiros livros que escreveu – *Rapina* (1996), *Mercadores da noite* (1997) e *Armadilha para Mkamba* (1998) –, todos de ficção, devem ter vendido, juntos, mais do que quase toda a obra de Sérgio, que recebeu três prêmios Jabuti e já foi traduzido para o italiano e o alemão. Em certos momentos, o inferno é ser *cult*.

– Em relação ao meu filho, não posso negar que tive uma pontinha de inveja, misturada com orgulho e satisfação. Inveja pelo fôlego dele, a força de realização própria da idade. De meu irmão, não. Ele e eu temos preocupações completamente diferentes. Já o trabalho de André tem pontos de contato com o meu – orgulha-se.

Entre outras coisas, Sérgio continua integralmente seguro de que a literatura só pode ser arte, nada mais.

– Meu modo de produzir ocorre na base da incerteza, diferentemente do de Ivan.

Há épocas em que a gente se ocupa mais que nunca com o passado. Revê as experiências que em algum momento nos custam a estabilidade afetiva e profissional.

– Na minha vida, sacrifiquei relações estáveis às vezes só para satisfazer algum desejo urgente de experimentar o novo. Hoje, não me sinto mais assim.

Em Iowa City, EUA, quando participou como convidado do Writing Program da Universidade de Iowa, em 1970, um ex-*beatnik* reconheceu diante do colega Sérgio um desejo íntimo.

– Morei em Iowa com Marisa Muniz, minha primeira mulher, e meus filhos. E o cara me confessou: "Sabe, eu queria ter tido uma família convencional". Achei estranho, no caso dele, que havia sido um andarilho. Às vezes, vivemos o oposto do que realmente desejamos.

Se dependesse só do desejo, Sérgio manteria contato mais frequente com a turma de Belo Horizonte, cidade onde morou de 1959 a 1977: Fernando Brant, Tavinho Moura, Murilo Antunes, Sebastião Nunes, Branca de Paula e outros.

– Acho que minhas amizades mais fortes ainda estão lá. Mas houve um afastamento inevitável.

Hoje aposentado do Tribunal Regional do Trabalho (TRT), Sérgio é um sexagenário por imposição das células. Sua alma, apesar das fichas que começam a cair em seu telefone psicológico, parece bastante jovem. Ou será que conservamos demais uma certa imagem dos autores que admiramos? Bem, deixemos que a arte siga sustentando a vida por via das crises e das dúvidas que os criadores perfeccionistas mais têm.[5]

2002

---

5   Em 2012, dez anos depois de eu ter escrito este perfil, Sérgio Sant'Anna lançou *Páginas sem glória*. O conto no qual ele estava trabalhando quando o encontrei é o que dá título ao livro. E começa assim: "Beleza pura também tem função? A arte deve ser aplicada? A esfera é a mais perfeita das formas?".

Para gostar de sonhar

Os causos de Antônio Barreto cumprem a promessa de ligar o interior e a capital, o passado e o presente, a *catilografia* e o iMac, a lenha e o micro-ondas, os rinocerontes e os BMWs, Pedro Malan e o humanismo. Este *cumpádi* amorenado, risonho e meio bagunçado pra falar é o mais velho das sete crias de Nhô e Doneugênia, que lhe deu à luz em Passos, sul de Minas. Até os sete anos, porém, Barreto (é assim que ele é internacionalmente conhecido em Belo Horizonte) morou em Arraial Novo, hoje Fortaleza de Minas.

Depois de muitas farras e perdas materiais e humanas, ele agora transita entre um apartamento modesto na rua Catete, bairro Alto Barroca, e uma casa de madeira no Retiro do Chalé, condomínio serrano nos arredores de BH. A casa foi ele mesmo quem ergueu, com a ajuda da eterna incentivadora Graça Sette, sua segunda esposa.

Quando visitei Barreto pela primeira vez no Retiro do Chalé, a casa estava cercada de plantas e árvores. Bichos da redondeza, como saguis, vinham bisbilhotar o sossego do poeta, para deleite de ambas as espécies. Lembro que a estrada que liga a BR-040 (BH-Rio) ao condomínio era uma serpente enroscada.

Várias vezes tive a impressão de estar numa espiral e de que ela me conduziria ao nervo central de mim mesmo, ou a um lugar que não existe, como muitos que visitei no norte de Minas, no início dos anos 1980, quando eu era projetista de redes de distribuição elétrica rural. A diferença é que, nos cafundós que frequentei, não havia uma paisagem tão viçosa quanto a da Serra da Moeda, que acolhe o Retiro.

– A estrada continua enroscada, né? – Barreto diz, sorrindo e pitando.

Desta vez, ele me recebeu em seu apartamento de Belo Horizonte, onde trabalha e dorme parte da semana. Conversamos em um escritório apertado, repleto de muitas coisas em seus lugares – devidos e indevidos. Cliquei a esferográfica e começamos a conversa num clima de reciprocidade.

Antes de tudo, Antônio de Pádua Barreto de Carvalho, 48 anos neste 2001, é escritor no mais alto grau, e talvez o mais laureado da história da literatura brasileira. Sua obra inédita e publicada já faturou mais de 120 prêmios (contadas as menções honrosas – ou "horrorosas", como ele diz) nacionais e internacionais. De pequenas e médias quantias, de repercussões ruidosas ou abafadas, por gosto ou necessidade existencial de participar, Barreto foi um verdadeiro bicho-papão em concursos de poesia, conto, romance e literatura infantojuvenil.

Ele hoje não gosta muito de falar no assunto. Acha que sua glória acabou se tornando um estigma. Ou seja, em vez de focarem e discutirem suas obras, cismaram com as façanhas do dono delas, que começou a ser procurado só por causa de seus recordes. A mídia, como se sabe, é especialista em quantidades, grandezas e esquecimentos.

Barreto é capaz de falar de suas possibilidades e limitações com conhecimento de causa e naturalidade. À distancia, reconhece pio de passarinho, percebe quando as plantas entristecem, transita facilmente pelo mundo dos adolescentes. Já fez isso em relação a sua filha única, Larissa, do primeiro casamento. É um cara sensível, despretensioso, sossegado.

Mas podemos imaginar o que significa para um jovem de 23 anos ser publicamente enaltecido em crônica pelo ídolo maior, Carlos Drummond de Andrade, em deferência às diabruras linguísticas de O sono provisório (1978), vencedor do extinto prêmio Remington de poesia. A honraria estará gravada para sempre, assim como o encontro dos dois em 1987, no Rio.

Barreto, sentindo-se o próprio capiau do interior, subia e descia com o elevador, sem coragem de bater na porta do poeta, mesmo estando tudo combinadinho. Tinha a ideia de que Drummond era um sujeito fechado, que não gostava de dar entrevistas. Mas que nada, sô! Eis que Barreto se depara com "aquela figura magrinha, simpática, olho azulim, todo assim, alegre, comunicativo, bom de piada".

— Ele me disse que escritor, pra ser bom, precisa ter vivido um monte, e que um bom só se faz depois dos 50, 60 anos. Na época, eu tinha 33 anos e andava meio desanimando, achando que batalha de escritor no Brasil é troço inglório demais. Tava pensando até em desistir. Aí o Drummond falou assim: "se você com essa idade fosse jogador de futebol e ainda não tivesse sido convocado pra seleção podia desistir mesmo. Mas pra escritor está ótimo". Aí, *cumpádi*, eu suspirei.

— Dizem as más línguas que você e o Roberto Amado, sobrinho do recém-falecido Jorge, que também estava no encontro, brigaram por causa de uma caixa de fósforos autografada pelo Drummond no dia do encontro.

— Disputamos a caixa na porrinha. E eu ganhei.

— Você já entrou em algum concurso literário por dinheiro?

— Nunca. Meu objetivo era conseguir publicar aquilo que eu produzia. Sem a Bienal Nestlé de poesia, por exemplo, dificilmente eu conseguiria publicar *Vastafala* (1988).

— Antes, as comissões julgadoras se preocupavam em argumentar e divulgar os porquês de suas escolhas. De uns anos pra cá, alguns prêmios literários importantes ou deixaram de existir, ou caíram no vazio.

– Não acho que é um problema dos concursos em si, mas reflexo de uma crise de confiança que abala todo o país, em todos os campos. O Brasil global está cada vez mais tribal. Como sempre foi, aliás – neste ponto, demos uma boa gargalhada, juntos.

Que Barreto não nos ouça, caro leitor: além do Remington e da Bienal Nestlé, ele conquistou tradicionais prêmios para novos autores como o da Petrobrás, o Cidade de Belo Horizonte, Cidade do Recife, o João-de-Barro, o Manuel Bandeira, o Tereza Martin, o Internacional da Paz (ONU), o Nacional de Contos de Paraná, o Guimarães Rosa, o da Fundação Nacional do Livro Infanto-Juvenil...

Depois do imprescindível primeiro café, Barreto subiu no palanque imaginário que criamos e leu para mim um fragmento de seu discurso moroso:

– Por uma literatura capaz de transformar a realidade brasileira em todos os seus aspectos, segundo o consenso e as necessidades encontradas no seio de seu povo, ou seja, em todas as suas classes, principalmente as oprimidas.

Explico: em 1977, Barreto e um grupo de amigos redigiram um manifesto. Sim, o Manifesto Neo-Realista Brasileiro, no qual propunham uma literatura: que fosse o retrato do povo brasileiro, da sua tragédia e de suas aspirações; que buscasse uma linguagem direta e acessível a todas as faixas sociais, culturais e econômicas; pela denúncia, contra o silêncio; pela verdade, contra o superficial; livre e libertária, que não se intimidasse frente a pressões estéticas; nacionalista, mas não fascista, xenófoba, populista ou demagógica; pela comunhão dos povos e das culturas; contra o colonialismo e o imperialismo.

Ele é de um tempo – não tão remoto, por incrível que pareça – em que artistas trocavam ideias. Reuniam-se para discutir arte e fundamentar críticas a seus pares ou a sujeitos de geografias distantes, mortos, vivos ou sobreviventes do mesmo sufrágio. Ele e os seus eram tipos inquietos, boêmios, faladores, românticos, batalhadores, geniais em seus desatinos.

Acima de tudo, pretendiam furar o "bloqueio" das editoras do Rio e de São Paulo e mudar os parâmetros da literatura ensinada nas escolas, que não conseguiam ir além do período romântico. Lutavam por um mundo menos vitimado pela autoridade, pela soberba e pelo elitismo. Mais: lutavam pela regulamentação da profissão de escritor. Uai, se todo mundo ganha pra fazer o que faz, por que escritor não pode ganhar?

— Vocês viviam numa espécie de laboratório a céu aberto — comento.

— Sim, a gente experimentava, discutia os textos uns dos outros. Nos anos 1960, em Passos, nossa patota era adolescente ainda, mas antenada com o mundo. Conhecíamos concretismo, realismo mágico, etecetera.

— Eram filiados a partido político?

— Alguns amigos meus, sim. Eu nunca fui. Mas era de esquerda. Na verdade, sou ainda, mas isso é muito mais uma retórica do que uma definição clara da minha pessoa. Os tempos mudaram.

— O que mudou?

— Hoje percebo embotamento das pessoas pra lidar com o texto alheio, pra adquirir experiência com o mundo do outro, com a natureza do outro. Nos anos 1970 e parte dos 80, tínhamos necessidade de aprender quem fundou o quê.

— Têm-se a impressão de que não há espaço no mundo para tantos umbigos.

— É verdade — sorri. — E isso é terrível. A perda da capacidade de aprender afeta a sensibilidade. A experiência com a obra alheia, despida de mesquinharias, é extremamente importante na carreira de um artista. Perdemos, por exemplo, a noção de mestre. Os autores pouco se encontram, pouco interagem. Vivem com a sensação de que precisam reter tudo, cada informação, a cada minuto, a ponto de se descontrolarem ao perceber que não é possível digerir a "máquina veloz" toda. Vejo uma ansiedade danada de enfrentar tudo, de ser original o tempo inteiro, de ser "global".

– Qual a consequência disso tudo? – pergunto.

– Uma delas é não conseguir se deter em nada. Cair em dispersão.

– Como assim?

– Não conseguir parar para observar, selecionar, autodesenvolver-se. A velocidade é inimiga da contemplação. Acho que o melhor é selecionar com calma uma coisa e se deter nela.

– Você viveu épocas bastante distintas. Enfim, parece que faz muito tempo, mas, na verdade, foi ontem, coisa de 25, 30 anos atrás. Você é de um tempo em que se construíam grandes amizades, em que havia muito coleguismo entre escritores. Pergunto: e a amizade, ela também está em falta no mercado global?

– Até há pouco tempo, a literatura era feita entre amigos. Hoje, não sei. Drummond dizia que nenhuma literatura supera a amizade. A vida vem antes. Mas parece que os escritores estão mais preocupados em ingressar na engrenagem do mercado, não se importando muito com as regras impostas a eles.

Hoje, Barreto tem plena consciência de que a era dos manifestos acabou. Não há mais dadaístas, concretistas, surrealistas, etc. tentando dar as cartas. Muita gente se encantou com os discursos dos grupos de vanguarda. No fim, restou-nos apenas uma certeza: a de que há cada vez mais trabalhos artísticos e menos soluções para os problemas do mundo. Por outro lado, cadê a utopia?

Barreto adaptou a ideologia socialista dos anos 1970 à era digital. Continua escrevendo muito, mas também trabalha com afinco pela formação de cidadãos mais capazes de ler o mundo, no sentido amplo do termo. Sonha com estudantes mais críticos e atuantes.

Para ler o mundo (2001), em parceria com as professoras Graça Sette (a esposa), Maria Ângela Paulino e Rosário Starling, é um livro concebido para provocar a curiosidade dos alunos de 5ª a 8ª séries[6]. A salada linguística e cultural de *Para ler o mundo* inclui clássicos literários, textos jornalísticos, música, publicidade, charges, tirinhas, caricaturas, bulas de remédios, cenas de filmes, causos, lendas, mitologias, fatos, discursos.

Não é a primeira contribuição de Barreto "para um futuro melhor". O mesmo grupo de quatro inquietos pesquisadores já produziu *Transversais do mundo: leituras de um tempo*, pelo qual receberam o prêmio Jabuti de 2000. *Transversais*, na verdade, é um excitante estudo de 28 das 122 crônicas que Barreto publicou no jornal *O Estado de Minas* entre 1997 e 1999, quando ocupava meia página domingueira do caderno de cultura para falar de ética, cidadania, sexualidade, consumismo, ecologia, arte, imigração e outros temas ligados ao comportamento humano e desumano em geral.

— Barreto, já ouvi muitas insinuações de que ficcionistas, poetas e ensaístas invadiram a praia dos livros didáticos e ocuparam um espaço que não lhes cabe. Você se considera um forasteiro no campo dos didáticos?

— De jeito nenhum. Acho interessante os ficcionistas contribuírem. O trabalho fica mais criativo e prazeroso. A gente acaba bolando exercícios e atividades que fogem ao padrão do pensamento estritamente racional. Esse tipo de contribuição, aliás, é histórica. Um processo mundial. Monteiro Lobato escreveu livros didáticos. Olavo Bilac também.

---

6   Essas séries mudaram de nome e hoje são 6° a 9° ano.

E hoje temos Ruth Rocha, Anna Flora, Rosa Cuba Riche, Ziraldo e muitos outros. Fora do Brasil, Umberto Eco, Italo Calvino, Gianni Rodari, Ruggero Pierantoni e John Updike também já passaram pela mesma experiência.

O contexto da infância de Barreto também parece distante no tempo, embora tenha acontecido ontem. Ele sempre fez poesia com a vida, o que facilita a sua entrada no universo dos moleques. Quando garoto, inventava palavras, observava formigas, imitava *passarim*, jogava bola de gude, foi ponta esquerda no futebol (consta que, numa mesma partida, marcou dois gols e defendeu um pênalti). Pescava baleias no rio Grande, caçava lobisomem na mata, nadava pelado em córregos, conversou com *vagalovnis* (cruzamento de vagalume com disco-voador). Como demorou a conhecer o mar, fugiu pra lua. Leu e releu tudo o que lhe caiu nas mãos, viajou meio mundo de carona, de camelo, de avião, de navio, a pé.

Até hoje é assim, movido a energia cósmica, pronto para se perder e se encontrar. Mas fique um tempo de olho em sua cara redonda, risonha, e Barreto transmitirá uma serenidade incomum. Como é comunicativo, a molecada faz festa com ele; ninguém toma tento. Como é bonachão, macaquim vem comer na sua mão. Seu *Brincadeiras de anjo* (1987), entre dezenas de obras infantojuvenis, já vendeu mais de 160 mil exemplares. E o romance juvenil *Balada do primeiro amor* (1997), na 16ª edição, vai virar filme nas mãos de Geraldo Veloso e Aluízio Salles Jr.

Barreto é culto, não intelectual. Compreende o mundo entregando-se a ele por inteiro. Paletós de analistas aprumados, frios e distantes não servem neste escritor. Se lhe perguntássemos, por exemplo, qual é o sentido da vida, Barreto certamente responderia algo mais ou menos assim: ir vivendo.

Já foi engraxate, cobrador de ônibus, verdureiro, vendedor de enciclopédia malsucedido, estudante de História, de Letras e de Jornalismo, líder estudantil, fundou associações de escritores, foi cronista do *Estado de Minas* e júnior na turma da revista *Inéditos*, com Oswaldo França Júnior (vizinho, amigão e falecido), Murilo Rubião, Roberto Drummond, Luiz Vilela, Luiz Fernando Emediato, Sérgio Sant'Anna, Ivan Ângelo e outros.

– Por que você acha que a mídia de circulação nacional não gosta de autores bem-humorados, "de bem com o povo", como você?

– Durante entrevistas, percebia que esperavam de mim um sujeito sisudo, que soubesse me classificar, falar criticamente da minha obra e opinar sobre todos os assuntos. No geral, sou mau marqueteiro. Não fico ligando pros caras dos suplementos de cultura, por exemplo. Pra nada. Meu negócio é escrever. Tem editora que aprova o que eu faço, outras que não aprovam. Nada mais posso fazer.

As editoras de infantojuvenis e didáticos trabalham com a noção – bastante ultrapassada, aliás – de "um escritor-padrão para uma criança-padrão". O autor tem de contar o óbvio e quase dar plantão nas escolas. Se possível, plantar bananeiras, fazer graça, fingir que é criança para conquistar pela exterioridade.

– Aos olhos do mercado editorial, crianças são iguaizinhas aos pais. Não têm tempo e não gostam de ler.

– Criam restrições por causa disso?

– Já me pediram pra abolir certas metáforas, pra não deixar os professores, em geral despreparados, lidar com textos "acima da média". Ah, tem mais: pedem pra mesclarmos personagens conforme o momento, seguindo o politicamente correto, e com narrativas lineares.

Ao que parece, estão minando a verve legada por Ana Maria Machado, Lygia Bojunga Nunes, Sylvia Orthof, Ruth Rocha e Monteiro Lobato, para citar apenas alguns autores infantojuvenis de qualidade. Hoje, manda o esquema autoexplicativo de *Harry Potter*, que, segundo Barreto, atende a todas as demandas do comércio internacional.

– Se esquecem de que qualquer história infantil pode ter uma carga poética sedutora. Prefiro não sofrer com isso, até porque a minha linguagem fundadora é a poesia. Seja história pra criança, seja pra adulto, primeiro eu penso ela em versos. Só com o tempo transponho a história pra prosa.

Em maio de 2001, Barreto publicou outros dois livros infantojuvenis – *O menino que não sonhava só* e *Zoonário* – por uma editora recém-criada com uma proposta inovadora, a Mercuryo Jovem. Toda a obra de Barreto construída supostamente para jovens está nos catálogos do International Board of Books for Young People, da Unesco.

Eis que o que parecia a sorte grande do poeta se transforma numa enrascada. É o seguinte: no final dos anos 1980, o eterno autor-revelação do Brasil passou a ser visto como uma grande descoberta da editora do velho José Olympio (1902-1990), imortal caçador de novos talentos.

Encantaram-se com *A guerra dos parafusos*, vencedor de vários prêmios Brasil afora – ops, falei. Contrataram o romance demolidor, o balaço que Barreto vinha guardando fazia dez anos para realizar seu sonho de finalmente romper as "barricadas" que haviam se formado ao redor do mercado editorial brasileiro.

Achou que, com a acolhida positiva que o livro tivera antes, iria poder desengavetar sua produção até então: três novos romances, uma coletânea de contos e três coletâneas de poesia, entre elas *Ópera das máquinas* e *Urro*, todos premiados (uh, escorreguei de novo!). Pois engavetados ainda estão, agora por opção. Barreto é um cara superexigente.

– Confio no meu taco como autocrítico porque sei que pratico experimentalismos que requerem mesmo um certo tempo de gaveta. Pra alinhar e balancear as quatro rodas, entende?

O velho "Jotaó", como José Olympio era conhecido, deve ter-se remexido no túmulo, porque seus seguidores lançaram *A guerra dos parafusos* (1992) com força. Mas, paradoxo dos paradoxos, essas coisas que até Deus duvida, não conseguiram fazer uma distribuição decente do livro, que acabou imerso numa zona escura. Muita gente conhece *A guerra*, mas quase ninguém o leu. Um daqueles fatos inexplicáveis que hoje a gente fica tentando explicar.

Depois desse episódio, Barreto foi outro. Enveredou por outras paragens, perdeu-se, bebeu todas, desiludiu-se. Mas aguentou o tranco. Ergueu a casa no muque. Poeta precisa de casa. Sem uma, fica ainda mais difícil mitigar os embaraços.

Na euforia, talvez Barreto tenha se esquecido de que *A guerra dos parafusos* não é propriamente um livro fácil. Ele brinca com gêneros como o faroeste e o policial; faz paródias e referências a textos bíblicos; alterna vários focos narrativos, em primeira ou em terceira pessoa; os personagens se mimetizam, compõem epígrafes que desfecham; há relatórios, documentos, fichas médicas de pacientes loucos, histórias dentro de histórias; linguagens metidas, gírias de peão de obra, empáfias; colagens de jornais e pastiches se misturam num todo que parece recusar permanentemente qualquer sinal de elitismo. Por incrível que pareça, deu calmaria a um verdadeiro turbilhão.

O super-romance de Barreto trata da incômoda transposição de um bando de sujeitos aparentemente comuns da cidade grande para o deserto, em defesa contra a recessão no Brasil e bem no meio de uma guerra paranoica. Narra a solidão no exílio e avisa, na primeira página, que tudo mais ou menos pode ser resumido em um "Folhetim picaresco e tragicômico sobre a solidão ferroviária dos andarilhos da pátria estacionada, ou Pequeno Manual de Sobrevivência no Inferno".

Entre o Brasil e o multicultural acampamento das obras da autopista Bagdá-Akashat, em pleno deserto, muitos bra-

sileiros iam e vinham, como peões (parafusos), funcionários administrativos (porcas) e graduados (arruelas). Barreto era então projetista-desenhista, seu ganha-pão durante
décadas, e entrou no páreo entre 1980 e 1982, em plena
guerra Irã-Iraque.

Socou, levou, testemunhou, divertiu-se. Arrastou a pele
na areia tórrida do deserto. Atirou-se tão de corpo e alma
na empreitada, pela qual recebeu US$ 6 mil de adiantamen-
to e uma bolsa da Fundação Vitae, que se afastou do mundo. Guiava-se, entre outras coisas, pela ilusão de exorcizar
todos os seus fantasmas, de cuspir o coração pela boca.

O que foi é também o que não foi, não o que deve ser.
A partir de Bagdá e Ramadi, como funcionário da hoje fa-
lida Construtora Mendes Júnior, Barreto conheceu os múl-
tiplos mundos que comporiam seu épico sobre os patíbulos
da solidão e da loucura. *A guerra* é tão visceral que adquiriu vida própria mesmo contra a vontade do diabo. Seus
personagens são inesquecíveis, como o desgraçado opera-
dor de máquinas pesadas Pedro Marráia, "parafuso" que de
vez em quando crava suas impressões de *insider* em meio às
várias falas que se sobrepõem no texto:

> *O ônibus em movimento. O sol e o calor do meio-dia transfor-*
> *mam o pau-de-arara num forno. Tiramos as camisas. Masca-*
> *renhas manda vestir de novo. Vai ter mais revista pela frente?*
> *Pode ser. Comemos o rancho das marmitas e o pão com sala-*
> *me. Caravanas de camelos continuam passando ao longe, entre*
> *colunas de tanques, baterias e canhões. Bebemos água ferven-*
> *do. É o inferno! Nem dá vontade de arrotar. Então percebemos*
> *que, às vezes, o deserto se abre na distância. E de dentro dele*
> *saem aviões, que rugem sobre o teto dos ônibus, em vôo rasante.*
> *Os peões se amedrontam, gritam por socorro e choram. É o fim*
> *do mundo, meu Deus! O que é que eu vim fazer aqui? Igual-*
> *zim tanajura saindo do cupim! Tirem-me daqui, tirem-me da-*

qui! *Passamos por uma aldeia. Abu-el-Jir. Dois cadáveres pendem de uma forca, ao lado da estrada. Jeguinho vomita, passa mal. Leondes faz o pelo-sinal, e puxa uma novena pela alma deles. Cheiro insuportável de carne humana podre. Mascarenhas manda o motorista árabe pisar fundo no acelerador. O vento quente se entufa pelas janelas abertas, queima o rosto e a alma. Os peões dormem de novo, vencidos pelo calor. "Minh'alma agora é deles", penso. "Seja o que Deus quiser." Um lobo do deserto cruza na frente do ônibus, com uma cobra presa entre os dentes. O motorista árabe freia e xinga alguma coisa. Ninguém acorda. Parecem mortos, escornados uns sobre os outros. Escombros de uma guerra que mal começou. (...) Carregam minha mala e entramos por um corredor. No fundo do corredor, um quarto. No quarto, uma cama. E na cama desmorono os escombros do que restou da primeira batalha. A rosca espanada de um parafuso bambo, frouxo, usinado em torno da solidão. A engrenagem ruge. Engato uma ré e o trator se desmonta.*

Saddam Hussein demorou a cair. Criaturas desvairadas continuam causando desordens e mortes nas nevralgias do Oriente Médio. Fanáticos religiosos agora invadem jatões no Ocidente não para pedir resgates, mas para estilhaçarem-se eles próprios contra edifícios monumentais, levando consigo outros duzentos, talvez trezentos inocentes.

Mas o mundo certamente não é feito só de desertos. Porque, quando a gente quer, a gente identifica um sabiá cantando às cinco da manhã, como faz Barreto quando acorda; nota as esquadrilhas de maritacas cruzarem ruidosas o céu e nem pensamos em aviões de combate ou toques de recolher; enfia a cabeça debaixo de uma cachoeira gelada e esquecemos as bombardas.

Hoje, Barreto periodicamente passa em revista às tropas de paz aquarteladas no Retiro do Chalé, na vistosa Serra da Moeda: sabiás, tangarás, jacus, canários, lagartos, gambás, macacos, corujas, tucanos, maritacas, quatis, jaguatiricas, borboletas e formigas vêm se apresentar para a ordem-unida. Saúdam o menino que brincava com os anjos e que nunca sonhou só.

Cinco da matina no Retiro, cinco da tarde em Gordólia, o país de mentira de *O menino que não sonhava só*, onde o lema das pessoas é "quanto mais se sonha, mais se come". Barreto já plantou uma nova muda:

As pessoas também são de mentira, mas fazem de conta que é tudo verdade. Sabe por quê? Porque precisam sonhar, inventar, imaginar as coisas, para continuarem vivas. Por isso esse lugar se chama só assim: Imagina Só. Toda tardinha, em Imagina Só, as pessoas se reúnem nas portas de suas casas. Essa reunião é para cumprir uma tarefa muito importante: contar casos, contar sonhos. Sonhos e desejos que cada um tem para o dia seguinte...

Quais os seus?

2001

Em nome dos pássaros

"O ESFORÇO DE um Homem deve exceder o seu alcance./ Ou, então, para que o céu?", escreveu o poeta inglês Robert Browning (1812-1889). Johan Dalgas Frisch e seu filho único, Christian, são ecologistas brasileiros em franca atividade. Têm em comum a determinação, o idealismo e uma paixão sem limites pelos seres alados. Os pássaros são testemunhas oculares das façanhas dos dois em florestas brasileiras.

Sabe o que eles fizeram mais recentemente? Um "curso de padre" (*risos*) durante dois anos só para atualizar e aperfeiçoar a terceira edição do clássico *Aves brasileiras*, publicado primeiramente em 1964 e ilustrado pelo dinamarquês Svend Frisch, pai de Johan, avô de Christian. Curso de padre? "Sim [*risos*]. Estudamos grego e latim mais de dois anos para traduzirmos os nomes das espécies para o português", diz o trovejante sr. Dalgas.

Até 1964, quando saiu a primeira edição, pouquíssimas das cerca de duas mil espécies e subespécies de aves conhecidas no Brasil estavam retratadas na literatura especializada. "Um fato paradoxal porque o Brasil detinha a maior diversidade de avifauna do mundo. Talvez por isso nossa obra mobilizou as atenções de imediato. Para nossa surpresa, a primeira tiragem de 5 mil exemplares se esgotou rapidamente."

Agora são 1.800 espécies (200 a mais do que na segunda edição), catalogadas e ilustradas com fotos de Christian e desenhos do Svend Frisch (1885-1969). Para cada um dos nomes científicos, Christian pesquisou uma expressão em português para captar "o genuíno significado das pri-

235

meiras descrições da ave"; mapas indicam a região de incidência das espécies mais raras; e há uma lista de flores, árvores e arbustos que atraem pássaros. "Muito fáceis de cultivar", diz Christian.

Aves brasileiras e plantas que as atraem (Editora Dalgas Ecoltec, 3ª edição) veio a público acompanhada de *Aves brasileiras: minha paixão*, autobiografia do sr. Dalgas, engenheiro paulistano de 76 anos. Ele é pioneiro na gravação de cantos de aves na América do Sul. Lançou dezenas de LPs e CDs com cantos de pássaros. O LP *Cantos de aves do Brasil* (1962), hoje disponível em CD, ficou dezoito semanas consecutivas em primeiro lugar na lista dos mais vendidos do país na época. Até John F. Kennedy louvou-o em discurso, ao receber uma cópia pelas mãos do ex-presidente João Goulart.

Já o LP *Vozes da Amazônia com o lendário canto do uirapuru* (1963) projetou sr. Dalgas mundialmente. Para quem não sabe: "O uirapuru só canta durante cinco minutos por ano, no início da estação das chuvas". Depois de passar meses à procura dessa ave rara na região amazônica, sr. Dalgas foi parar no Acre. "Mas não chovia por lá fazia uns três meses!" Ao anoitecer do mesmo dia em que chegou, começou a cair uma chuva imprevista, com gotas grossas, pesadas. "Na manhã seguinte, a floresta inteira cantava. O índio que me guiava garantiu que o uirapuru havia cantado também."

Como o ouvido de sr. Dalgas está para o canto das aves como o de Beethoven para a música, ele era o homem certo no lugar certo e com uma dose exata de boa sorte. Instalou sua parafernália de gravação, com uma parabólica que ele mesmo inventou, e se concentrou. Veio o "milagre": um pássaro pequenino pousou no equipamento. "Parece um tico-tico", disse o sr. Dalgas. "É o uirapuru!", sussurrou o índio. O uirapuru voou para um galho e logo começou a cantar.

"Assim que o uirapuru parou de cantar, voltei a fita e reproduzi o canto. A avezinha ficou um pouco nervosa com o som de sua própria voz, suas penas se arrepiaram e passou a cantar uma melodia totalmente diferente da primeira. Repeti o mesmo procedimento outras vezes e, ao final, consegui gravar oito cantos diferentes. No dia seguinte, retornei ao mesmo local e consegui gravar os mesmos cantos. Foi uma das maiores emoções da minha vida."

De canto em canto, de disco em disco, de livro em livro, sr. Dalgas foi criando uma rede de contatos com celebridades nacionais e internacionais, como o bilionário Nelson Rockefeller, ex-prefeito de Nova York, o general Charles Lindbergh, o aviador que realizou o primeiro voo sem escalas de Nova York a Paris, e Assis Chateaubriand, dono dos Diários Associados, então embaixador do Brasil em Londres. O apoio de presidentes, reis, empresários e intelectuais abriu-lhe portas e ampliou sua luta pela preservação ambiental.

A criação do Parque Nacional Montanhas do Tumucumaque, nos estados do Pará e Amapá, por exemplo, foi articulada pelo sr. Dalgas. Trata-se de um paraíso de 3,8 milhões de hectares, área do tamanho da Bélgica. "É o maior parque de floresta tropical do planeta", orgulha-se. Mas sr. Dalgas interferiu também no ambiente urbano. Certa vez, detectou que o número de espécies de passarinhos na selva paulistana diminuíra de 200 (em 1930) para meia dúzia (em 1964). Com campanhas no rádio e na TV, estimulou os habitantes a plantarem amoreiras, pitangueiras, jabuticabeiras e abacateiros. "Em vinte anos, as árvores ficaram adultas. Hoje, São Paulo tem muitos sabiá-laranjeira e sanhaço."

No final de 1998, ele partiu para os Andes, entre a Colômbia e a Venezuela, a uns 3 mil metros de altitude, à procura do beija-flor bico-espada, cujo bico pode atingir 12 centímetros, ou seja, ser mais comprido do que todo o corpo. Muitos o consideravam extinto, mas sr. Dalgas "sabia que não era verdade". "O bico-espada adora a coruba, uma árvore da família do maracujá", diz Christian, que captou uma foto bela e inédita do bico-espada.

Humanistas, os Dalgas Frisch aprendem com seus enfrentamentos. "Em minhas primeiras viagens, aprendi que, nas florestas brasileiras, há pássaros que são verdadeiros compositores. Têm estilo próprio. Variam o seu canto por tempo mais prolongado que outros da mesma espécie, e com múltiplas modulações. Especialmente os sabiás", conta o sr. Dalgas. Os pássaros precisam de outros pássaros à vista e de sujeitos destemidos como os desta saga dinamarquesa de sangue *viking* encabeçada por Enrico Mylius Dalgas (1828-1894), que organizou o reflorestamento de uma vasta região desértica da Dinamarca: a Jutlândia.

Hoje em dia, está fora de questão praticar *birdwatching tour* (turismo de observação de pássaros) no Brasil sem levar para o mato os livros (e talvez até os discos) de Johan Dalgas Frisch, titã da ornitologia mundial. Sr. Dalgas acha que o Brasil já possui infraestrutura para receber *birdwatchers* estrangeiros, os mais capazes, atualmente, de bancar o alto custo dessa modalidade de ecoturismo.

"No Pantanal e na Amazônia, regiões mais procuradas pelos gringos, tem hotel chique até demais." Um presidente de multinacional teve a honra de sobrevoar o pantanal com Johan em um combalido avião Cessna 180. "Voamos baixo a ponto de ver tuiuiús no ninho", diz, superexcitado.

2006

Artesão do consolo

UM CIDADÃO TÍMIDO, solteirão e autodidata circula pelas ruas do centro do Recife em horários regulares. O que se sabe é que o tal é um senhor que expõe o grisalho ao ensolarado nordestino a partir do número 105 da Sete de Setembro, uma rua descontínua e dificultada, estreitada por ambulantes que a enfeiam com restos de tudo o que a civilização industrial produz sem pagar impostos.

Gilvan Lemos, 72 anos neste 2001, é o generoso senhor que emerge e imerge silenciosamente nesse burburinho suado. Está tão dentro e tão fora do cenário que talvez nem perceba mais que os odores do arredor se diversificaram a ponto de não mais exalar; que as paredes descascadas dos edifícios passaram, contraditoriamente, a embelezar o cenário; que as anacrônicas grades de ferro das portas e janelas não protegem nada, embora transmitam uma doce ilusão de segurança.

No décimo-segundo andar do vaivém, os vizinhos conhecem o velho e bom Gilvan, que escreve por vício e prazer, sem martírios. Mais precisamente: escreve ficção, gênero que tem levado pernada dos tempos (os novos e os antigos) como vira-lata em porta de botequim. A literatura de ficção parece que já aprendeu a gostar de apanhar. Foi-se o tempo em que admiradores esperavam os grandes autores na porta das leiterias da Rua do Imperador, como fazia o próprio Gilvan para ver José Lins do Rego.

– Escritores eram como artistas de cinema.

Há um consolo, entre os muitos de Gilvan: os poetas de hoje estão em pior situação e são capazes até de responder mal a quem gritar "ô, poeta!", ou mesmo sair correndo. Gilvan está a salvo da suspeita de inutilidade que ronda os cabras cantadores armados de verso.

– Na fossa ou apaixonado, nunca me atrevi a escrever poemas.

Mas já publicou duas dezenas de livros, entre eles os romances *Noturno sem música* (1956), *Emissários do diabo* (1968), *O anjo do quarto dia* (1976), *O espaço terrestre* (1993) e *Morcego cego* (1998). Uma boa obra (quando persistente, coerente e gratificante) dissipa qualquer aura folclórica.

Gilvan é um escritor nordestino e obscuro, como ele próprio se define. Mas não cultua a reclusão. Aconteceu de, desde muito cedo, as negativas lhe calharem. Sua vida é feita de *nãos* no atacado e *sins* no varejo. Não o turvaram, por exemplo, os holofotes da fama; não o seduziram os movimentos, os encontros, as conferências, os debates e as noites de autógrafos (nem as de seus próprios livros), tampouco as academias e as sociedades de letras; nunca teve os amigos certos, os pistolões, as cartas de recomendações, os "QIs"; diplomas escolares, apenas o do curso primário – isso por culpa da oportunidade, ou melhor, da falta de.

Filhos? Não. Esposa? Não também. Parou de fumar? Para sempre, não.

Nada de incompatível, nada de inviável até aí. Outros *nãos* melhores se impuseram às margens do Rio Capibaribe, que pode ser visto da janela do apartamento de Gilvan em Recife: o atacado não lhe pesa nos ombros; as demoras para obter *sins*, por correio ou telefone, não ferem sua dignidade; o silêncio às vezes ignorante dos críticos não arranha sua lentidão certamente incomum nesses tempos em que é preciso ficar tagarelando sobre a própria autoimagem, engolindo a previsibilidade dos *métiers* a fim de obter um espaço de divulgação literária que vem sendo reduzido em um crescente.

Quer saber? Gilvan é um sujeito resoluto:

— Minha capacidade de influenciar pessoas ou fazer amigos é nula. Perdi a esperança de ser famoso, passou minha vez.

Mas ele diz isso entre dois risos ingênuos, tendo o autorretrato na parede da sala como segunda testemunha. O autorretrato também vê o Capibaribe, e daqui quase dá para ver o atual prédio do INSS (antes IAPI, depois INPS), onde Gilvan trabalhou décadas até aposentar-se (1980) e poder apenas ler e escrever, o que de melhor a escola pôde lhe ensinar nos anos 1930.

A vida de funcionário público o poupou dos calos que marcam a maioria de seus contemporâneos de São Bento do Una, onde nasceu, em 1928. Naquele tempo, a lenha estalava no fogo, areavam-se as panelas até virarem espelho, mulheres transitavam com trouxa de roupa na cabeça, bacamartes estrilavam à toa.

Os calos de Gilvan são de outra natureza. São de labutar com as palavras desde muito cedo, de lutar pelos meios, não pelos fins, de começar ilustrando revistas de histórias em quadrinhos com pena comum e tinta Sardinha. O garoto caçula dos cinco irmãos já desejava piamente virar autor e desenhista de histórias em quadrinhos. Optar pela escrita foi conveniência.

— Era mais fácil porque não precisava desenhar.

A mãe costurava tendo sempre ao lado da máquina algum romance clássico, que Gilvan apanhava de em vez em quando como bisbilhoteiro mirim.

Aos 15, não precisou mais interromper as leituras da mãe. Empregou-se no escritório de uma fábrica de laticínios, da qual um dos sócios era o pai do cantor e compositor pernambucano Alceu Valença. O salário era consumido em livros pedidos via reembolso postal. Dos brasileiros, leu primeiro José Lins do Rego, Érico Veríssimo, Graciliano Ra-

243

mos, Jorge Amado e Lúcio Cardozo. Em São Bento do Una não tinha biblioteca, nem jornal, nem livraria.

— Só um cineminha com três sessões por semana.

São Bento do Una, agreste meridional de Pernambuco, entre Caruaru e Garanhuns. Duzentos e trinta e nove quilômetros do Recife. Lá havia muitas cobras. São Bento é o santo delas, as cobras. Una é o nome do rio que deveria banhar a cidade. Não o faz mais porque padece de secura. Curioso (para as gentes do centro-sul) que frentes frias possam importunar o inverno de uma cidade naqueles paralelos equatoriais.

— Pois a temperatura em São Bento do Una pode chegar a 10 graus!

Nos anos 1940, a viagem até o Recife custava um dia inteiro. Enfrentavam-se cabras e lagartos. Para um aspirante a escritor, ir para a capital era destino encouraçado. Mas, até chegar o infalível dia, era preciso contornar as carências culturais e materiais de seu mundo. Gilvan diz que tem saudade da terra natal. Mas vivia contrariado lá: tinha a doença dos seus olhos, a pobreza da família, a cidade atrasada, a falta de estudos e de perspectivas. Salvou-se lendo; lendo e escrevendo.

— Lia e escrevia desordenadamente, orientado apenas por minha irmã mais velha, que era um pouco menos ignorante do que eu. Foi ainda em São Bento do Una que publiquei meu primeiro conto na revista *Alterosa*, de Belo Horizonte, e me tornei gênio municipal.

— Ficou badalado? — perguntei, discretamente.

— Sim. Passei a escrever crônicas para o serviço de alto-falantes da cidade. Vivia sob uma ansiedade tremenda, sonhando e sonhando em ser escritor.

— Um escritor por todos os poros?

— Não, era só por dentro. Por fora, eu era um rapazola normal. Participava dos bailes do União e jogava de ponta-direita no Comércio Sport Club.

Gilvan saiu de São Bento do Una aos 21 anos, sem nenhum lastro cultural, sem curso ginasial (muito valorizado na época), sem convivência literária ou experiência de vida metropolitana. Chegou no Recife com 21 anos incompletos e estranhou.

– Ganhava pouco na SulAmérica Seguros de Vida e me faltava uma convivência afetiva. Desde 1952, passei a pertencer aos quadros do ex-IAPI, onde ingressei por concurso público. As finanças também melhoraram. Só a partir de 1956, com a publicação do meu primeiro romance [*Noturno sem música*], comecei a me relacionar com gente da literatura.

Nem os sumidos escapam do esbarrão de algum titã literário. Gilvan trombou com dois que tiveram grande importância em sua vida: o escritor também pernambucano Osman Lins (1924-1978) e o ex-diretor da editora Civilização Brasileira, Ênio Silveira (1925-1996). Ambos o apadrinharam espontaneamente, sem maquinações.

Sabe esses prêmios literários que não repercutem (um problema que não pode ser só dos prêmios) no Brasil? Pois nos anos 1950 repercutiam um pouco mais. Um desses prêmios – o da Secretaria de Educação de Pernambuco, em 1952 – chocou-o com Osman Lins, seu ídolo, no segundo lugar da classificação geral.

Quatro anos depois, quando *Noturno sem música* foi lançado, Osman escreveu em *O Estado de S. Paulo* este outro bem-guardado consolo: "Dentre todos os romancistas novos que conheço, Gilvan Lemos é talvez o que parece mais prodigamente dotado. É um dos pouquíssimos romances de autor novo que merece leitura e comentário".

Antes de deixar São Bento do Una, Gilvan cogitou de ir direto para o Rio de Janeiro. A mãe o amedrontou: você vai sofrer muito; além de perigoso, tem a tuberculose. Presta atenção, Gilvan, ou você vai pegar tuberculose! Praga de mãe é fogo a lenha. O submisso Gilvan acabou mudando de ideia.

– Eu então ficaria no Recife mesmo. Por uns anos, até me adaptar à vida em cidade grande. Depois, sim, iria para o Rio.

Em 1953, houve a perspectiva de uma permuta com um funcionário do IAPI interessado em se mudar para Recife. Mas a notícia do câncer da mãe veio quase junto. Gilvan ficou – e ainda está – no Recife, sem condições de evitar alguma forma de reconhecimento pelo que produziu até hoje.

– Se digo que perdi a vez de ser famoso, não me refiro a obter dinheiro ou bajulação. Apenas gostaria de não ter de me preocupar se meus livros serão publicados e quando. Esse tipo de espera, na idade em que estou, é torturante.

Depois da publicação de *Morcego cego* (1998) pela Record, Gilvan contava que seu sarcástico *Vingança de desvalidos* fosse para o prelo em seguida. Não foi. Luciana Villas-Boas, diretora editorial da Record, ligou dizendo que, tendo em vista aquelas séries incontáveis de milhões de acontecimentos, só seria possível publicá-lo em 2004 (estamos em 2001, lembrem-se).

– Estarei muito mais velho até lá.

Gilvan achou que *Vingança de desvalidos* não devia esperar muito porque trata de tema atual. Preferiu então conceder os direitos autorais a uma editora do Recife. Publicaram a obra que ilustra, em linguagem chula, as agruras da classe média, os apertos, a desesperança ao final da era FHC. A obra tem sabor popularesco. A vingança está em se reunir habitualmente na Leiteria Vitória para beber cerveja e falar mal do governo. Irônico, cáustico e rude, como Gilvan talvez jamais seja na vida. Ele parece incapaz de vingar uma mosca.

– Tinha de ser em linguagem rude. Colhi as críticas nas ruas, prestando atenção nas pessoas.

De modo geral, seus livros não seguem esquematismos. Gilvan não se curva às vertentes memorialísticas, aos desgastes do embate ideológico, à matriz do paternalismo político, ao maniqueísmo rasteiro, às revoltas organizadas por jagunços e às bárbaras repressões dos coronéis.

A antropologia do tempo, porém, inquieta-lhe. O ótimo *Espaço terrestre*, por exemplo, é uma irresistível história de várias gerações de uma família luso-tropical que funda Sulidade, misto de São Bento do Una e Macondo. O que prevalece, entretanto, é o fulcro de uma espécie de *Casa Grande & Senzala* Pré-Terceiro Milênio.

Há os chistes, os sujeitos desalmados, relevos, vegetações, fauna, flora e geografia próprias. Mas sem releituras pós-modernas. Por que inventar demais se, na verdade, pouca coisa mudou muito? Tem isso, o Brasil é um país imenso que sobrevive estreitado. Sazonal em seu desenvolvimento, o país de Gilvan sofre de secura como o rio Una. A diferença é que às vezes transborda. A ficção de Gilvan Lemos lida com um Nordeste atrasado em itens já resolvidos até nos grotões do Centro-Oeste.

– O mais confortável, para mim, é o neorregionalismo autobiográfico, sem pretextos políticos.

Para os padrões de hoje, é uma equação de resultado (comercial) difícil. Não se trata de fartura ou escassez de leitores. Houve um tempo em que ser escritor, e nordestino, e regionalista, e realista, e crítico social era moeda de troca. Não mais. Ainda que não morem na periferia, são periféricos os escritores nordestinos (e não só os nordestinos) que hoje tematizam a desigualdade social em plano pré-industrial. Não viram mercadoria, contudo. Fica-se na intrigante condição simultânea de vivos e mortos. Consolo ou desconsolo?

O mundo entrou no Recife como um trator, mas a originalidade da cidade continua solta, alimentada pelos mesmos mitos e coronéis que a sufocam. A história do estado remói idealismos, violências e frustrações. Pernambucanos já tentaram formar um país. Gilvan, a rigor, não deseja inventar nada. Não é do seu feitio.

– Não me proponho a desvendar nem a linguagem, pra você ver. Ou então é porque, depois de certa idade, vive-se para trás. E vive-se mesmo. Te falo isso por experiência própria.

Digamos que, proporcionalmente, o atual número de leitores de ficção equivalha ao mesmo número dos anos 1950. Nada mal, mas hoje há mais autores que editoras, mais editoras que livrarias, mais títulos que leitores, mais livros que espaço para acomodá-los nas estantes e na mídia.

– Os cadernos culturais daqui tratam de cultura em demasia. Só que, para esses cadernos, cultura é apenas exibição de bandas de toda espécie, rodas de coco, concertos de rabecas, bumba-meu-boi pastoril, cantorias recitadas, etc. Ou seja, pouco ou quase nada sobre livros.

– No entanto, todo dia aparece um autor.

– Todo santo dia – brinca. – Incrível.

Abrindo um pouco mais o leque do calendário cristão, encontra-se, por acaso, uma justificativa longínqua possível para o celibato de Gilvan. Sua infância-pátria foi marcada por uma doença nas vistas – "conjuntivite primaveril", segundo o povo. Até mudar para o Recife e tratar-se, não tirava os óculos escuros. A luminosidade curvava o escritor. Cílios caíam, pálpebras inchavam, o globo lacrimejava.

– Tinha vergonha dos meus olhos e, por receio, não me arriscava muito com as moças. Fui envelhecendo. A partir de certa idade, um homem começa a adquirir manias. Aí é difícil. Hoje acordo cedo todos os dias, mas com a maior raiva do mundo.

Antes de se aposentar, Gilvan sonhava poder ficar mais tempo na cama. Acontece que, com o tempo, também o sono vai ficando incompleto. Não "anda para trás", como quando se está velho, mas a gente acaba acordando até quando não quer. Fico pensando onde se escondem as demais pessoas modestas, singelas e generosas como Gilvan. Ele existe mesmo? Puts, me esqueci de descrevê-lo fisicamente. Ai de mim.

2001

A comandante

A PROPOSTA DE "um perfil amplo" da comandante Ortolan foi encaminhada com um mês de antecedência. O acesso jornalístico a tripulantes da TAM não é fácil. Há burocracias, controles, filtragens. Diálogos fora do ambiente de
trabalho são quase impossíveis. No contrapé da superficialidade dos noticiários, você se esforça para criar atmosferas
expansivas, que possam arejar as suas narrações, mas cor-
tam-lhe o oxigênio.

Na era da informação, os departamentos de "relações
com imprensa" são verdadeiras cidadelas. De repente, quei-
ra ou não, você está lidando com uma corporação, não com
um indivíduo; de repente, você está seguindo manuais de
conduta, em vez da aleatoriedade da vida. A comandante,
porém, não só compreendeu o projeto como se moveu na
direção dele, primeiramente alterando a escala para poder
nos receber no JJ3496 (GRU-FOR).

O sol ainda não havia dado as caras quando nos encontramos na sala de embarque do portão 1B. Vamos de *van*
até a aeronave. Jaqueline lança no computador de bordo
informações geradas pelo despachante operacional de voo
(DOV), naquele processo de, entre outras coisas, equacio-
nar segurança e performance. Este A-320 tem 175 lugares
(90 passageiros se apresentaram para o embarque).

O céu tende a ser de um azul impecável durante quase
toda a rota. O corpo forte do gaúcho louro Estevão Matzen-
bacher sobra no assento de copiloto. Decolamos pontualmente às 6h05, momento em que o desembarque internacional do

saturado terminal paulistano começa a entupir-se de pessoas tresnoitadas e atônitas diante de filas enoveladas, espaços restritos e esteiras ineficientes. "E a Copa?", perguntam-se.

Estevão e Lucas Telles (copiloto em treinamento) estão na TAM há algum tempo, mas nunca haviam voado juntos. A prerrogativa de pilotos quase nunca repetirem jornadas com os mesmos colegas de cabine não é o cúmulo da falta de coincidência, não. É premeditado. "Voar com equipes diferentes é recomendável", diz Jaqueline. "Tudo tem que funcionar bem, não importa quem esteja conosco ou qual relacionamento você tem com a pessoa."

Estevão e Lucas tampouco haviam sido comandados por uma mulher. Não parecem constrangidos ou empolgados. "Normal, ora", dizem. Hoje é quarta. Jaqueline esteve de folga ontem e anteontem. Voou até Maceió na sexta passada e trabalhou sábado e domingo no Centro de Controle de Operações Aéreas (CCOA), onde ela e outros pilotos-coordenadores se revezam no suporte aos tripulantes da TAM em atividade pelos céus do mundo.

Os nomes dos copilotos escalados para trabalhar com ela ao longo de outubro não a remetem aos respectivos rostos. "Deixa eu ver. Não. Nunca voei com eles." As comissárias Giovana Coradini, Taciane Klein, Marlete Oliveira e Inez Brito também nunca se viram. "Ah, já estive com a comandante, sim. Foi uns dois anos atrás, acho", Giovana se corrige, respeitosa.

Nivelamos. Após o término do serviço de bordo, Jaqueline vem até a primeira fila. Nossa conversa é fragmentária. A propósito, penso, a cronologia do voo não tem como ser a mesma desta narração, que, para existir, contou também com um bate-papo posterior e rápido no Hangar 7 de Congonhas, sob o ruído dispensável de turbinas, e respostas por e-mail. Aos 43 anos completados em agosto, Jaqueline é (e se considera) virginiana.

"Metódica e organizada, sigo uma rotina nas atividades cotidianas. Mas não aquela rotina de fazer tudo sempre igual, e sim de fazer as coisas sempre corretas. Se tenho de estudar, estudo tudo até o rodapé. Se vou limpar um armário, tenho que limpar tudo, mexer em tudo, tirar o pó de cada cantinho. Se vou cozinhar, tem que ser refeição completa, com entrada e sobremesa, entende? Nada pela metade me deixa em paz."

Nasceu em Araçatuba (SP). Casou-se há 13 anos com o veterinário Eduardo Arrabal, paulista de Porto Feliz, descendente de espanhóis, com quem teve o casal de gêmeos Frederico e Raissa, que completam seis anos em novembro. Eduardo possui duas fábricas em Itu (SP), uma de aquários marinhos e uma de portas e janelas de PVC.

O amparo da "babá-anjo" Rosângela, que segurou a onda com os bebês nos primeiros dois anos, facilitou o retorno da comandante ao trabalho depois da licença-maternidade. As crianças hoje passam a maior parte do tempo com a babá Lívia, que elas chamam de Tia Lívia. Jaqueline ainda não era mãe, mas já estava na TAM (ingressou na empresa em 1996) quando se formou em Publicidade e Propaganda na Universidade de Sorocaba (Uniso).

De uns anos para cá, o diploma de curso superior, assim como o pleno domínio do inglês, não podem mais ser desconsiderados pelos pilotos dispostos a ir longe. Ela pretende cursar um MBA na área de gestão de pessoas. "Hoje precisamos ter uma visão macro das operações aéreas: das escalações das aeronaves para determinada rota até a finalização do dia. É preciso saber gerenciar todas as variáveis, minimizando seus efeitos."

Energética, ela confessa – com gesticulações teatrais – que não suporta sossego por muito tempo. Nas férias foi para um *resort*. "No quarto dia já queria ir embora. Era devagar demais. Sou do tipo que puxa conversa com as pessoas. Gosto de ação." Ninguém da família trabalha ou trabalhou em aviação, mas ela tem de voar para poder ver os três irmãos: Nelma, a mais velha, mora em Campo Grande (MS); Jaime, o segundo, e Glauco, o caçula, estão a 550 km de São Paulo.

Com ela de volta ao posto, puxo assunto com a jovem paranaense Giovana Coradini. Falamos dos tempos elitistas da aviação civil, da massificação das viagens aéreas, da ascensão das classes C e D, do processo de redução da complexidade do atendimento de bordo – do emprego de materiais descartáveis à distribuição de barras de cereais. "Apesar dessas mudanças todas, nosso trabalho continua importante", afirma a comissária.

No desembarque em Fortaleza, um senhor resolve dar à mulher-comandante um parabéns sincero, mas não livre de ambiguidades. "Já me acostumei a contornar as manifestações dos passageiros. Uma vez me perguntaram: 'A senhora sabe o que muçulmanos e judeus têm em comum?' Não, não sei. 'Não respeitam mulher.' Ah, bom. Outro, me vendo de quepe, falou: 'Ainda bem que não tem que fazer baliza lá em cima, né?'. Pois é. E tem a mulher que, quando soube que eu ia pilotar, disse: 'Ai, vou tomar meu Lexotan, então.' Medicação boa, essa. Eu tomo também, brinquei."

Jaqueline se recorda com emoção da passageira velhinha que a valorizou por uma perspectiva histórica, lembrando-a dos tempos em que as mulheres não tinham "voz ativa no mercado de trabalho". Como uma das primeiras mulheres a ingressar na carreira de piloto de companhia aérea no Brasil, a trajetória da nossa comandante revela uma atitude desbravadora, cujo alcance social ela própria talvez ainda não tenha plena consciência.

Aos 19 anos, quando saiu de Araçatuba para São Paulo, a aviação não estava concretamente em seus planos, mas o fato de logo ter arranjado um emprego no setor de reservas da Varig não é obra do acaso, tampouco a "promoção" a comissária de bordo, que a levou a abandonar o curso de Tradutor-

-Intérprete. Enturmar-se justamente com colegas frequentadores do Aeroclube de Sorocaba seria mais que sintomático.

Imantada pela febre de voar e tendo ultrapassado as etapas de formação como piloto privado e piloto comercial, ela decidiu ousar: sair da Varig e ir onde os aviões estivessem mais disponíveis para que ela somasse horas de voo e aprendesse mais. "Depois que tirei PP e PC, conheci um piloto da Heringer Táxi Aéreo que abriu o caminho para eu ir para Imperatriz, no Maranhão, onde teria mais condições de pegar experiência em IFR e multimotores."

Na época, para entrar em uma companhia aérea de grande porte, eram necessárias 1.500 horas de voo. "Ainda não tinha certeza se queria exercer a profissão de piloto. Até porque, sendo mulher, as coisas me pareciam ainda mais difíceis. Mas topei ir. Minhas amigas comissárias da Varig acharam uma maluquice. A gente tinha estabilidade, tinha *status*." Começava a acreditar que o plano de viver da aviação podia dar certo. Só não sabia como.

"Quando buscamos o que queremos, as coisas acabam acontecendo. Visitando um amigo em Imperatriz, durante uma escala de voo, conheci a Andréia [também comandante da TAM, hoje], que já estava lá, voando, e me veio a ideia de pedir a mesma chance. Não tive dúvidas e, de volta a São Paulo, liguei para um amigo que imediatamente falou com o dono do taxi aéreo, que autorizou a minha ida."

Instalou-se no Aeroclube de Imperatriz. Pagava a moradia dando aulas. Compartilhava o quarto com Andréia, a quem considera como irmã. "A gente era dura. Dividíamos tudo, até o xampu e o condicionador. Eu tinha esse mesmo cabelão, então você queria o quê? Já a alimentação e outras despesas eu cobria com o dinheiro do Escort que vendi e apliquei. Comi um carro, veja só."

No Maranhão, voou em um Seneca cerca de 300 horas e arranjou trabalho para rotas entre São Luís e Brasília.

"Havia pouquíssimas mulheres trabalhando nisso, na época, uma ou duas, talvez. E eu me perguntava: será que vou conseguir mesmo? O fato é que o convívio com a Andréia, em Imperatriz, me deu muita confiança."

"Foi a senhora que fez o pouso?", a passageira do voo JJ3498 pergunta ao desembarcarmos em Guarulhos na volta. "Foi." "Ah, então eu já voei com a senhora uma vez. Porque o pouso foi igualzinho." "Bom ou ruim?", a comandante pergunta. A mulher tremula a mão direita em sinal de "mais ou menos". "Tem muito vento hoje." E prossegue comigo: "Vinte anos atrás, os donos de empresa de táxi aéreo se recusavam a pagar quartos de hotel separados para piloto e copiloto. Para uma mulher, era um problema".

Do Maranhão para São Paulo: jovem, ela ingressa na Piracicaba Táxi Aéreo. "Os comandantes Omir e Renato me ensinaram tudo com toda a paciência e até hoje eu os admiro demais. Eles me deram o tão difícil primeiro emprego, que, no caso, me propiciou a chance de deslanchar na carreira. Foram pessoas especiais. Hoje procuro ajudar os iniciantes assim como fui ajudada por eles."

Na TAM, galgou como copiloto todos os degraus que havia nos anos 1990: Caravan, Fokker 50, Fokker 100, A-319/320 e A-330. A partir daí, em vez de começar tudo de novo, de baixo, ela foi comandar o A320, pois os outros aviões abaixo deste não faziam mais parte da frota. No primeiro dia com o Caravan, conheceu Patrícia (hoje comandante), com quem viajou para Dallas para fazer o *ground school* do Fokker 100.

Tornaram-se grandes amigas. Jaqueline tem um carinho especial também por Claudine, primeira mulher comandante na TAM. Na primeira vez que dominou sozinha o A320, sentiu-se tão incrédula quanto fascinada. "Passei essa chave de voo inteira nessa mistura de sentimentos. Cada pouso era uma vitória. Foi demais." Agora almeja os *wide-*

bodies (A330, 767 e 777). "Estou ansiosa para poder ter mais essa experiência."

Fora dos aviões, não se considera "comandante". "O que acontece, às vezes, é que, como nossa atividade nos faz tomar decisões minuto a minuto, temos a tendência de achar que podemos decidir tudo no ambiente familiar também. É claro que isso incomoda e, às vezes, causa desconforto, mas nada que não se resolva com amor e paciência por parte de todos."

As aeronaves são máquinas racionais, movidas por causas e efeitos. "No dia a dia dos voos, com todo o treinamento que temos, consigo perfeitamente bem tomar decisões baseadas somente na razão." Em terra, é vista como uma pessoa forte e segura, ideal para ouvir confidências e dar conselhos. "Mas, em algumas ocasiões, especialmente se estão envolvidos meu marido e meus filhos, tendo a deixar a razão de lado e agir muito mais com o coração. Família é muito importante."

Sua vida social é comandada pela agenda de trabalho. "Por outro lado, adoro estar em casa no meio da semana ou saber que estarei em um pernoite dia tal em tal lugar, quando terei um tempo só meu para ler [está lendo *A alma imoral*, de Nilton Bonder], dormir, assistir TV, passear no shopping, correr. Sem culpa, sem horário; adoro estar hoje aqui, amanhã em outro estado ou país. O que conta é fazer o que realmente te deixa feliz."

Um *hobby*? Mergulhar. Antes de nascerem os gêmeos, esbaldava-se abaixo no nível do mar com um entusiasmo semelhante àquele que a leva às alturas. Havaí, Koh Samui, Phi Phi Islands, Key West... No Brasil, explorou a fundo Fernando de Noronha, assim como as profundezas de outros paraísos nacionais. Dominando o ar e a água, a terra se torna ainda mais satisfatória, e o fogo transparece na energia vital que a impulsiona pela amplidão.

2011

Caverna em Cartagena

CARTAGENA DAS ÍNDIAS é uma das cidades históricas mais bonitas da América do Sul. Uma brisa refrescante atravessa seu entardecer duradouro, às vezes acompanhado de gotas pesadas de chuva que só fazem elevar as temperaturas. É lugar para quem não se deixa enganar por compromissos e horários; para quem se diverte com intuições mais do que com elaborações sofisticadas; merece cânticos históricos e até os mais fantasiosos romances impressionistas.

Pelas calçadas das ruas estreitas, rodeadas de edificações coloniais multicoloridas, crianças e adultos jogam dominó, xadrez, damas, ou sentam-se à porta de casa para conversar fiado com os vizinhos enquanto o calor e a umidade do ar lhes empapam a roupa minimamente necessária; os rádios das bodegas reproduzem a todo volume os ritmos cubanos, a salsa porto-riquenha, boleros, a cúmbia e o *vallenato* colombianos. Carruagens inventam *tours*, táxis caçam passageiros e ambos poluem. As barbearias servem às lamentações masculinas tanto quanto as rinhas de *Ninguém escreve ao coronel* (1968).

A essa altura, existem dois Gabos na cabeça de cada colombiano, um real e um virtual. Para muitos escritores, ele é o modelo do que querem ser. Para muitos leitores, uma espécie de amigo com o qual se comunicam por meio dos livros. Como ele é um gestor de boas ações em diversos temas – paz, Cuba, direitos humanos, libertação de sequestrados, etc. –, e o faz geralmente em segredo, as pessoas imaginam histórias sobre coisas que Gabo fez e decidem que tal e tal coisa foi feita por ele. Algumas vezes, é verdade; noutras, ninguém sabe, mas os colombianos gostam de imaginá-lo assim.

Gabriel García Márquez possui uma ampla casa em Cartagena, exatamente ao lado do antigo convento Santa Clara, erguido em 1617. As muralhas da cidade-forte separam a casa do mar, mas não roubam a vista oceânica do pavimento superior, onde fica o escritório. Cartagena, alvo de incontáveis ataques de piratas no passado, é também um dos mais importantes cenários das obras de Gabo.

O amor nos tempos do cólera (1985) expõe signos urbanos facilmente localizáveis na cidade, incluindo alguns pontos turísticos, como a Torre del Reloj e o Portal de los Dulces, onde os personagens Florentino Ariza e Fermina Daza se encontram pela primeira vez e, a partir de então, atam-se por mais de meio século.

De amor e outros demônios (1994), por sua vez, é inspirado em reportagem escrita pelo próprio Gabo em outubro de 1949. À redação do diário *El Universal* havia chegado a informação de que iriam esvaziar as criptas funerárias do antigo convento Santa Clara, hoje convertido em hotel cinco estrelas.

Eram três gerações de bispos, abadessas e outros personagens notáveis dos tempos em que Cartagena era a residência dos vice-reis do Novo Reino de Granada. O jovem jornalista de 20 anos percebeu que a notícia estava no terceiro nicho do altar-mor. Aberta a lápide, uma cabeleira viva, cor de cobre intensa, espalhou-se para fora da cripta. Era a cabeleira de Sierva María de los Ángeles, e tinha mais de vinte metros de comprimento.

Cartagena não supera Macondo como espaço ficcional declarado, obviamente. Macondo é o mais precioso mosaico mágico-realista do Caribe. Mas Cartagena, como capital do reino de influências do autor, ajudou a inspirar a própria Macondo: mulheres de seios fartos pedindo passagem e equilibrando, na cabeça, bacias de frutas; negrinhos empurrando carroças de verduras, e picolés, e cocadas, e arroz de coco, e empanadas, e rum; mulatas de cabelos alisados desfilando em microssaias; mulatos com chapéus *a la* Compay Segundo; flertes entre olhos amendoados. Todos carregam o remexido odor multitudinário mencionado em *O enterro do diabo* (1957).

– Gabito adora se meter nessa coreografia – garante o orgulhoso Jaime García Márquez, oitavo dos 11 irmãos.

Mesmo antes da conquista do prêmio Nobel (1982), a identificação dos costenhos com Gabo era total. Depois do prêmio, García Márquez tornou-se patrimônio de todos os colombianos. Todos se sentem um pouco donos do prêmio, como das vitórias da seleção de futebol, dos ciclistas que vencem provas de montanha no Tour de France ou do ídolo do automobilismo Juan Pablo Montoya.

Por sua fama e por seu estilo nada acadêmico, Gabo deixou de ser patrimônio apenas de intelectuais. Virou ícone, e não por acaso há grafites nas ruas com mensagens para *el maestro* e retratos dele em cantinas populares. Maurício Vargas, companheiro de Gabo na revista semanal *Cambio*, acha que ele elevou a Colômbia perante o mundo, algo muito valioso para um país conhecido mais pela guerra civil e pelo narcotráfico.

Jaime mal começara a dar os primeiros passos quando os pais mandaram o primogênito Gabo para a altiplanície de Bogotá, a 2,6 mil metros de altitude e mil quilômetros longe do mar. Em comparação com os costenhos, os bogotanos são sisudos, desconfiados, conservadores. Andam apressados e se acham superiores.

O clima de Bogotá é predominantemente frio e de pressa, muita pressa. Em Cartagena, ao contrário, o tempo é moroso, utilizado sem ansiedades ou culpas. Pode-se gozá-lo tão pagãmente quanto possível. A cidade é um sacrilégio à teologia da produção, mas fornece um calor – humano e climático – insuspeito.

Em Bogotá, Gabo se sentiu sozinho e fora de lugar. Mas dois fatores contribuíram para o florescimento de seus talentos. O primeiro foi o internato, que o forçou a enfrentar a solidão com longas leituras. Em segundo lugar, o Bogotaço, que o levou a retornar a Cartagena na primavera de 1948. Em abril daquele ano, assassinaram na rua o então candidato favorito a presidente Jorge Eliécer Gaitán, do Partido Liberal.

O episódio gerou uma onda de violência e revolta conhecida como Bogotaço, que contaminou o país. Cerca de 300 mil pessoas – camponeses em sua maior parte – seriam mortas ao longo das duas décadas seguintes. Resultado: a partir dos anos 1980, havia tantas fontes de violência na Colômbia que as vítimas se confundiam sobre a origem e a identidade dos agressores.

Durante os enfrentamentos que se sucederam ao assassinato de Gaitán, não pouparam a pensão onde o jovem Gabriel García Márquez morava. O edifício inteiro foi incendiado. O então aspirante a escritor e jornalista, tendo na época apenas alguns contos publicados no *El Espectador*, guardou em uma maleta o que restou de sua passagem pela capital: livros de seus autores mais admirados (Kafka e Faulkner, principalmente) e originais seus.

Gabo soube retratar e engajar em sua obra estas e outras circunstâncias. Ao mesmo tempo, e conscientemente, interpretava a história e difundia na Colômbia um alerta contra a polarização radical. Sua transferência da invadida Universidade Nacional para a Universidade de Cartagena, onde continuou por algum tempo o curso de Direito (não concluído), foi decisiva.

Na *cueva* (caverna) do Mercado Público, na Calle San Juan de Dios, em Cartagena, imperavam os relatos orais e a abertura de espírito próprios da tradição costenha. García Márquez se encantava com a extravagância divertida e a sabedoria tácita dos ambientes populares que lhe seriam preciosos no campo da arte.

As reuniões na *cueva* eram comandadas por mestre Clemente Manuel Zabala, chefe de redação do *El Universal*, de Cartagena. Gabo e Zabala bebiam e comiam em extensas mesas ao ar livre, acompanhados de pescadores, prostitutas, vagabundos e intelectuais. Zabala havia lido os primeiros contos do pupilo e, em pouco tempo, este conquistaria um espaço próprio no jornal – a coluna diária "Punto y aparte".

Em *Como aprendió a escribir García Márquez* (1994), o pesquisador cartagenero Jorge García Usta conta que, em Cartagena, não havia submissão a nenhum tipo de influência cultural:

– O jovem García Márquez encontra em Cartagena um grupo possuidor de uma diversidade cultural e uma capacidade de criação assombrosas, que sabe conjugar a ânsia de ruptura com um rigor maduro e esclarecedor.

∾

Paris, 1966. Gabo era então um desempregado correspondente do *El Espectador*. Apesar do aperto financeiro, não tirava os olhos dos seus sonhos. Posta uma carta endereçada ao irmão Jaime. Pediu averiguações em Ciénaga, uma das cidades do Caribe colombiano. Quer confirmar informações necessárias para *Cem anos de solidão*, a bíblia de alguns de seus irmãos e de muitos dos que manuseiam as mais de 30 milhões de cópias espalhadas pelo mundo, traduzidas para 36 idiomas.

Uma de suas inquietudes era sobre a matança em praça pública dos trabalhadores das plantações de banana da United Fruit Company, em 1928, em Aracataca, exatamente no ano e na cidade em que *el maestro* nasceu. O episódio, de suma importância para a compreensão da persistente violência na Colômbia, é um de seus fantasmas de infância.

Até os mais rigorosos historiadores caribenhos reconhecem que García Márquez forneceu uma versão convincente da greve e de como ela foi reprimida. A economia de

Aracataca, como a de toda a região costenha, foi dominada pela United Fruit Company no começo do século XX.

O governo da época suprimiu todas as informações sobre a matança descomunal. Praticamente nada havia sido escrito sobre ela, até que García Márquez a reconstituiu no episódio culminante de *Cem anos de solidão*, em que trabalhadores são metralhados.

Na carta, Gabito pedia a Jaime, entre outras coisas, uma confirmação sobre o que disse o capitão que se dirigira à multidão naquele dia. Era uma dúvida, na verdade. O capitão havia dito "têm cinco minutos" ou "têm um minuto" para se retirar? Ditas a uma multidão, ambas as falas denotam uma crueldade implacável, e não fazem grande diferença em se tratando de uma obra de ficção. Mas Gabo queria o registro correto.

Lido o decreto, no meio de uma ensurdecedora vaia de protesto, um capitão substituiu o tenente no teto da estação e, com um megafone de vitrola, fez sinal de que queria falar. A multidão voltou a fazer silêncio.

– Senhoras e senhores – disse o capitão com uma voz baixa, lenta, um pouco cansada – têm cinco minutos para se retirar.

A vaia e os gritos repetidos afogaram o toque de clarim que anunciou o princípio do prazo. Ninguém se mexeu.

– Já passaram os cinco minutos – disse o capitão no mesmo tom.

– Mais um minuto e atiramos.

Quando Jaime abriu o seu exemplar de *Cem anos* e leu a passagem acima, emocionou-se.

– Aquela era a minha contribuição para o livro – lembra. – A frase mais famosa da América Latina, brincou comigo o Gabito.

ᢙ

Gabriel García Márquez atingiu uma grandeza incômoda para muita gente na Colômbia. Além do prêmio Nobel em 1982, honra compartilhada e fator de autoestima nacional, ele revigorou o jornalismo em seu país. Em dezembro de 1998, virou acionista majoritário da revista semanal *Cambio*, premiada pela cobertura intensiva e interpretativa que vem fazendo da guerra civil que já dura quase 50 anos.

Retiraram de Gabo um tumor cancerígeno do pulmão e, em junho de 1999, diagnosticaram um câncer linfático, ocultado da imprensa durante meses. Antes do diagnóstico, García Márquez estava debilitado e entrou em depressão. Enfrentou a quimioterapia, perdeu o vigor da aparência. Recuperou-o. Mudou-se para Los Angeles, seu recém-descoberto refúgio, para garantir o anonimato e poder continuar escrevendo *Viver para contar*, suas memórias. O primeiro volume já foi lançado.

Depois de vários meses de ausência em função dos tratamentos médicos e quimioterapia, Gabo voltou a escrever, em *Cambio*, a coluna "Gabo responde", cujo tema pode ser uma demanda específica de algum leitor. São milhares de cartas, segundo Maurício Vargas.

No artigo "O amante inconcluso", por exemplo, relato jornalístico sobre seu encontro com Bill Clinton, Gabo aproveita para desempenhar outro papel, o de embaixador literário da América Latina na Casa Branca:

"Faulkner nos levou a perguntar outra vez sobre as afinidades entre os escritores do Caribe e a plêiade de grandes romancistas do sul dos EUA. Pareceram-nos mais que lógicas, se levarmos em conta que, na verdade, o Caribe não é uma área geográfica circunscrita ao mar, mas um espaço histórico e cultural muito mais vasto, que abarca desde o norte do Brasil até a concha do Mississippi. Mark Twain, William Faulkner, John Steinbeck e tantos outros seriam, então, caribenhos por direito próprio, como Jorge Amado e Derek Walcott".

Ele foi várias vezes convidado por Bill Clinton para ir à Casa Branca. Amigos, familiares e documentos confirmam que a presença do Nobel nos corredores dos Clinton nunca teve como objetivo apenas irmanar as literaturas das três

Américas, mas também incentivar acordos negociados entre guerrilha e governo colombiano.

Em igual medida, o escritor sempre trabalhou no sentido de conseguir alguma melhoria nas relações dos EUA com Cuba. García Márquez continua amigo íntimo de Fidel Castro, e as acusações feitas a Fidel têm recaído também sobre as costas do escritor, hoje pejorativamente considerado um social-democrata ao estilo europeu. "Com um comunista dentro do coração", rebatem seus fiéis escudeiros.

Sobre as costas de Gabo recaem também a imagem deteriorada da Colômbia no exterior e o que essa imagem representa para os mais jovens. Tudo isso pesa uma tonelada. Em *Por un país al alcance de los niños*, o escritor propõe que se canalize para a vida a imensa energia criadora que, durante séculos, os colombianos consumiram em depredação e violência, e que se abra, ao final, uma segunda oportunidade sobre a terra, a oportunidade que não teve a desgraçada estirpe do coronel Aureliano Buendía em *Cem anos de solidão*.

Na verdade, Gabo é um gerador de constâncias, característica que o diferencia do costenho típico. Nos bastidores, é frequentemente chamado a intervir nas negociações de paz entre governo e guerrilhas. Costuma se autodenominar o último otimista do país.

Utilizou também seu prestígio internacional para criar, em 1995, a Fundación para un Nuevo Periodismo Iberoamericano (FNPI), um centro de formação complementar para pequenas turmas de jornalistas (recém-formados ou não). A fundação, mantida por Unesco, Banco Interamericano de Desenvolvimento (BID) e empresas privadas, não por acaso fica em Cartagena, na mesma rua San Juan de Dios, a da *cueva del mercado*.

Jaime García Márquez, que há quatro meses foi chamado para compor a equipe de direção da FNPI, conta que o Proyecto Aracataca de desenvolvimento de vocações precoces em crianças de 4 a 10 anos foi uma ideia de Gabito.

– Crianças são uma obsessão para ele.

Essa obsessão se insinua de várias formas, como neste trecho de texto escrito para a Unesco: "Creio que se nasce escritor, pintor ou músico. Se nasce com a vocação e em muitos casos com as condições físicas para dança ou teatro, e com um talento propício para o jornalismo impresso, entendido como um gênero literário, e para o cinema, entendido como síntese da ficção e da plástica. Neste sentido, sou platônico: aprender é lembrar. Significa que quando uma criança chega à escola pode ir já predisposto pela natureza desses ofícios, ainda que não o saiba. E talvez não o saiba nunca, mas seu destino pode ser melhor se alguém ajudá-la a descobrir".

∾

Cartagena se converteu em lar de diversas gerações da saga dos García Márquez, incluindo a quase centenária "Mamãe Grande" Luisa Santiaga Márquez Iguarán. Os familiares são os mais passionais admiradores de Gabito. A família está dividida em três grupos: os *gabólogos*, conhecedores e *experts* na obra do ilustríssimo, caso do caçula Eligio Gabriel; os *gabistas*, seguidores incondicionais, como os irmãos Luis Enrique e Gustavo; e os *gabiteros*, torcedores furibundos de Gabito. Jaime pertence ao terceiro grupo.

– O que mais gosto nele é a transcendência.

O caçula Eligio Gabriel, último *de la estirpe de los Buendía*, como ele mesmo diz, foi um escritor assombrado pelo irmão mais velho. Por coincidência – ou talvez um sinal de que a literatura de Gabo não tem nada de fantástica –, Eligio também lutou contra um câncer.

– Não tenho nada a ver com o realismo mágico de Gabito – disse-me Eligio, com uma ponta de alegria e amargura.

Apesar das crises existenciais de qualquer caçula – de quem não se espera o máximo, menos ainda quando se tem o mais velho como ídolo insuperável –, Eligio realizou um sonho antigo: concluir *Tras las claves de Melquiades: historia de*

Cien Años de Soledad (Bogotá: Editorial Norma, 2001), sobre a gênese e o tempo de *Cem anos de solidão*.

– O que encanta o mais velho, encanta o mais novo. É a síndrome do irmão menor – ironiza o caçula (Eligio Gabriel García Márquez, físico e jornalista, faleceu aos 54 anos, em junho de 2001).

ॐ

A primeira extensa biografia de Gabo – a segunda é a do inglês Gerald Martin – explora pouco esse caráter lendário do escritor. Em *Viagem à semente*, o colombiano radicado em Madri Dasso Saldívar se deixa obcecar pela gênese criativa de seu biografado. Dasso se ocupa de saciar seu desejo de narrar os contextos que culminaram com o lançamento de *Cem anos de solidão*. Retrata, então, um indivíduo valente, perseverante, resoluto e incansável, o oposto dos costenhos que neste momento me olham passear pelas ruelas de Cartagena.

Manuel Zapata Olivella, um dos pioneiros no estudo da cultura negra do Caribe, acha que os costenhos são constantes em ser e inconstantes em fazer; mais amantes da terra natal que da pátria; soldados aguerridos na guerra e maus combatentes na paz. Os colombianos do altiplano os consideram preguiçosos, desleixados, soltos demais na vida. Por natureza, os costenhos se entregam a suas paixões. Gabriel García Márquez também se entrega às paixões, mas com a preocupação de fazê-las perdurar.

Em 1985, o escritor encabeçou a criação da Fundación del Nuevo Cine Latinoamericano, que gerou a Escola Internacional de Cinema e Televisão de San Antonio de los Baños, 35 quilômetros a oeste de Havana, em Cuba. Na escola, já se graduaram centenas de estudantes do chamado Terceiro Mundo. A fundação luta a duras penas para formar e aperfeiçoar profissionais, a fim de garantir, pelo financiamento e distribuição, a continuidade do cinema em países mais pobres.

Os teimosos Florentino Ariza e Fermina Daza, de *O amor nos tempos do cólera*, cultivaram a paixão durante mais de 50 anos. García Márquez, por sua vez, cantou *vallenatos* em Paris para ganhar uns trocados enquanto escrevia *Ninguém escreve ao coronel*. Por sorte, naqueles tempos duros, contava com a saborosa ilusão de ter a descendente de egípcios Mercedes Barcha, seu amor "para todo o sempre", esperando-o na Colômbia.

– Na Europa, Gabito conheceu italianas, espanholas, francesas, alemãs, mas nunca deixou de pensar em Mercedes; cartas iam e vinham, e o pouquinho que lhe sobrava era para os selos – conta Margot, que tem uma promessa feita ao Cristo de la Villa para a plena recuperação de Gabo.

– Mercedes é organizada, capaz de resolver todo tipo de problemas domésticos, a começar por uma eventual falta de comida – confirma Jaime.

Na Colômbia, o catolicismo convive com o desequilíbrio; a democracia, com a guerra civil; a guerra civil, com o narcotráfico; o narcotráfico, com a injustiça social; e esta, com a corrupção e a impunidade; as crianças, com a omissão; os García Márquez, com seus fantasmas ancestrais.

Gabo recortou um fragmento de tempo e o dotou de significação e permanência. Traduziu o absurdo que atormenta qualquer sonhador mais ou menos lúcido. Nisso, ele tem sido um caribenho autêntico. Mas é um idealista cujos sonhos são sua única realidade. Se sua obra é datada, como argumentam alguns críticos, isso é uma outra história.

Como diz Margot, a mais velha das irmãs García Márquez, mediadora da família e preferida de Gabo:

– O destino é pertinaz, ninguém o distorce: o que há de ser, é.

2002

Ensaio

❧ A ARTE DO PERFIL ❧

I.

GÊNERO NOBRE DO Jornalismo Literário[7], o perfil é um tipo de texto biográfico sobre uma – uma única – pessoa viva, famosa ou não. Texto biográfico não significa exatamente biografia, que é outro gênero. Nem tudo o que é biográfico é biografia, aliás. A biografia é uma composição detalhada de vários "textos" biográficos (facetas, episódios, convivas, pertences, legados, o feito, o não feito, etc.).

Diferentemente das biografias de mortos, nas quais os autores têm de enfrentar os pormenores da história do personagem – às vezes tendo de contemplar até as suas ancestralidades e ocorrências póstumas –, o autor do perfil de um indivíduo vivo se concentra apenas em alguns aspectos. A similaridade entre biografia e perfil reside no fato de que, em ambos, tudo gira em torno do personagem central (evito a palavra *perfilado*).

Cada ser humano tem um perfil, assim como cada perfil só pode ser sobre um ser humano. Se a individualidade fosse banida do mundo e os humanos não passassem de robôs pro-

---

7 Jornalismo Narrativo, também conhecido como Jornalismo Literário, "é a reportagem de imersão sustentada por meticuloso trabalho de campo e uma escrita refinada". http://www.sergiovilasboas.com.br/cursos/literatura-sem-invencao/

gramáveis, sem estilo nem identidade, o texto do tipo perfil simplesmente não existiria. O perfil expressa a vida em seu contexto. Atém-se à individualidade, mas não se restringe ao individualismo anedótico, folclórico, idiossincrático.

A palavra perfil tem sido usada indiscriminadamente. Colocam-na antes de qualquer coisa. Mas, para mim, jornalisticamente falando, não existe perfil de cidade, perfil de bairro, perfil de um edifício, perfil de uma época, perfil de um grupo, perfil de um cão (na ficção, sim), etc. Em jornalismo, o ponto de vista é sempre humano.

Lugares, animais, grupos, etc., por mais vivos – por mais marcantes que sejam as suas culturas, personalidades e almas –, nada verbalizam por si mesmos. A cultura, a personalidade e a alma de um lugar, de um animal ou de uma comunidade são o resultado da soma das interpretações, versões, percepções – linguagens, enfim – humanas.

Claro que você pode fazer uma reportagem ou uma crônica sobre um lugar, um edifício, uma época, e tentar desvendar a cultura, a personalidade e a alma do tal lugar, do tal edifício, da tal época. Mas aí ou é reportagem, ou crônica, ou um híbrido de cunho autobiográfico. Perfil, não. O perfil (em forma de texto escrito) possui parâmetros específicos, como veremos.

Na tradição clássica do Jornalismo Literário, o texto-perfil[8] é relevante por sua durabilidade e narratividade. Mesmo que meses ou anos depois da publicação o protagonista tenha mudado suas opiniões, conceitos, atitudes e estilo de vida, o texto pode continuar despertando interesses. Quanto à narratividade, ela se expressa por uma estruturação bem calculada e uma escrita predominantemente reflexiva.

---

8 Uso a expressão texto-perfil para diferenciar o escrito do audiovisual. O cinema documental, principalmente, tem explorado bastante bem os parâmetros biográficos contemporâneos.

II.

ENTRE OS BILHÕES de terráqueos vivos, quem merece um perfil? Sendo de indivíduo sobre indivíduo, é muito difícil estabelecer critérios. Potenciais personagens estão em toda parte. No entanto, ninguém é personagem de uma narrativa pelo simples fato de estar vivo. Para se tornar personagem de um perfil, são necessários dois processos antecedentes: o autor escolher uma pessoa (ou ser escolhido pela pessoa) e o "convite" ser aceito.

Quanto ao ato da escolha, trabalho com os seguintes pressupostos: 1) o ser humano é irrepetível mesmo quando totalmente submisso ou alheio à ordem social à qual pertence; 2) há indivíduos que se diferenciam da multidão por suas atitudes e/ou pensamentos, independentemente de serem conhecidos da mídia, de possuírem hábitos exóticos, de serem difíceis de lidar ou de terem experimentado viradas mirabolantes em suas vidas.

Outro aspecto importante: o problema de narrar não é do personagem, e sim do autor do perfil. Por incrível que pareça, o personagem em si não é decisivo para a qualidade da narração, mas, sim, a competência do autor em lidar com o personagem e com a narração. Escapismo justificar que o personagem é isso, aquilo, comum, igual, anônimo, caladão, etc.; ou que a história dele/dela é fraca e que, "por isso, a coisa não funcionou entre nós".

Pare com isso.

O problema de narrar é sempre do autor. De ninguém mais.

Condição *sine qua non* em um perfil é a interação autor-personagem, seja quem for. Você deve estar pensando: "Ah, mas o Gay Talese fez aquele antológico perfil do Frank Sinatra sem falar com o Frank Sinatra". Certo, certo. Mas considere que Talese queria muito falar com o Frank; e cite,

273

se for capaz, outro perfil antológico em que o autor não se relacionou com o protagonista.

Talvez você encontre algum em um obituário, seção periódica fixa muito valorizada na imprensa anglo-saxônica. Mas as seções de obituários são (têm de ser) sobre mortos. A arte do perfil (arte no sentido de um fazer tal que, quando faz, altera o fazer, pois não comporta fórmulas) reside exatamente na vida presente que possui um passado.

Para produzir um bom perfil, é preciso pesquisar, conversar, movimentar, observar e refletir. Tudo dentro do possível, claro, pois cada caso é um caso. Você tem de pesquisar os contextos socioculturais da pessoa; conversar com ela e com as pessoas de seu círculo de relacionamentos; movimentar-se com ela por locais diversos; tem de observar as linguagens verbais e não verbais.

Há uma grande diferença entre o texto-perfil e as entrevistas do tipo pingue-pongue. Perfil não é debate. Autores que ficam paralisados diante do personagem, bombardeando-o com questões muitas vezes irrespondíveis, deveriam reavaliar seus métodos. Os perfis elucidam, indagam, apreciam a vida num dado instante, e são mais atraentes quando atiçam reflexões sobre aspectos universais da existência, como vitória, derrota, expectativa, frustração, amizade, solidariedade, coragem, separação, etc.

Os perfis cumprem um papel importante, que é exatamente gerar empatia no leitor. Empatia é a preocupação com a experiência do outro, a tendência a tentar sentir o que sentiria se estivesse nas mesmas situações e circunstâncias do outro; compartilhar as alegrias e tristezas do outro; imaginar as situações do ponto de vista do outro.

A escrita de perfis me ajudou a me conhecer melhor e talvez tenha ajudado os meus leitores a se verem por um ângulo diferente. Humanizar não é um mistério. É uma providência simples. O primeiro passo para humanizar é fugir do ideal da perfeição e evitar maniqueísmos. Uma pessoa não é isto *ou* aquilo. Ela é isto, aquilo, aquilo outro e mais um milhão de *istos* e *aquilos* totalmente imprevistos.

Em vez de formular hipóteses, entro no mundo da pessoa sem preconceitos, suposições ou teses; tento conhecer algumas de suas facetas (carreira, família, sociabilidade, *hobbies*, etc.); vou aos lugares que ela frequenta; capto sua visão de mundo e suas marcas de temperamento; e não idealizo ninguém, jamais. As pessoas são o que são. E que assim sejam. Evito, com todas as minhas forças, ser judicativo e duvido permanentemente do meu "direito" de poder divulgar unilateralmente as qualidades e os defeitos dos outros.

A ideia de *self-made man* (ou *self-made woman*) é outro ponto importante. Para uma vocação florescer e se destacar, muitos fatores (mentalidade e cultura de época, condições financeiras, grau de persistência, apoio de pessoas próximas, autoconfiança e outros) têm de ser considerados. Atenção, portanto, para os coadjuvantes.

III.

Perfis têm aparecido ocasionalmente em periódicos (mas não apenas em periódicos) há mais de um século. A partir da década de 1930, os jornais e revistas começaram a apostar fortemente neles. No início, os personagens mais retratados eram os olimpianos do mundo das artes, da política, dos esportes e dos negócios. Esperava-se que o perfil lançasse luzes sobre a fase atual, o comportamento, os valores, a visão de mundo e alguns episódios da vida da pessoa.

Com esse espírito, os perfis se tornaram a marca registrada de revistas americanas como *The New Yorker*, *Esqui-*

re, *Vanity Fair*, *Harper's* e *Atlantic*, entre outras. No Brasil, *O Cruzeiro*, *Realidade* e *Sr.* também o valorizaram em suas épocas áureas. Interessantes, em *Realidade*, os textos de Luiz Fernando Mercadante sobre Oscar Niemeyer (jul./1967) e Francisco Matarazzo Sobrinho (out./1967), e o do falecido psicoterapeuta Roberto Freire sobre o jovem Roberto Carlos (nov./1968).

O perfil do jovem Roberto espelha os dias de convívio do jornalista com o astro e com a sua turma, entre *shows*, gravações, sessões para escolha de novos compositores, programas de TV, jantares e viagens. "Eu nunca o havia visto fora do palco e dos vídeos", assume Freire no texto. "Não eram os fatos de sua vida pessoal que interessavam, mas seu comportamento diante da profissão e da popularidade, suas reações de homem diante de tudo o que o rodeia diariamente."

Os jornalistas de *Realidade* eram estimulados a conduzir diálogos genuinamente interativos. Podiam mesclar informações sobre cotidiano, projetos e obras do protagonista com opiniões deste sobre temas contemporâneos como sexo, família, dinheiro, cultura, economia e política. Ideias e empatias coexistiam em nome de um retrato o mais nítido possível, dentro do possível.

O elenco de bons jornalistas norte-americanos (os Estados Unidos ainda são o principal produtor de Jornalismo Literário) que se dedicaram a escrever perfis é enorme. Alguns: Lincoln Barnett, Joseph Mitchell, Janet Flanner, Lillian Ross, Calvin Trillin, Susan Orlean, David Remnick, Mark Singer, John McPhee, Joan Didion... Vários dos praticantes do chamado *New Journalism* (nome dado a um período de grande visibilidade do Jornalismo Literário na década de 1960) honraram o gênero.

Gay Talese, na minha opinião, é um dos mais representativos da turma norte-americana. Seu "Frank Sinatra está resfriado", publicado na edição de abril de 1966 da *Esquire*, é talvez o texto-perfil mais lido no mundo. Pelas circunstâncias em que foi realizado, talvez seja mais apropriado dizer que esse texto é a exceção da exceção, pelo fato de Talese não ter dialogado com Sinatra diretamente.

Talese desembarcou em Los Angeles para o encontro, mas Sinatra se recusou a ser entrevistado exatamente porque estava resfriado. Em vez de retornar a Nova York com as mãos vazias, Talese decidiu ficar nos arredores à espera de uma oportunidade de ao menos trocar umas palavras com o "The Voice", o que tampouco aconteceu. Restou-lhe, então, seguir os passos do astro por bares, estúdios, programas de TV, cassinos e lutas de boxe.

Estava presente, por exemplo, em um bar de Beverly Hills, onde Sinatra bateu boca, sem mais nem menos, com Harlan Ellison, um jovem roteirista de Hollywood. O diálogo entre os dois foi reproduzido e transmite não apenas a exaltação de ânimos como o humor intragável de Sinatra, que, além de resfriado, atravessava uma fase difícil.

Talese mostra como o cantor se relacionava com a sua trupe e com o mundo; aponta as colisões e coincidências entre as celebridades e os mortais; relembra e interpreta momentos marcantes da infância em Hoboken, Nova Jersey, onde Sinatra nascera 50 anos antes. As cenas são orientadas por ações, descrições, ironias e intimidades obtidas por meio de conversas com pessoas do círculo de relacionamentos do cantor, além de pesquisas e leituras.

O mais famoso texto-perfil do mundo saiu na *Esquire*, mas é a *New Yorker*, fundada em 1925, que detém o crédito de principal difusora de perfis. O grande passo da *New Yorker* foi a contratação de Joseph Mitchell no final da década de 1930. Mitchell retratou estivadores, índios, operários, pescadores e agricultores. Está entre os maiores jornalistas literários de todos os tempos. Os dois textos que escreveu sobre o folclórico, boêmio e aloprado Joe Gould são primorosos.

Lincoln Barnett, repórter da *Life* entre 1937 e 1946, é outro memorável. Barnett contribuiu muito para essa atividade. Na única coletânea em livro que publicou – *The world we live in: sixteen close-ups* (1951) –, ele comenta por que e como escreveu alguns de seus principais textos. Segundo Barnett, o autor de perfis "tem de se preocupar com a transitoriedade dos atributos, diferentemente de um biógrafo diante de um famoso morto".

O Brasil não tem tradição em Jornalismo Literário, e esta é uma das razões de ainda ser rala a maioria de nossas produções do tipo perfil. Revistas como *Piauí* e *Brasileiros*, surgidas entre 2006 e 2008, têm ajudado a reduzir um pouco o nosso déficit em relação aos norte-americanos e hispânicos. Além disso, desde 2002, temos à disposição cursos, livros e sites que ampliaram nosso entendimento sobre o jornalismo das reportagens especiais.

IV.

ALGUMAS DEFINIÇÕES OU conceitos para perfil: Steve Weinberg os chama de "biografia de curta duração" (*short--term biography*); Oswaldo Coimbra, de "reportagem narrativo-descritiva de pessoa"; Muniz Sodré e Maria Helena Ferrari acham que deve ser chamado de perfil o texto que enfoca o protagonista de uma história (a história de sua própria vida). O que se deve ter em vista no perfil, portanto, é o protagonismo.

O protagonismo é um ímpeto eminentemente artístico. A arte sempre procurou usar personagens para ampliar o conhecimento da natureza humana. Difícil pensar em literatura, cinema ou teatro sem personagens. Para nos aproximarmos das boas realizações, portanto, deveríamos nos misturar com a arte constantemente, nos expor a ela – sobretudo à literatura.

Podemos traçar paralelos até com as artes visuais. Pintores, desenhistas e fotógrafos sabem que os *portraits* (retratos), por exemplo, representam um jogo malicioso. Conscientes do problema de obter uma expressão, muitos fotógrafos deixam que a pessoa assuma uma pose. O fotógrafo Henri Cartier-Bresson, por outro lado, perseguia o "instante decisivo", aquele em que se capta o imutável.

Para E. H. Gombrich, um dos maiores especialistas em história da arte, são as atitudes do sujeito que constituem a linguagem dos *portraits* no âmbito da pintura e da fotografia. Enquanto os *portraits* expressam, necessariamente, uma fisionomia, o texto-perfil expressa um modo de pensar/viver. O texto-perfil é explicitado pela história narrada, com um equilíbrio entre o passado e o presente.

> Em princípio, não há diferença entre representar uma coisa vista e uma coisa rememorada – nenhuma delas pode ser transcrita como tal, sem uma linguagem, "sem aquele domínio da expressão que Rembrandt fez seu e que é patente de ponta e ponta em sua arte". Aqui, como sempre, a memória de soluções coroadas de êxito, as do próprio artista e as da tradição, é tão importante quanto a memória da observação.[9]

Leonardo da Vinci aconselhava outros artistas a dividir o rosto em quatro partes – fronte, nariz, boca e queixo – e estudar as formas que essas quatro partes podem tomar. Uma vez que esses elementos do semblante humano este-

---

9   GOMBRICH, E.H. *Arte e ilusão: um estudo da psicologia da representação pictórica*. São Paulo: Martins Fontes, 1995. pp.303-4.

jam gravados na mente, concorda Gombrich, pode-se analisar um rosto com um único olhar – e retê-lo.

As pessoas percebem quando funcionou corretamente o processo de seleção e recorte (inerente ao *portrait* e ao texto-perfil). Percebem quando as partes reveladoras do Eu Essencial do personagem receberam a devida atenção do artista. Na verdade, a ideia de singularidade em um texto-perfil não tem a ver somente com a individualidade alheia. A singularidade é importante também no que tange ao(s) encontro(s) do autor com o seu personagem.

Cada encontro é tão singular quanto decisivo. Os personagens não são modelos em pose, evidentemente, e a imagem escrita que tento obter deles tampouco é premeditada. Não posso manipular as palavras, os gestos e os cenários, e o que capto não se baseia apenas em pensamentos plenamente naturais ou em atitudes plenamente espontâneas. Na verdade, autores de textos do tipo perfil estão o tempo inteiro atentos a quatro processos tão fundamentais quanto indivisíveis: 1) os espaços; 2) os tempos; 3) as circunstâncias; 4) os relacionamentos.

1. Os espaços são os locais dos encontros do autor com o protagonista e/ou com as pessoas próximas a ele/ela. Os espaços ampliam a percepção sobre o estilo de vida (*life style*), entre outras coisas.

2. Os tempos compõem a trajetória de vida do indivíduo. Essa trajetória não é necessariamente linear. O tempo está contido no lembrado (pelo protagonista e por seus coadjuvantes) e no vivido (autor e protagonista, juntos, aqui, agora).

3. As circunstâncias englobam o imponderável. Caso o imponderável afete muito o processo de pesquisa e os diálogos, o texto então deve refletir também a consciência do autor sobre o que ocorreu nos bastidores.

4. Os relacionamentos ("infinitos enquanto durem") trazem à tona as expressões (verbais e não verbais) intrínsecas ao protagonista. Os relacionamentos geram imagens, possibilitam *insights* e fixam o que é indiscutivelmente próprio do personagem.

Os processos criativos são multidimensionais. Neles, combinam-se memória, conhecimento, fantasias, sínteses e sentimentos, cinco elementos imprescindíveis ao trabalho autoral. O poeta E. E. Cummings (1894-1964) dizia que o artista não é um sujeito que descreve, mas um sujeito que sente. Em um perfil, tanto a pesquisa quanto a narração implicam um sentir, e sentir é envolver-se. Mas não um envolvimento ideológico, religioso ou político. De jeito nenhum. Envolver-se, aqui, significa estar aberto à curiosidade e à surpresa.

V.

O TEXTO-PERFIL PUBLICADO, tal qual o *portrait* visual exposto, está aberto a interpretações diversas. Pense nas páginas e páginas devotadas à interpretação do sorriso da Mona Lisa (La Gioconda), de Leonardo da Vinci. Luxúria? Castidade? Ironia? Ternura? Talvez aquele sorriso não expresse nada além de um disfarce, mas quanta saudável ambiguidade contida nele, não? Observe também como as mãos da Mona Lisa sugerem um estado de relaxamento e concentração simultâneos.

"É verdade que se pode pedir a um modelo que ria ou chore, mas o resultado obtido será apenas um esgar. É preciso sentir a expressão humana, e essa só vem no seu instante", afirma Gombrich. Então, um retrato por escrito tem de ser construído de modo que as questões interessem tanto ao leitor quanto ao próprio personagem em foco, evitando armadilhas (ou farsas) comuns e contrárias à inteligência do público. Algumas delas:

1. Quando autor e personagem se tornam oponentes implacáveis, agredindo-se mutuamente, destruindo qualquer possibilidade de afeto e, consequentemente, de compreensão.
2. Quando um ou outro se põe na posição de defesa, a fim de ocultar mais do que revelar, ou exibir mais do que observar.
3. Quando o autor se torna o protagonista sem uma razão justificável para tal. Nesse caso, perde-se o conceito de texto-perfil, modalidade que aborda o outro – o mundo do outro.

Em um texto-perfil, a complexidade do personagem pode ser trabalhada com a ajuda de um conjunto de cuidados. Dou atenção ao que a pessoa diz a seu respeito e ao que ela diz a respeito de outras pessoas; dou atenção ao que ela diz a respeito dos acontecimentos contemporâneos que a afetam de algum modo; e, dentro do possível, tento captar o que outras pessoas têm a dizer sobre o protagonista (ou sobre algum assunto correlacionado).

A pessoa fornece também gestos, atitudes e pensamentos em função da fase que está atravessando. Opero, então, com um acúmulo de indícios, que podem ou não ser contrastados com dados do passado ou expectativas de realizações. Há o risco de formulações precipitadas sobre o temperamento, sobre as ideias e sobre a fase atual do personagem. Mas esse risco é evitável. Na dúvida, concentro-me no que *de fato* está ocorrendo entre mim e a pessoa.

Nos perfis deste livro, me deixei levar pelo que foi possível captar por meio de entrevistas e leituras. Os episódios e as circunstâncias que marcam as narrativas se misturam, na medida do possível, com as opiniões dos personagens sobre temas da atualidade, interpretações acerca do que já havia se tornado público sobre eles e caracterizações a partir do que me revelaram (às vezes, sem dizer).

Observar é uma atividade instigante. Tendemos a acreditar que observar é apenas um exercício de percepção visual. Não é. A percepção visual é apenas um dos aspectos, igualmente difícil de praticar, pois requer tanta paciência quanto aquela necessária para se construir um relacionamento interessante. Sem dúvida, olhar pacientemente não basta.

Os observadores mais atilados fazem uso de todo tipo de informação sensorial – olfato, tato, audição, etc. Os *insights* mais importantes da história da ciência e das artes ocorreram com indivíduos capazes de apreciar o que os estudiosos da criatividade chamam de "o sublime contido no trivial", ou seja, a beleza profundamente surpreendente e significativa das coisas cotidianas.

Segundo esses especialistas, o caminho para o desenvolvimento da capacidade plena de observação passa por exercícios diários muitas vezes desprezados pela razão, como caminhar no escuro, apalpar ou cheirar objetos com os olhos vendados, tentar adivinhar o que há dentro de caixas e latas pelo peso e formato e reconstruir os cenários ao nosso redor identificando ruídos.

Mesmo sem treinamento profissional para interpretar manifestações de caráter e temperamento, não surpreende que bons autores de textos-perfis ofereçam elementos de comunicação não verbal. Por meio dela, pode-se compor um conjunto de pistas para que o leitor tire suas próprias conclusões sobre o personagem. A possibilidade de descrever o que uma pessoa faz e como ela faz é o que, para mim, torna o perfil tão interessante de ser praticado e ensinado (sim, eu tento ensinar "a arte do perfil").

VI.

COMO FAZER o personagem escolhido aceitar o convite? "É preciso xavecar", um aluno me respondeu certa vez. Mas... Xavecar não é o verbo apropriado porque, originalmente, significa "agir de forma vil e incorreta". Mas, no dia a dia (em São Paulo, pelo menos), usa-se o verbo xavecar no sentido de "dar uma cantada", "convencer", "persuadir".

Persuadir é tudo. Então, como persuadir a pessoa (famosa ou não) que você escolheu a dedo? Como a convencer a deixar que você entre no mundo dela e a transforme em personagem – o personagem do seu texto, o texto que você está escrevendo? Descubra você mesmo. Apenas relembro que o que funcionou com um não necessariamente irá funcionar com outro.

Agora, algumas anotações que resumem o que foi abordado até aqui:

- Todo perfil é biográfico e autobiográfico porque também diz algo a seu respeito, autor.
- Perfil não é a palavra final sobre alguém.
- O "retrato" nunca será 100% natural nem 100% espontâneo.
- Encontre pessoas que agem e/ou pensam de maneira diferente da multidão (leia dica extra, a seguir).
- Proponha o perfil para seu editor/editora somente depois de conhecer um pouco o personagem que você escolheu. A singularidade é decisiva.
- Não idealize o seu personagem. As pessoas são o que são. E que assim sejam.
- Busque o universal no singular (e vice-versa).
- Tente encontrar a sua imagem definidora da pessoa, mas não fique obcecado com a missão de "tentar definir".
- A narrativa toda tem de girar em torno dele/dela ou não será um texto-perfil.

- Não use seu personagem para outros objetivos que não o de compreendê-lo.
- Crie empatia com as pessoas envolvidas no processo. Com todas.
- Não imponha ao leitor as suas vagas noções sobre o que constitui uma qualidade ou um defeito.
- Ouça as opiniões de seu personagem sobre o campo em que ele/ela atua.
- Pesquise temas correlacionados à história e à atividade da pessoa.
- Saiba que você está lidando com lembranças e esquecimentos.
- Frequente os lugares que seu personagem frequenta.
- Procure pessoas (próximas ou não) que têm algo a dizer sobre o protagonista.
- Tome nota do que está ocorrendo nos bastidores.
- Preste atenção no verbal e no não verbal. Até o silêncio diz muito.
- É importante ter muito mais do que realmente poderá ser incluído no texto. Quanto mais ampla a apuração, mais eficaz a garimpagem.
- Faça o possível para examinar/analisar o seu material no mesmo dia em que ele foi coletado.
- Escreva sobre a fase atual do seu personagem. O presente é o que dá a força motriz do texto-perfil, já que se trata de uma pessoa viva.
- Mescle episódios da fase atual com episódios remotos.
- Selecione apenas alguns episódios: melhor um episódio bem contado do que dez sinopses.
- Valorize o que ocorreu em seus encontros com a(s) pessoa(s).
- Os episódios podem estar encadeados por um fio condutor.
- Forneça o máximo possível de detalhes relevantes.
- Narre as cenas marcantes dos seus encontros com o personagem.

- Mescle narração com descrições (físicas e psicológicas).
- Linguagem: dê às suas frases todo o polimento que elas merecem. Sempre que possível e cabível, estabeleça ligações entre o seu personagem e personagens da literatura, do cinema, do teatro, da TV, dos quadrinhos, etc. Clássicos, populares, históricos ou ficcionais, não importa. Intertextualidades fazem bem.
- Todo momento é único, e todo perfil reflete um momento.
- Muitas ideias interessantes nos escapam ou surgem tardiamente. Relaxe: isso acontece até com quem pode passar uma década dedicando-se à escrita de um livro de 1.000 páginas.

❧ Outras leituras ❧

Castello, José. *Inventário das sombras*. Rio de Janeiro: Record, 1999.

Mitchell, Joseph. *O segredo de Joe Gould*. São Paulo: Companhia das Letras, 2003.

Pereira lima, Edvaldo. *Páginas ampliadas: jornalismo literário*. 4ª edição. Barueri: Manole, 2008.

Remnick, David. *Dentro da floresta*. São Paulo: Companhias das Letras, 2006.

Schneider, Norbert. *The art of portrait*. Koln: Taschen, 1994.

Sims, Norman. *The literary journalists*. New York: Ballantine Books, 1984.

Sims, Norman; Kramer, Mark (orgs.). *Literary Journalism*. New York: Ballantine, 1995.

Talese, Gay. *Fama & anonimato*. São Paulo: Companhia das Letras, 2004.

Vilas-boas, Sergio. *Biografismo*. 2ª edição. São Paulo: Unesp, 2014.

Werneck, Humberto (org.). *Vultos da República*. São Paulo: Companhia das Letras, 2010.

Wolfe, Tom. *Radical Chic e o Novo Jornalismo*. São Paulo: Companhia das Letras, 2004.

Este livro foi composto em Livory.
Impresso em Erechim pela Edelbra,
em papel Lux cream 7 0 g/m²,
no inverno de 2 0 1 4.